太陽黒点

山田風太郎ベストコレクション

山田風太郎

角川文庫
16457

目次

死刑執行・一年前

鏑木明《かぶらぎあきら》は、ふいにブレーキをふんだ。彼の足は、助手台の山瀬吉之助が、「あぶない！」とさけぶよりはやくうごいていた。オート三輪は急停車して、荷台の鉄棒がぶつかる鋭い音がきこえた。しかし、突然横町からとび出してきたその影は、たしかに車体のどこかにぶつかったようだった。

「ばかやろう」と荷台にいた石森老人のどなりつける声がした。

運転台の横を、ひたいの禿《は》げあがった顔がうしろへかすめすぎると、見えなくなった。

靴音が遠くへきえてゆく。

「大丈夫だ。オーライ」と、石森老人がいった。

「なんだ、あいつは。やっちゃったかなと思ったよ」と、首をすくめながら、鏑木明はギヤをいれ、もういちどハンドルを右へきって、いま男のとび出してきた横町へ車を入れていった。

彼にとってはお屋敷町にみえる世田谷成城町《せたがやせいじょう》の一劃《いっかく》である。美しい生垣にはさまれた路上には人影もなく、うららかな春の日光に、かすかな埃《ほこり》とともに桜の花が白くひかって舞っていた。

「山瀬さん、この横町にまちがいないね」

「おれもはじめてなんだが、地図ではたしかそうだよ」と山瀬はポケットからとり出したくちゃくちゃの紙片をのぞいていった。主任が鉛筆でかいてくれた地図である。「そうだ。まちがいなし、このつきあたりだ」

百メートルもゆかないうちにつきあたりだった。T字型にわかれた路にそって、石の塀がながくつづき、それに沿って四、五台の自動車がとめてあった。正面は扉をしめたガレージになっていたが、すこし左側に、しゃれた大谷石《おおやいし》の門がやはり木の扉をとじたままになっていた。さきに助手台からとびおりた山瀬が、その門の標札をのぞきにいって、

「仁科靖彦――ここだよ」と、いった。

鏑木明も車からおりていった。しばらくながい石の塀にならぶ自動車をみわたして、

「車がやけにならんでるが、お客でもあるらしいね。へえ、これが仁科さんのうちかね。案外いいうちに住んでやがるなあ。ガレージもあるけど、先生、運転できるのかな」

「そりゃ、なんてったって、お里が有名な政治家だからな。お金はあるだろうよ」

「そのせいかな。T大の教授の月給はともかく、評論の原稿料も相当入るだろうけど」

ジャーナリズムの世界ではちょっと知られた評論家の家を、鏑木明はすこしばかり尊敬のこもった眼で見あげたが、山瀬はこの家の主人の素姓にはたいして興味はないらしく、

「石森さん、鉄棒をほどいておいてくれや」

と、オート三輪の荷台の石森老人に声をかけて、石の門の横にひらいたままになっている潜り門をくぐって入っていった。

鏑木明が石森老人の手つだいをすることに気がつかないで、山瀬につづいてすぐ屋敷の中に入っていったのは、彼がべつに山瀬の会社の社員でも雇員でもないせいでもあったが、やはり仁科靖彦という名への好奇心からだった。

入ると、二十メートルばかり奥の、存外小さいがどっしりした感じの二階建の洋館まで、美しい芝生になっていて、花壇にさまざまな花がかがやくようだった。鏑木明は花に興味はないし、名も知らないが、眼もさめるほどのゆたかな感じは、この貧しい大学生の胸をひたした。

「よくは知らないけど、おれんとこの教授には、こんな立派な家に住んでる奴は、あんまりないと思うな。仁科竜もここにいっしょに住んでるんですか」

「主任の話だと、そうじゃないらしい。政治家の仁科さんの方は、たしか雑司《ぞうし》ガ谷《や》だったよ。おれ、まえにそのお屋敷の前を通ったことがあるよ」

「それになんかひどくうまそうな匂いがするじゃあないですか」

「え、なるほど――肉でもやいてるのかな」と、山瀬は鼻をくんくん鳴らして、それから耳をかたむけた。

家の裏の方で、ひどくにぎやかな笑い声がきこえる。一人や二人ではなく、若い女のはなやかな笑い声であった。

「鏑木君、あんまり大きな声をたてんでくれ。きこえるとわるい」と、山瀬は臆病《おくびょう》らしく首をすくめていった。

この家の主人仁科靖彦の父仁科竜が、自民党の反主流派の大物であるくらいの知識は、新聞といえばスポーツ新聞しかよまないこの四十男にもあったらしい。彼は戦争でうけた傷がもとだという左足をかすかにひきずるようにして、玄関にちかづきながら、いま若い鏑木明を制したくせに、「だいいち、政治家の家はもっとすごいよ。いつか映画スターの膳圭子のうちへブランコをとりつけにいったけど、あれまだ十八か九だろ、それでこのうちの倍はあったぜ」と笑って、呼鈴を押した。

するとすぐ中で、いきなり「どうぞ」と、かんばしった声がきこえたので、ふたりはめんくらった。

山瀬はあわててドアをあけた。玄関の内側は、明るいロビイになっていて、そこにしかれた三帖《じょう》ばかりの絨緞《じゅうたん》の上に、三人の男女がじっと立っていた。

「こんにちは。オリンピック建設社でございますが、御註文《ちゅうもん》の鉄棒をとりつけに参りました」と、山瀬はおじぎをしていった。

三人の男女は、むろん彼らを迎えるためにそこに立っていたのではなく、何か相談をしていた気配であった。山瀬が顔をあげても、だまって、ただごとでない眼つきでこちらをながめている。いまのおれの声がきこえたのかな、と鏑木明はちょっとひやりとしながらも、その中のひとりの娘が、ステンドグラスの窓を透すひかりに、息をのむほど美しく愛くるしい顔をしているのを、すばやく眼に入れていた。

「御苦労」と、銀ぶち眼鏡をかけた貴族的な容貌《ようぼう》をした男が、やっといった。

雑誌の写真でみた記憶にある仁科教授にまちがいはない。明は、山瀬がかすかにふるえているのに気がついて可笑《おか》しくなったが、それにしても教授の様子は妙だった。

「君たち、いまここを出ていった男を見かけなかったかね」と、教授はふいに思いがけないことをきいた。「いや、いつ出てったのかしらんが、十分にもなるまい」

「それが、どうかしたんでございますか」

山瀬がほっとした様子できさかえしたのに、教授はむっとだまりこんだが、そばの夫人がするどい声で、「どろぼうよ」といった。

「いま、応接間から、カメラを盗んでいったのよ」

「あ、すると――」

と、山瀬がふりかえるよりはやく、鏑木明も、さっき横町からとび出してきて車にぶつかってにげた男のことを思い出していた。車にぶつかったのは、まちがいなくむこうのせいだが、それにしても一言の抗議のさけびもあげないで、そのままにげていったのはへんだ。

「自分、追っかけてみます」と、山瀬はすぐに玄関からとび出した。

つづいて、明もかけ出そうとすると、

「いいの、かまわないの」

と、娘がふいにいった。明は足をとめた。しかし、山瀬はそのまま門の方へ、足を引きずり走り出していった。

「お姉さま、ほんとにいいのよ、警察沙汰《ざた》なんかしないでね」

「だって、あれはいまのパーティーを撮ったばかりのカメラじゃない？」と夫人がくやしそうにいった。「カメラより、フィルムが惜しいわ」

娘はちょっとかんがえこんだが、

「でも、おにいさまのカメラだってあるんですもの、パーティーはまだやってるんだし、もういちど撮りなおすわ。みなさんに泥棒の話なんかなさらないでね」

「そんなこといわないけど――」

「泥棒っていったって、おにいさまの教え子なんでしょ。おにいさまの教育がわるかったせいだと反省なさいませ」

と、娘は明るい笑い声をたてて、くるりと奥の方へきえてしまった。庭の裏の方では、依然として何も知らないらしい歓声がきこえる。仁科教授は苦笑して、そのあとを見おくっていた。

鏑木明は、カメラの盗難に気がつきながら、追いもしないでこの三人がここにじっと立って相談していたわけがわかったような気がしたが、さっき車の窓際をかすめてにげたひたいがひどく禿げあがっていたのを思い出し、教授の教え子にしては、ずいぶん年をくっていたな、とふしぎに思った。みたところ、教授は五十になるかならないかだろう。はっきり記憶はないが、さっきの男は、若くても四十前後だったようだ。

「そうだな、つかまえて、つれてこられても迷惑だな」と、教授はいった。

夫人が唇をふるわせて、

「一一〇番に電話しておきましょうか」

「そんなことはしなくてもいい」

「だって、さっきウィスキーをのんでわめいていたじゃありませんか。何をするか、こわいわ。それに、もしつかまらないと、あとでまた害をするかもしれないわ。いまのうちに警察に知らせておいた方が安全よ」

「いくらなんでも、カメラを盗んでいって、それ以上またやってはこられまい。麻子にきめつけられたように、ぼくの教育の罪としておこう。君々、あれはどうでもいいから、鉄棒をとりつけてくれたまえ」

と、いって、仁科教授は、いま娘が入っていったのとはべつなドアをあけて、奥へ入っていった。ちらりとみえた様子では、ソファをならべた応接間らしかった。

夫人はなお不安そうにそこに立って、門の方をみていたが、

「鉄棒屋さん、きょうは日曜ね。金曜日に持ってくる約束じゃあなかったの？」

「はあ、それが、主任が急病で、運転手が自動車事故でちょっと怪我をしたそうで、おそくなりました」

「あら、そう。鉄棒をとりつける場所は、このまえ教えたわね」

「ぼくは知らんです。いま泥棒を追っかけてった副主任の山瀬さんが知ってるかもしれませんが……いや、山瀬さんも、主任に代って、きょうはじめてお宅にうかがった様子でし

たから、知らないんじゃないかな」

「そういえば、いまのひとは、このまえきてくれたひととはちがうようね」

と、夫人はいって、はじめて明のひとごとのような言葉づかいに気がついたらしい。あらためてまじまじと明の姿を見まもった。角帽はかむっていなかったが、あきらかに学生服であった。だいいち、彼はたしかに人目をひく美しい顔だちをしていた。

「あなた、アルバイト？」と夫人はいった。

濃い化粧にも、眼じりのかすかな小皺《こじわ》はかくせなかったが、教授より十は若い美貌であった。はなやかで、そのくせつめたく冴《さ》えた顔だちから、さっきの娘は教授の妹ではなく、この夫人の妹らしい、と明は判断をつけた。

「え、まあそうです。休暇中はオリンピック建設社でアルバイトをやってました。きょうはしかし、いまいったように運転手が休んでるものですから、お約束の日にはおくれたし、副主任の山瀬さんが、僕が車の運転のできることを知ってるので、臨時のアルバイトをやってくれと、たのみにやってきたのです。僕のアパートがオリンピック建設社にすぐちかいものですから」

「学校はどちら？」

「F大です」

明がよくしゃべったのは、むろん夫人が美人であったせいだ。しかし、いうまでもなく夫人は明の素姓などに大して関心のあろうはずはなかった。夫の大学ではない。

「そう」と、ただうなずいて、またいった。「つかまったかしら？」

いまの泥棒のことだ。明はやや自尊心を傷つけられて、

「さあ、どうですか」

と、これまたぶっきらぼうにこたえて、心の中で、おそらくつかまらなかったろうと思った。表通りにはバスもはしっているし、逃げていったあの勢いでは、とっくに電車の駅についているだろうと判断した。裏庭の方では、ハッピー・バースディ・トウ・ユウを合唱する声がつづいていた。

はたして、そのとき山瀬がかけもどってきて、見つからなかったと報告した。上衣を車になげこんできたとみえて、ワイシャツだけになって、ひたいに汗をひからせている。

「大通りまで出てみたのですが、それらしい影もかたちも見あたらなかったのですがね。申しわけありません」

「まあまあ御苦労さま。もういいわ」

「いったいどうなすったんですか？」

「いえね、その男は主人のむかし教えたひとらしいの。それがひるすぎにやってきて、お酒を出したらなかなか帰らないの。それで主人がもてあまして、ちょっと座をはずしたすきに、応接間に置いてあった妹のカメラを盗んでにげていったというわけなのよ。教え子といったって、大学じゃあなくって、もう二十年ほどもまえ、主人が信州でちょっと中学の教師をやってたころの生徒なんですって。主人もよく思い出せないほどのひとなの。そ

れがはじめてやってきて、泥棒してゆかれたんじゃあ、いくら先生だってかなわないわ」

「ははあ、いや、まったくそうでございますね。けしからん奴ですねえ。鏑木君、さっきいっそ車でひきたおしてやればよかったな」と、山瀬はいった。「奥さま、それは一応警察におとどけになっておいた方がよろしいですよ。御恩をわすれてそんなふとどきなことをする奴は、どうせこれからもろくなまねをするわけはありません」

「あたしもそういうのだけれど、主人は妙にためらうの」

と、夫人がいらだたしそうにいったとき、さっきのドアがひらいて、仁科教授が昂奮《こうふん》して出てきた。

「おい、あいつ、こんなものをのこしていってるぜ」手にひらいたままのメモ帳をつかんでいた。「ほかにまだ盗んでいったものはないかとしらべていたら、ほかに盗難はないようだが、代りに電話のそばのメモ帳にこんなものを書いてったよ」

夫人がうけとったメモ帳を、山瀬と鏑木明ものぞきこんでみた。それには、へたくそな字で、こんな言葉がかきつらねてあった。

「誰カガ罰セラレネバナラヌ、誰カガ罰セラレネバナラヌ、誰カガ罰セラレネバナラヌ、誰カガ罰セラレネバナラヌ、誰カガ罰セラレネバナラヌ、誰カガ罰セラレネバナラヌ、誰カガ罰セラレネバ……誰カガ……」

へたというより、あきらかに酩酊《めいてい》した字であった。行もまがり、ところどころ文字も重なりあっていたが、これだけ同じ言葉をくりかえしてかいてあると、妙にうすきみわるい効果があった。しかし、なんの意味だかわからない。

「あなた、これはどういう意味ですか」

「さっき、あいつが僕にくどくどといやになるほどくりかえしていた文句だ。つまりあいつが戦犯になったのは無実の罪で、ただ日本人の誰かを罰しなくてはならぬという連合軍の方針の犠牲だったというのだがね」

「それを、どうして脅迫がましく、こんなものにかいていったのです」

「わからん」

「こわいわ。きみがわるいわ。あなた、やっぱり警察に一応電話しておきますわよ。たしか、名は木曾浩一とかいいましたわね」

夫人は顔色をかえて、切口上でいうと応接間に入っていったが、こんどは教授もとめなかった。

そのとき、玄関に、中学二年らしい男の子と、小学校五、六年の女の子がとび出してきた。

「パパ、鉄棒屋さん、きたんだって？」

「麻子おばさまがそういったよ。あ、このひとたち？」

仁科教授ははじめて山瀬や鏑木明に気がついたように、

「うむ、それじゃあ勉と美香、玄関の方から外をまわって、このおじさんたちを裏庭へつれてっておあげ。鉄棒をたててもらう場所、知ってるね」と、笑顔でいった。

おそらく、これが仁科家の鉄棒の需要者だろう、ふたりの子供は門の外のオート三輪まで、眼をかがやかせてついてきた。人夫の石森老人は、荷台の上でもう鉄棒や支柱をたばねていた縄をとき、セメントの袋など下におろしていたが、出てきた山瀬が、「やあ、待たせたな。それじゃあ運ぶか。裏だそうだ」というと、

「カメラ泥棒の件はどうしたね」

と、きいた。いま山瀬が息せききって門を出入りしたとき、オート三輪で待っていた老人に何か説明したのだろう。

「警察に電話したようだが、つかまるかな。おじさん、あんた荷台の上でみてたはずだが、どんな奴だったね」

「どんな奴って、黒っぽい洋服をきた男としかいえんな。四十か——そこまでいっとらんか、顔はちらとみえただけで、あとはにげてゆくうしろ姿だけさ。そういえば片手にカメラをぶらさげていたようだな。あのときに泥棒とわかってりゃ、なんとかなったろうが。しかしこんなお屋敷町でも、ひるまから物騒なことだね」

「あれは、戦犯とかいってたね。おっかねえおっかねえ」と山瀬が首をすくめた。「そうときいたら、おれは追っかける勇気はなかったよ」

鏑木明はつぶやいた。

「戦犯なんてものが、まだ日本にうろついてるのかな」

「それゃあるさ。巣鴨プリズンだけでも、たしか千人ちかくぶちこまれたろ。外地を入れ

ると何千人かしれん。死刑にならんで、その後釈放された奴は、いまでも日本のあちこちに生きてるはずさ」

戦争が終ったのは、明がまだ三つか四つのころだった。彼はそんな話に興味はなかった。それよりあいかわらずつづいている裏庭の若々しいさわぎに耳をすませて、

「ね、坊っちゃん坊っちゃん、きょうおうちで何かあるの？」

「あ、麻子おばさまのバースディ・パーティーさ」

と、中学生らしく、なまいきに英語でいった。明が鉄棒をかつぐと、少年はそのさきに立って潜り門を入っていった。うしろから、二本の支柱を一本ずつかついだ山瀬と石森老人がつづく。

「道理で若い女の声らしいと思った。たくさんきてるの？」

「ううん、十人ほど。みんな大学生ばかりだよ。男の大学生も三人いたかな。いまバベキュウやってるとこさ」

「バベキュウ、道理でいい匂いがすると思ったよ。麻子おばさんも大学生？」

「ああ、K大だよ、来年卒業。すぐアメリカへゆく」

「へえ」といったきり、明はだまりこんだが、前庭から塀の内側に沿って建物の横をあるきながら、

「大学生にもいろいろあるね。誕生日にパーティーをひらいて、自家用車であつまりバベキュウをたべ、卒業するとアメリカへゆく女子大生もあれば、こうしてそこへ鉄棒をかつ

いでゆく大学生もある」

「すまないね、鏑木君、なんなら鉄棒をそこにおいて、車で待っててくれてもいいよ」

と、山瀬は恐縮していった。明はあかるく笑った。

「いや、冗談ですよ。人間の生まれつきの運不運はいろいろだってことは、ぼくだって知ってますさ」

「なあに、鏑木君なんか、将来こんなうちに住めるようになるにきまってるさ」

「どうだか。ぼくなんかバイトして大学へいってることだけで精いっぱいだけど、一方には大学へゆくことなんかあたりまえで、それからさきのことを今からいろいろと準備してる連中も多いんですからね。しかし、世間じゃ、コースはみないで出来上りでしか判断してくれない。もっともそれがあたりまえだけど」

「そんなことをいって、きみ、大学じゃあすばらしい成績だっていうじゃあないか。あたしなんかにはもったいない秀才だわ、てな意味のことを、いつか容子さんがいってたぜ、うっかり、あたしなんかには、といって、あとでまっかな顔してたがね」

と、山瀬は笑った。容子というのは、明とおなじアパートに住んでいて、やはり家庭教師などをしてG女子大にいっている娘だった。

「人間、上をみればきりはない。下をみてもきりはない。ぼくなんざあ中学を出ただけで、オリンピック建設社の販売副主任が精いっぱいだ。副主任ったって、その下にゃだれもいないんだからな。何しろオリンピック建設社そのものが、名だけはヤケに大きいが、社員が十人しかいないんだから、時と場合ではきょうみたいに、副主任みずから重労働しなければならん」

足が不自由なせいもあって、鋳物の支柱が肩にひびくらしく、山瀬は息をきらしていた。明は照れたように笑いながら、つぶやいた。

「容子といえば、あいつもどこか友達の誕生日のパーティーに招かれたといって出てったんだけど」

「ここよ、ここよ」と、女の子がさきにかけていって、指さした。

裏庭に出たところの、建物の端にあたる藤のパーゴラのそばだった。藤はむらさきの花筒を息づまるほど無数に垂れて、二匹、三匹、ぶゥんと熊ン蜂が羽音をたてていた。

裏庭は千平方メートルもある一面の青い芝生だった。ここにも花壇に、石竹や美女桜やパンジーや金盞花《きんせんか》などの花が咲きみだれたなかに、芝刈機と白い犬小屋がみえた。小さなコッカー・スパニールは鎖をいっぱいにひっぱって、切なげな鳴声をあげながらもがいていた。庭いちめんに涎《よだれ》のたれるような匂いがひろがっていたからだ。犬ばかりではなく、鉄棒を運搬した男たちも、しばらくぼんやりとその庭の一角をながめた。

その一角には、煉瓦《れんが》を四角につみあげて、そのなかが炉になっているのだろう、そこからたしかに肉のやけるうすい煙と、油やソースの芳烈な匂いがたちのぼっていた。それをかこんで十人あまりの若い娘や青年がさわいでいる。そばのテーブルには、果物を盛った鉢や、肉やサラダの大皿、ソースや香辛料の瓶などがならべられて、椅子に坐《すわ》りこんで葡《ぶ》

背広をきていた。

葡萄酒《どうしゅ》をのんでいる青年もあった。娘たちは和服洋装とりどりだが、三人の青年はいずれも
「うまそうだな、あれがバベキュウか」

と、山瀬がいった。石森老人がきいた。

「バベキュウって何ですかい」

「野外の焼肉料理さ。たしかアメリカインデアンの風習からきたものなんだって」

と、鏑木明はこたえたが、小首をかしげてじっとその一団を見つめている。その表情に気がついて、山瀬がわざとらしい笑い声で、

「鏑木君、かえったら、おれがヤキトリをおごってやるよ。さ、仕事だ仕事だ。ええと、まだシャベルやセメントは運んでないな」

と、もういちどひきかえそうとしたとき、明が「おや」といった。

「あれゃ、容子じゃないかな」

山瀬がおどろいて、またバベキュウの方をみると、むこうでも気がついたらしく、こちらに顔をむけていた四、五人のうちから、白いブラウスに紺のフレアスカートをはいたひとりの娘がかけ出してきた。

「まあ、明さんじゃない?」

「やっぱり容子か」

容子はそばにやってきた。浅黒い、やせた彫りのふかい顔に、眼が異常なばかりに大き

い。美しいにはちがいないが、とっさには人目をひかない地味な顔だちだが、その大きな眼がおどろきのあまりきらきらかがやいて、息をはずませているのは、やはり若い娘らしかった。

「あなたとこんなところで逢《あ》おうとは思わなかったわ」

「山瀬さんにたのまれたんだ。友達のパーティーに呼ばれたとはいってたけれど、きみがここにきてるなんてこっちも思わなかったな。どうしたんだ、学校もちがうじゃないか」

「ううん、あたしもここへうかがったのははじめてなの、この冬、G大で家庭教師のバイトをやってるひとたちだけ蓼科《たてしな》高原へスキーにいったことがあったでしょ。そのとき、杉麻子さん——ここの仁科先生の奥さまの妹さんよ——のお仲間とお知り合いになったの。おととい日比谷《ひびや》でばったりおあいして、むりにさそわれたわけなのよ」

「ふん」と、明はそっけなくいった。彼はきょうの日曜日、容子と映画でもみにゆこうと思っていたのに、ひとりとりのこされて、山瀬がよびにくるまでアパートに寝ころがって味わっていたかすかな失望感を思い出したのだ。

「はやくゆけよ、みんなこっちを見てるぜ」

そのとき、その若いむれから、またひとり娘が小走りにやってきた。さっき玄関でみた麻子である。同時に家の方からも、仁科教授と夫人が出てきて、こちらにあるいてきた。

「あら、土岐さん、お知り合いなの?」

と、麻子がたずねたのは、ちょうど仁科夫妻もそばにやってきたときだ。

「え、おなじアパートなんです。郷里も鳥取県でとなり村同志なんです。鏑木さんといって、F大へいってます」

とこたえてから、容子はあらためて明に、麻子を紹介した。ふしぎなことに明は、尼僧を連想した。白日の下にも水晶からできたような鋭い、透明なかんじの娘だった。

「そうか、それなら君もあっちへいっしょにいったらよかろう」

と、仁科教授がいった。「いや」と明がいいかけるのに、山瀬も、「おい、せっかくだからおよばれするがいい。仕事の方はぼくと石森さんだけで大丈夫だから」とすすめた。まだためらっている明の手を、麻子と容子は両側からひっぱるようにしてつれていった。

石森老人がセメント袋やシャベルをはこんでくるまで、仁科夫妻はそこに立って、山瀬にいろいろきいていた。仁科教授は大学の同僚から紹介されて「オリンピック建設社」に依頼したのだが、最初註文《ちゅうもん》をききにきたのは主任だった。その主任が病気にかかってしまったので、ついおくれてしまったのだと山瀬はわびをいった。指定された地面に穴をふたつ掘り、支柱を立てる。支柱には、上から穴が四つ五つあいている。その適当な高さに鉄棒をとおすのだった。仕事をつづけながら山瀬がきいた。

「坊っちゃん、お嬢ちゃん、さあどれくらいの高さにしようかな」

「ぼく、これくらい」

「そんなだと、あたし、とどかないわ。もっとひくくしてよ」

子供たちはさわぎたてた。仁科夫人が適当な高さをえらんでやったとき、教授はパーティーの方をふりかえってつぶやいた。

「いまの若い連中は屈託がなくていいいな。それにどうしてこうみんなからだが大きくなったのかな」

「やはり食物や生活が、西洋風になったからじゃありません？」

「それにしても、みな突然変異みたいに、いっせいに大きくなったのがふしぎだよ。食物や生活がどうしたといったって、西洋式にやってた家庭はむかしからうんとあったし、いまだって全部が全部そうだというわけでもなかろう」

「何か、太陽黒点の影響じゃないですか。つまり、太陽族ですな」

と、山瀬が口を出して、みなを笑わせた。

「あの学生、なかなかハンサムね。K大の方たちより貴公子的よ」

と、夫人がすこしはしたない笑いをうかべていった。

「鉄棒屋さん、あの学生さんと土岐さんとは恋人でしょ？」

「そうらしいですな」と山瀬は笑った。「お似合いの恋人です。ふたりともアルバイトをして、お金はないらしいけれど、幸福そうですな。どっちもなかなか成績はいいらしいし」

「恋愛に金は不必要だからな。軽井沢《かるいざわ》とか伊豆《いず》の別荘にいってパーティーをひらく連中にくらべて、二千円くらいで四泊五日、谷川岳《たにがわだけ》でたのしんでくるなんて連中の方がほんとうに青春を愉《たの》しんでいるかもしれないよ」と、教授がいった。「秀才も美人も金持の子にかぎらんし、かえって逆のことが多い。あの土岐って娘もなかなかきれいじゃないか」

教授をのこして、夫人はバベキュウの方へ去った。簡単な工事はやがて終った。

「もうできたの。おじさん、すぐ鉄棒やっていい？」

「いや、残念ながらまだだめです。お嬢ちゃん、きょうとあした一日待って下さいね。セメントがかわくまで」

「いや、御苦労。きみたち、きみたちも、あの仲間に入りたまえ。かまわないよ」

と、教授がいい出した。山瀬と石森老人は胆をつぶしたような顔をして手をふった。

「肉はあの連中がたべきれないほど用意してあるんだよ。それにあのふたりといっしょにかえった方がいいだろう」

「ありがとうございます。それじゃあ」と、山瀬は舌なめずりして、「この姿では失礼ですから、自分はちょっと上衣をとって参ります。いや、さっき泥棒を追っかけてはしったとき、あんまり汗をかいたもので、上衣を車にほうりこんできましたのでね」

と、かけ去った。教授は笑いながら、子供たちをうながして、さきにパーティーの方へあるき出した。


ただでさえ、ほろほろと酔うような晩春の午後だった。日光とかげろうと花のなかに、バベキュウの炉をかこんで、食べ、酔い、笑っている若者たちの姿を絵にかけば、どんなに陳腐だろうと「青春の饗宴《きょうえん》」という題をつけるよりほかはない風景だった。——鏑木明は酔っていた。葡萄酒にも酔ったが、肉にも酔った。そして何よりも雰囲気に酔った。その酔いのために、彼の眸《ひとみ》のおくには灯がともったようにみえた。

はじめ仲間に入ることをちょっと遠慮したが、座に加わればいまの若者である。卑下や屈託の様子はまったくない。彼は快活に、娘たちと話しあった。映画の話や野球の話や文学の話や——土岐容子は、きいていてあきれた。容子は、明が話題の映画をみたこともなければ小説を読んだこともなく、野球場などいちどもいったことがないのを知っていたからだ。それはほとんど週刊誌などの紹介記事から得た知識にすぎないはずだが、知らないものはそんなことは夢にも思わない流暢《りゅうちょう》なおしゃべりだった。もともときわめて頭の廻転《かいてん》のはやい青年だが、それ以上に、明は浮かれきっていたのだ。先刻「K大のひとたちより貴公子的でハンサムだ」と評した仁科夫人は、彼の傍に坐《すわ》っていた。ほかの四、五人の女子大生も、明の美貌《びぼう》と才気に吸いよせられたようにそのまわりにむらがっていた。

くびれの入った白い指にマニキュアをして、女子大生らしくもない肉感的なひとりの娘などは、酔いのために容子の存在など忘れてしまったのか、明の耳もとにデイトの申し込みをささやいたほどだった。彼女はきものをきていたが、なんとなく西洋人がきているような感じがあった。

「いまの若い奴は屈託がなくていいいな」とさっき仁科教授がいった。そのとおりだった。それは底ぬけにまぶしい「青春の饗宴」にみえた。しかし、翳《かげ》のない光はなかった。容子はじぶんの心のなかに翳りを感じた。ふと彼女は、じぶんを不安そうに見つめているふたつの眸に気がついた。彼女とともに、明のそばによらないで、ひとりで肉にマリナードをぬりながらじっとみている杉麻子の黒い眼だった。あまりにぎやかなことの好きでない遠慮ぶかい容子を、きょうここにくる気にさせたのは、麻子のきれいでデリケートなその眼である。それに気がつくと、気がつかない風で容子は笑顔になって、いそいで明をとりまく花環《はなわ》の花の一つにまぎれこもうとした。

そのとき、ひとりの青年がふと声をかけた。いつのまにかはねのけられたようになって、テーブルの傍の椅子に坐って、カクテルを作ったり飲んだりしていた三人の大学生のなかで、一番背のたかい青年だった。

色白の顔に眼鏡をかけて、いかにもわがままらしい容貌をしていた。

「君、卒業は来年？」

「さ来年」

と、明は顔をむけてこたえた。

「じゃ、就職なんてことはまだ考えてないだろうね」

「え、まだ」

「なんなら、多賀水産に入ったらどうだい。さきのことだけど。エミイは多賀水産のお嬢さんだから、たのんでおくといいよ」

多賀水産は漁業ばかりではなく、缶詰や瓶詰でも、屈指の大会社だった。青年はそういって、明にまつわりついている例の西洋人くさい娘をあごでさして、カクテルののこりを芝生にぶちまけた。

　その動作で、容子は彼の言葉の裏に黒い翳りを感じた。それを感じたのは容子ばかりではない。ほかの娘たちも、一瞬興醒《きょうざ》めた表情になった。しかし、だれより敏感に明の顔色がうごいた。しかし、彼は愛嬌《あいきょう》のいい笑顔になった。

「それはありがたいですね。きょうはいいコネをつかまえたな」

　仁科教授が子供をつれてやってきたのはそのときだった。起《た》とうとする鏑木明を笑った眼でおさえて、「そのままそのまま、いまあのひとたちもやってくるから」と、鉄棒の方へあごをしゃくった。まもなく、上衣を着てきた山瀬と石森老人がやってきた。

　皿に肉をもらって、犬みたいにがつがつ食べながら、そのふたりがあげる大袈裟《おおげさ》な嘆声に笑いくずれてから、学生たちはテーブルの上に出してあったレコード・プレヤーをかけ、庭でダンスをはじめた。明は例の多賀水産の令嬢にさそわれたが、ちらと容子の方をみて、いたずらそうな顔でことわった。彼女にわるいからといったしぐさであったが、実は容子と同様にダンスを知らなかったのだ。

　明が教授に、さっきの泥棒の話をあらためてきいたのはそのときだった。

「いや、あれはね、木曾という男で、ぼくが戦争中、信州の中学で英語を教えていたころの生徒なんだよ。ぼくが大学を出てまもなくのころで、そのまえちょっとからだをわるくしたものだから軍隊の方はまぬがれたが、東京にいると食い物はないし、空襲のおそれはあるし、だいいちぶらぶらしてればどんな目にあわされるかわからん時勢だったから、疎開がてらに中学の教師をやったんだ。あれはそのときの、いま記憶にもちょっとのこっていないくらい出来のわるい生徒だったが、それで陸軍士官学校に入ったんだから、あのころは陸士もむちゃにかきあつめたんだなあ、それでも終戦のときは大尉までいったらしい。そして、捕虜虐待の戦犯になって、シンガポールの監獄にたたきこまれていたんだそうだ」

と教授はビールをのみながらいった。

「その木曾が、さっき突然やってきた。何の用できたのかわからん。いま思うと金でももらいにきたのじゃないかと思うが、なかなかきり出さないし、ともかく教え子にはちがいないのだから追いかえすわけにもゆかない。応接間の窓から、この庭で御馳走《ごちそう》つくっているのもみえるし、麻子に料理をもってこさせて、ウィスキーをのませたのがいけなかった。そのカメラは、ちょうど麻子がパーティーの風景をとって、フィルムがなくなったので、そのとき麻子が応接間の棚においていったんだがね。あの男はだんだん酔ってきて、じぶんの戦犯の罪は無実だ。日本軍のだれかを罰しなければ気のすまないという英国軍の手あたりしだいの戦犯狩りにひっかかったのだというんだ。それはそういうこともあったろう。しかし、それをくどくどと、おなじことをくりかえしているんだ。同情はするけれど、いまぼくにいったって、どうしようもないやね。するとあいつは、戦争中、ぼくがずいぶん軍国精神を鼓吹したというんだね。何しろあのころは、その中学の全校生徒が少年航空兵を志願した時代で、それをとめる教師など存在し得なかった。しかし、二十年もたって、それを責めにこられたのははじめてだな。もてあまして、勝手にしろと放り出したまま、僕がこの庭へ出ていたら、そのあいだにカメラを盗んでにげ出したのだ。金を借りそびれて、あれに眼をつけたのだろうと思う」

教授は、苦笑から怒りの表情に変っていた。

「戦犯といっても、すぐに出てきたらしいのだ。それ以後の経歴もきいたのだが、じぶんでいろいろな会社をやったがみなつぶれてしまって、最近は電気器具の外交をやってたんだが、それもくびになった様子だった。家も売り、女房子供ともわかれたといっていた。自暴自棄になっている風でもあった。それも気の毒といえば気の毒だが、やっぱり本人の心がけのわるさとしかいいようがないね。どうも言い分をきいてると、そう思われる。世を呪い、人を呪うより芸がないのだ。あとでのこしていったあのばかげたいたずらがきが、いまのあの男の思想のすべてでさ。それで気がついたのは、あの年ごろ——戦争中に、中学から大学を終えた連中だね、あの世代ほど劣悪な世代はちょっとないな。つまり、戦後、アプレという言葉がいちじはやった、それに該当するあの世代だ」

と、教授は吐き出すようにいった。泥棒から端を発した批判にはちがいないが、平生から痛感している持論でもあるらしかった。

「そのことを、いつかT大のN教授も雑誌にかいてたがね。その連中はいま外交官となって外地駐在を命じられても、外国語がしゃべれなくて外国人とつきあうことをこわがってるというし、新聞記者になっても、電報のうちかたも知らん。新聞社としても、厚生部あたりでしか使いようがないというのだな。銀行に入れば入ったで、帳簿のつけ方も知らない。大学につとめれば吹き出すような非常識な迷論文を発表する。まったく惨澹《さんたん》たる無能の世代だとくそみそにやっつけてたがね。考えてみれば、学生時代は軍事教練と工場動員ばかりですごし、戦争に狩りたてられて、やっと復員してみれば、戦後の混乱虚脱で、まともな職業的訓練を受ける機会もなかったのだ。たしかに戦争被害者にはちがいないが、しかし彼らはそれを盾にしすぎるね。僕の周囲を見まわしても、ずいぶんそんな連中があったし、いまもある。いくら泣言をいっても、どうしようもないさ。いまとなっては、日本の厄介者の世代としかいいようがないな。もはや年齢的にも再教育なんてできやしないし、われわれとしては、これは空白の時代とあきらめて、その次の世代に期待するよりほかはない。君たちだ」

と、教授はふいに眼前の鏑木明をみて、笑顔になった。その笑顔をダンスのむれにむけて、

「これは大学で教えていてよくわかる。おそらく、よりおちついた経済的環境に育ったせいと、新しい教育のせいだろうね。あのとおり陽気で闊達《かったつ》だが、潜在的な実力という点ではすばらしいものがあるね。さきがたのしみだよ」

と眼をほそめた。

明は依然として愛嬌のいい顔でうなずいていたが、しかし眼ははなやかな陽炎《かげろう》のような庭の舞踏を見つめていた。泥棒の話だって、どれほど関心があってきいたのか、うたがわ

しい。彼にとっては、戦争も戦中派も、もはや散り失せた去年の枯葉のようなものかもしれなかった。

「そう、そうですね、まったく」

むしろ、むこうで相槌《あいづち》をうったのは山瀬だった。舌なめずりしながら、また炉の上の肉に手を出すうわの空の顔に気がついて、教授は苦笑した。

「きみ、鉄棒屋君、きみいくつかね」

「は、自分――自分は、ええっと、数えで三十九だから、満で――」

「それなら、君だって戦中派じゃないか。兵隊にいったろう」

「いや、ひどい目にあいました。御覧のように、自分は左足がわるいのですが、これは戦傷じゃなくって、上官から軍刀でなぐられたのがもとです。自分だって、戦争はこりごりです」と、山瀬は顔をしかめて、仔豚《こぶた》のチョップを頰ばり、のみこんでからいった。「いまの若い人たちはしあわせですな。あんな目にあわせたくはないですな」

そして、彼はたちあがって、ダンスしている連中の方へゆき、ひとりひとりつかまえて、名刺を出してはおじぎをした。この機会にぬけめなく、販路拡張のセールスをはじめた様子であった。

誕生日の饗宴《きょうえん》は夕方までつづくらしかったが、土岐容子は明たちのひきあげるのに加わった。オート三輪の荷台に山瀬と石森老人がのり、容子は運転する明のそばに坐《すわ》った。

「どうだった？」と、容子は不安そうに明にきいた。

「どうだったって？　どういう意味だい」

明はぶっきらぼうにこたえた。飽満しすぎたか、すこしふきげんな表情をしている。

「きょうのパーティー、やっぱりあたしくるんじゃなかった。あたしたちには場ちがいだわ」

それは容子の或《あ》る程度いつわらない感想だったが、敏感に明の心を読んだ媚《こ》びでもあった。同時に、無意識的に「あたしたち」といったように、はなやかな雰囲気からのがれ出したふたりだけの紐帯《ちゅうたい》意識を確認させるきもちもはたらいていた。

「しかし、あのお嬢さんはなかなかいいじゃないか」

「杉さん？　あの方はいい方だわ。清潔で、ナイーヴで、だから、あたしもお呼ばれする気になったの」

「なんだか、聖霊といった感じだな」と、明はつぶやいた。

その大袈裟な形容に、ちらと容子がながし眼にみると、彼は放心したような顔をしていた。容子がなやましくなるほど好きな明の表情のひとつであったけれど、彼女の心には、ふっとまたさっきの黒い翳《かげ》がよみがえった。

「仁科夫人の妹だって？」明はまたいった。「そういえばよく似てるな。年くうと、あんな顔になるのかな。すこしいやだね」

「あら、だって奥さまだって、すごくおきれいじゃないの」

「きれいだけど、なんだかいやな感じだよ」

「どこが——」

　と、容子が顔をむけたとき、明はハンドルを左へきろうとして、急停車した。ちょうど、さっき例の泥棒をひきたおしかけた同じ角だった。そこに自転車が一台おいてあって、御用聞きらしい少年がかがみこんでいた。

「どうしたんだ」と荷台の上で、山瀬がかみつくようにいった。

　小僧はあわてて自転車を路のはしにうごかしながら、

「パンクしたんだよ」

「あぶないじゃないか」

「ガラスかと思ったら、こりゃレンズだな。レンズのかけらだ」と小僧は舌うちをした。

「だからパンクしたんだ。ちくしょう」

　明は発車させながら、くびをかしげた。

「レンズ？　さっきのカメラかな。あのときこわしたのかな、あいつ——」

「カメラって、なあに？」と容子がきいた。彼女はさっき、すこしはなれてダンスを見物していたので、教授の話をきかなかったのだ。

　容子の問いに明は返事をせず、だまって車をはしらせたが、ひろい大通りまで出ると、ちがうことを容子にきいた。

「ところで、あのなかで一番背のたかい眼鏡をかけた奴は何てんだ」

　容子は明の顔をちらとみた。やはり彼の心にあのことがひっかかっていたとみえる。

「あれは宇治さんといったかしら。宇治侍従の息子さんですって」

「へえ、侍従の息子」

「もと華族らしいわ」

「ふん」と、彼は鼻を鳴らした。「それから、女の子のうち、ソーセージみたいにうまそうな奴があったろ？　あれ何て奴だ」

「ひどいわ、ソーセージだなんて」しかし、容子はふき出した。「たしか多賀恵美子さんとかいったわ。あれは水産会社のお嬢さんですって。多賀水産じゃ、ソーセージもつくってるのでしょ？」

「多賀水産？　ああ、そんなことといってたな」

「あの方、宇治侍従の息子さんのフィアンセなんですって。だからあの息子さんが、あなたの気にさわるようなことをいったのよ」

「だから？　だからとはなんだ」

容子は狼狽《ろうばい》した。多賀という娘が、天性か何か知らないが、傍若無人に明にしなだれかかるようにしていた姿がひどく気にかかっていたので、うっかりそういったのだ。すると明はすぐに容子の妙な接続語をとらえたが、何を思い出したのか、急に「ふふふ」と笑い出した。彼はその娘の突飛なデイトの申し込みを思い出したのだ。ふきげんさのきえた彼の表情には、ただ可笑《おか》しさだけがゆれている。そんなことは知らない容子は、じぶんのばかなやきもちが可笑しくなって、笑いながらまたいった。

「フィアンセといえば、麻子さんは来年――ちょうど一年後、御卒業と同時にアメリカへいらっしゃるんですって」

「あ、そういえば、さっき坊やがそんなことをいってたな。留学でもするのか」

「いいえ、御結婚、相手はあちらのひとよ」

「アメリカ人と？　そりゃまたどういうわけだい」

「くわしくはしらないけれど、三、四年前、仁科先生があちらの大学へいってらしたんですってね。そこで、向うのお金持の息子さんとお知り合いになって、こんどはその息子さんが去年こちらに来ていたらしいの。禅だか仏教だか研究のためだそうだけれど、半年ほど仁科先生のお宅に下宿していて、そのあいだに麻子さんがひどく気にいったらしいんだわ」

「とんだ禅研究じゃないか」

「でも、麻子さん、英語は御自由だし、クリスチャンだから、心配することないわ。どう、あなたの聖霊は太平洋をこえていってしまう。おきのどくさま！」

容子の笑いに、明も笑った。もうまったく屈託のない笑い声だった。町は斜陽にあかあかとかがやいていた。

「だいぶこちらとはコースがちがうな」

新宿《しんじゅく》をとおるとき、荷台の上から山瀬が大声で呼びかけた。

「おうい、鏑木君、さっき肉をくったから、もうヤキトリはいいだろう？　いいなあ？

きょうはなかなかいい日だったぞう」

その晩、鏑木明は、日記にこうかいた。

「アルバイトに、成城の仁科教授邸にゆく。

誰カガ罰セラレネバナラヌ」

たったこれだけだ。書くべきことがあまりに多いと、かえって日記は簡単なものになることがある。その日のうちに感情の整理がつかないからである。きょうがそれだった。もっとも明は、ふだんからあまり丹念に日記をつける方ではない。丹念どころか、空白の頁の方が多い。実は彼は、書くべきことが非常にたくさんあるような気がしているのに、いざとなると何もなかった。ただそのときになって、泥棒ののこした例の妙な言葉だけが、脳のひとひだに煤《すす》みたいにくっついているのに気がついて、それを書きとどめたのである。

死刑執行・十一カ月前

鏑木明は、めずらしくまた日記をつけた。ただし自分の行動とか感情とかを記録したのではない。或る書物の内容の抜萃《ばっすい》やら整理やらで、だいたい彼の日記は、空白の頁以外は、そのたぐいのものが多かった。

「ドイツ統一後におけるビスマルクの全政策は、平和を維持することを唯一の目的とした。これに対する手段として、彼をして幾多の同盟や協商を締結せしめたが、その目的は単純であった。しかしこれに到達する方法として、しばしばきわめて複雑な形式を採用した。ビスマルクの外交政策は、たしかにその目的において単純であり、その方法において複雑であったが、しかし実際は彼一流の深い沈思と熟考によって練り上げられたきわめて系統のある政策であった」

これが抜萃である。

「一、カイゼルのもっともおそれたのは、ビスマルク同様、普仏戦争の結果としてのフランスの復讐《ふくしゅう》であった。

二、フランスはドイツの外交的覇権を牽制《けんせい》するためにロシアと同盟を結んだ。カイゼルはこの同盟の骨抜きを策した。当時世界無比といわれた陸軍をもつロシアは、ドイツの絶えざる脅威であった。このロシアを極東に釘付《くぎづ》けにし、その目標を満州の荒野に転ぜしめることができれば、ドイツはフランスの復讐を懸念する必要がなくなる。いわゆる『三国干渉』にドイツが加わったのは、極東に於《お》ける単なる領土的野心を満たすために行われたものでなく、前門の虎たるロシアを満州の野に追いやるための布石であった。
三、ただロシアをしてそのまま無人の野をゆくがごとく極東経営を成功せしめては、たちまちドイツはその東境に厳重な警戒網を張りめぐらさざるを得なくなることは必定であった。ここに於《おい》て、ドイツは新興国たる日本に着眼し、日本をしてロシアの対立者たらしめんと企図した。
四、しかし極東の小帝国なる日本は、ロシアの対立者としていささか力量不足である。それを補うには日本をして自信を抱かしめるパトロンが必要である。かくてカイゼルは英国にその役をふり、日英同盟の成立を劃策《かくさく》した。
五、当時英国は、極東に於ける権益を保持するためアメリカとの同盟を熱望していた。その望みが断たれたときのみ、他の政治的結合——日英同盟——が可能性をおびてくる。
六、かくてドイツは、駐米外交機関に『英米の接近を極力妨害せよ』との秘密訓令を発した」
これが、内容の整理である。

五月の雨のふる夜、明がこんなことをかいたところへ、容子がやってきたので、明はすぐに「ドイツ人ってのは、かなわないな」といった。

「きみは、日露戦争とドイツが関係があるってことを知ってるか」

「知らないわ」容子は明の机の上の、エリッヒ・ブランデンブルグ著「ビスマルクより世界大戦まで」という書物をちらとながめてからいった。「面白かった？」

　実は、その本は容子がもってきたものだった。といって、彼女がドイツ外交史に関心があるわけではなく、明にもそんな興味があろうとは思わなかったが、この本の訳者が仁科靖彦という名なのを、四、五日まえ、偶然書店の棚でみつけてふと買う気になり、そのまま明のところへ、「仁科先生の訳したこんな御本知ってる？」とみせにきて、そのまま貸したものだ。べつに彼女は読む気はない。

「面白かった。妙なところがね」

　と、いって、明は日露戦争を起させるためのドイツの神算鬼謀を紹介した。

「日露戦争に、イギリスが重大な関係があることくらいはだれでも知ってるさ。しかしドイツがかげで糸をひいていたなんてことは、死物狂いで戦争をやってた日本自身が気がつかなかったろうし、ドイツのほんとうの目的フランスもてんでよその火事だと考えていただろう。外交もここまでくると凄味《すごみ》があるじゃないか。ちょっと外交官になってみたい意欲を感じるな」

「なんだか球突きみたいね。いつもそんなにうまくゆくかしら」

「げんにドイツがやってのけたじゃないか。問題は外交官の手腕さ。日本みたいに毛並とか名門とかいって、お公卿《くぎょう》さんみたいな外交官ばかりつくってちゃあ、とても及びもつかないけどね」

「そういえば、いつかのパーティー、あのなかにはもと華族で、外交官志望のひとがあったわ」と容子は笑った。

「あいつらか」

容子の笑いは無邪気なものだったが、明のひたいにはふっと不愉快な翳《かげ》がさした。

仁科家のパーティーは、いい記憶ではなかった。それはかならずしも侍従の息子に軽薄な侮辱をうけたせいばかりではなかった。かえってから昂奮《こうふん》して、「誰カガ罰セラレネバナラヌ」などと日記の上で口ばしったが、そのときでさえ、その「誰カ」をはっきりとあの息子と意識してかいたのではなかったような気がする。それ以上何もかかなかったのは、かくべきことがあまりに多いような気がし、感情の整理がつかなかったせいでもあるが、実はその「罰セラレネバナラヌ」のが誰か、明瞭《めいりょう》でなかったからだった。そのうちにパーティーのことを忘れてゆき、その昂奮もさめてしまったが、しかしそのときの印象は、漠然とした雲のように、脳髄のおくに漂っていたとみえる。いま、突然、明はその雲が何かを知った。それはあのパーティーの一団すべてであり、またあの豊かで華やかな雰囲気そのものだった。

「お嬢さん相手のパーティーで養ったセンスで、将来外交をやられちゃ、たよりないな」

吐き出すような口調に、容子は明の気持を読んで可笑《おか》しそうにいった。

「明さん、明さんもいつかはあんなうちに住んで、もっと豪華なパーティーをひらくようになるわ、きっと」

「ふふん、山瀬さんと同じようなことをいってる。きみもあの男と同程度のあたましかないな」

容子は唇をとがらせた。冗談めかしてなぐさめようとしただけなのに、と思った。しかし容子の反撥《はんぱつ》をふさぐほど、明の表情はするどかった。

「きみはぼくが将来そんなことになると本気で思ってるのかね」

明がべつに確固とした社会主義や共産主義の思想をもっていないことを知っている容子には、その問いが、彼の意志の問題ではなく、たんなる可能性の問題であることはあきらかだった。

「大学を出て、安月給取りになって、何十年かたって、やっと課長、せいぜいそれくらいが、ぼくの予想される、しかし決定的なコースだな。だいいち、ぼくの大学そのものが、すでに出世コースからはずれてる。ばかな夢はみない方が失望しないな」

しかし、明は達観した顔ではなかった。彼は急に苦しさを感じた。心の中では、むろんあれくらいの生活は将来できるという夢はあった。が、彼はいまその生活をしたいのだった。髪に白いものがまじり、皮膚に黒いしみができる年齢になって、たとえそんな生活ができたとしても何になろう。いま、この二度とない青春に、あの若者たちとおなじように豊かさと華やかさを愉《たの》しみたいのだった。しかし、こんなただッ子みたいな欲望は、いかに恋人のまえでも口にはできなかった。

「女はいいいな」むしろにくしみにみちた眼で、明は容子をみていった。

「どうして？」

「女には先天的にきめられたコースというものがないよ。氏なくして乗る玉の輿《たまこし》という言葉があるじゃないか。あの仁科教授のとこのお嬢さんだって、これは氏素姓ははっきりしてるけど――」といいかけて、ふときいた。「あの奥さん、やっぱり名門の出かい？」

「杉さんのおうちね。杉さん、あたしの田舎のことをきいたとき、じぶんも百姓の娘だっておっしゃってたわ。百姓といったって、豪農かもしれないけれど、生まれが長野県の田舎なことはたしかよ。ひょっとしたら仁科先生、信州で中学の教師やってたといってらしたわね、そのときにあの奥さまと結婚なすって、その縁で妹さんの麻子さんもあのおうちにいらっしゃるんだと思うわ」

「それごらん、とにかく信州の百姓の娘が、アメリカの金持のところへお嫁にゆくなんて突飛なことは、とうてい男にゃ想像もできやしない。女はどんな夢をえがくことも可能なんだからな。……きみだって、そうだよ」

皮肉や、いやがらせのつもりではなかった。明は酔いがさめて、鳥肌立ったような顔色をしていた。彼は、「ビスマルクより世界大戦まで」の壮大な世界から醒《さ》めた。ゆりもどされた現実は、机と小さな本棚と、首吊《くび》り人みたいにレインコートのかかったしみだらけの壁と、わびしい夜の雨だけのアパートだった。そしてこのみじめな小空間と大差ないじぶんの未来への確実な展望だけだった。

何か言葉をさしはさもうとして、しきりに唇をなめていた容子は、だまって明を見つめた。冷たいほどの美貌《びぼう》をもち、妙にふてぶてしいほどの自信をもっている明が、こんなみじめな顔をし、こんな自信を喪失した言葉を吐くのは、はじめてだった。彼女は反駁《はんばく》する気力が萎《な》えた。ただ彼が可哀そうで、胸がつまるようなきもちになった。

「女は果てしもなく沈む可能性もあるわ」と、彼女はひくい声でいって、いざりよった。

「女は、男のひと次第だわ」

　容子も、そんな言葉をもらしたのははじめてだった。明はおどろいたように顔をあげて、容子のうるんだ黒い眼をみた。ほんとうだ、ふいに彼の胸に、この世で味方はこの娘ひとりだという感傷がつきあげてきた。この女なら、じぶんがどんなに貧しい人生をおくっても、どこまでもいっしょについてきてくれるだろう。

「容子、さびしいな」と、彼もうるんだ声でいった。

　容子が身をなげかけるのと、明が抱きしめるのと同時だった。ふたりの唇は重なった。

　ふたりがキスしたのは、むろんはじめてではない。しかし、肉体的な結びつきはまだなかった。おなじアパートに住んで、自他ともにみとめる恋人でありながら、ふたりには大学生らしい潔癖さがまだのこっていた。けれど容子は、このときはじめて明に何もかもなげあたえたいような、じぶんの肉体で明をすべてつつみこんでしまいたいような衝動を感じて、下から彼のくびに腕をまきつけた。火は、青年に移った。明ももえあがった。姿勢をかえようとして、彼はそのとき部屋のドアがひらいていて、そこにだれか立っているのに気がついた。

「いや、どうも」

オリンピック建設社の山瀬が、土団子をこねたような顔の耳をつまんで、どぎまぎした表情で立っていた。ふたりはとびはなれた。

「ノックしたら、返事がきこえたような気がしたもんだから……雨の音のせいだったかもしれない」

あわててまたドアをしめようとする山瀬を、「いいんだよ、山瀬さん」と、明は苦笑いしながらよびとめた。

「何か、御用？」息がはずんで、たかい声になった。

「いや、用というほどの用じゃない。あとでまたくるよ」

「ほんとにいいんだ、何ですか」

「さっきのラジオのニュースきいたかね」

「いや、きかない」

「例の誘拐事件の犯人がつかまったというニュースなんだ」

明は山瀬の顔をだまってみていた。例の誘拐事件というのは、或《あ》る有名な建設会社の実業家の十一になる娘を誘拐し、身代金の受取りに失敗した犯人が、その少女を殺したという半月ばかりまえに起った事件だった。杉並《すぎなみ》区の或る公園の林の中で発見された少女は、たんに絞殺されていたばかりではなく、いたずらされている形跡もあったので、その無惨さに新聞は連日それに関する記事で埋めつくされていたが、犯人は顔もわからず名もわかってはいなかった。その事件に、むろん明は世間並みの興味をもっていたが、しかしいま山瀬がわざわざ報告にやってきた理由がのみこめなかった。

「その犯人が、あの男らしい。――ほら、木曾浩一――」

「木曾浩一？」明には思い出せなかった。

「その名だけだったら、ぼくも思い出せなかったかもしれんが、戦犯で服役していた経歴があるといってたから、ひょいと思い出したのさ。ほら、仁科先生のところでカメラを盗んでったあいつじゃないのかね？」

「え、あいつ――木曾――そういえば、そんな名だったな」

明ははじめてショックをうけた表情になって、「まあ、入って下さい」と坐《すわ》りなおした。

「土岐さん、すみませんね」と山瀬は笑いかけたが、容子はあかい顔をして、壁をむいたきりだった。山瀬もそれ以上彼女に話しかけず、故意に無視したようにそのニュースについてしゃべり出したのは、容子に気をつかったというより、山瀬自身も照れている気配があった。

「それで、その女の子の家に恨みかなにかあるんですか」

「まだつかまったというニュースだけだから、よくわからんが、たんに金欲しさのためじゃないのかね。たとえ家に恨みがあったって、罪もない女の子を殺すってのはどうも」

「死刑だな」と、明はいった。

そしてその男がかきのこしたあのぶきみな文句を思い出した。それから、その文句をじぶんが日記に再録したことを思い出し、いやな感じがした。

「誰かが罰せられねばならぬ——と、書いてったそうだけど、その誰かが十一の女の子だったというんでしょうか」

「親父ならわかるんだが、それと関係はないだろう」

「親父というと、何とか建設の——」

「そう、大司建設とオリンピック建設社とは、人工衛星とシャボン玉ほどちがうがね」と、山瀬は笑った。

それから、この男にはめずらしく昂奮《こうふん》してしゃべり出した。

「これは、政治家に賄賂《わいろ》をやる。脱税はする、工事の手はぬく、下請業者をしぼりあげる、相当な人物らしい。実は僕と同郷で十八になる男の子を、或る建材店に就職の世話をしてやったんだが、その建材店が大司建設の下請をやってるんだ。おやじがしょっちゅうこぼしてるよ。その小僧はいま例のダンプカーの運転をやってかけまわってるんだが、実際可哀そうなもんだね、砂利を買いたたかれて、ダンピング競争で、ピッチをあげないと採算がとれないので、一日に四百キロは走らなきゃならんそうだ。これじゃふらふらになって、人をひいたり電車にぶつかるのもむりはないと思うよ。わるくすりゃじぶんもイチコロ、よくいって刑務所だから、冗談に事故をおこす奴はないが、事故がおこるとたたかれるのは運転手、それから建材店、せいぜい労務管理の下っぱの役人だからな。そうさせるもともとの大建設会社はのほほんとして、社長や重役は、よその国の話みたいにきいてるかもしれん」

「その大建設会社から、政党はたっぷり献金をもらってるし、悪い奴ほどよく眠るってのはこのことですね」と明にも山瀬の昂奮がうつった。「それじゃあ、誰かが罰せられなくてはならぬという犯人のもくろみどおりじゃありませんか。その女の子が代って罰をうけたわけだ」

「まさか、いくらなんでもそりゃひどすぎるがね」と山瀬は苦笑した。「で、奴がつかまって、仁科先生、例の件を警察にもち出すだろうか」

「さあ、いや知らん顔してるでしょう。考えようによっては、むかしの教え子だから、かえって弁護に立ってやってもいいと思われるけど、弁護もしてやらん代り、追い討ちもかけんでしょう。そんなことはわずらわしい、そう考えそうなところが、あの先生にはありますね」

「そういえば、何か冷たい感じだったな。大学の先生って、みんなあんなものかね」

「まあね」

と、明はいって、心の中で、じぶんの大学の教授の二、三の顔を思いうかべた。学生のあいだに急進的な運動がはやったころ、それを煽動《せんどう》し、或《あ》いはそれに媚《こ》びるような言動をみせながら、その学生たちが退学処分をうけるころには横をむいていた教授の顔を。――なんだかここにも、「悪い奴ほどよく眠る」という言葉が適用できそうな気がした。彼が政治的な学生運動の仲間から遠く身を置く気になったのは、そんな光景をながめて、ばかばかしくなったからだった。

「しかし、あいつは戦犯で死刑になった方がよかったな」と山瀬はいった。「そうすれば、その娘さんは殺されなくてもすんだわけだ。まったく有害無益の余生だったよ」

「いや、ぼくがあのとき、あいつをひき殺してやってれば――」と、ふいに明はいった。あの仁科家への曲り角、オート三輪にぶつかったにぶい手応《てごた》えを思い出したのだ。その一瞬にハンドルをまわしたじぶんの手を彼はながめた。

「山瀬さん、この手がね、ひとりの少女のいのちに関係があったなんて、誰も想像もしないでしょうね。しかし、事実、そうなんだ」

一種の戦慄《せんりつ》感が脈をうって、手はへんに蒼白《あおじろ》くみえた。ふとこのとき彼は、日露戦争の背後にあったドイツを思い出した。似ても似つかぬ比較のようで、妙な暗合感のあることはたしかだった。そうだ、じぶんのこの手が、まったく無縁のひとりの人間の運命をうごかしたのだ。……

「そいつをひき殺してりゃあ、きみの方が刑務所ゆきさ」と、山瀬は笑った。「ばかなことをいっちゃいけない、ねえ、土岐さん」

容子はやっと平静らしい顔色をとりもどして、しかし無意味な笑顔でうなずいた。雨は町一帯が水底にゆれているかのようにふりつづけていった。

明がわれにかえったようにいった。

「ところで山瀬さん、お店の運転手さん、もう怪我はなおったろうけど、ぼくにやらしてもらえる仕事ないかな。そろそろまたバイトの必要が生じてきたんだ」

死刑執行・十カ月前

水蒸気がいっぱいにたちこめたような、明るい曇天の六月はじめの或《あ》る午後、明が大学からの帰り、オリンピック建設社の前をとおりかかると、中から山瀬がとび出してきた。オリンピック建設社では、あまりひろくもない店でスポーツ用品もひととおりは売っていて、販売副主任の山瀬はどうやら客と何か応待していたらしいのに、それをほうり出してかけてきたのである。

「鏑木君、鏑木君、ちょうどいいところだった。明日の日曜ひま?」

「何ですか」

「またバイトをたのみたいんだ。実はむこうのお名ざしでね、どうあってもきみをつれてきてくれというのさ」

「へえ、ぼくを? どこの何者です」

「千駄《せんだ》ガ谷《や》の多賀さんっていうお屋敷だがね」

「多賀?」

「あれだ、お嬢さん、怒ってたぜ。きみ、いつか——仁科先生のお屋敷へいったとき、お嬢さんとデイトの約束して、それっきりすっぽかしちまったろ?」

「ああ」と、明はさけんで、あたまをかいた。「あいつか」

「あいつか、とはひでえな。多賀水産の社長のお嬢さんを銀座《ぎんざ》かどこかに待ちぼうけをくわせて、そいつを忘れてるってのは――」

「いや、あんな約束、冗談かと思ってたんですよ」

「どんな約束したかしらんが、むこうは本気だったぞ。是非つれてきてくれ、くいついてやるから――とはいわなかったが、そういわんばかりの口つきだった」

明はふしぎそうに山瀬の顔をみた。いったい、どういういきさつで、あの娘とこの男がそんな話をかわしたのかと思ったのである。その表情を読んで、山瀬はいった。

「いや、こないだのパーティーでお知り合いになったチャンスをのがさず、あの学生さんたちのおうちへ、五、六軒註文《ちゅうもん》とりにいってみたんだ。お嬢さんと話したのはそのためだよ。そしたら、プールをつくってもらってもいいといい出したんだがね。ただし、君が見積書をもってこなけりゃいやだというんだ。プールなら、うちとしてもまったくありがたいお客だからな。是非たのむ。バイトといったが、それだけでいい。君が註文をとってくれれば、一万円くらい礼をしてもいいと社長にいわれたところなんだから、たのみますよ」

「一万円、ほんとにくれるんですか」

「君にうそをついてもしようがないよ」山瀬は、ふいにへんな笑いをうかべて、さも大陰謀らしく、声をひそめてささやいた。「鏑木君、どうだい、あの多賀さんのお嬢さんをひっかけちゃあ」

「冗談いっちゃいけません」

「いや、冗談じゃない。あのお嬢さんは、君が落そうと思えば落せるよ。おれが君なら、落してみせるがな」

日やけというより、暮しの疲れがしみついたように黒くうす汚ない山瀬の顔をみて、明はふき出した。しかし、山瀬はまじめな、感にたえた表情で、

「ほんとうだよ、あのお嬢さんの君への関心は相当なもんだよ。いや、色男は幸福だな、容子さんみたいな可愛い恋人があるというのに、またすごい別口がかかる」

「ふふ、だから、あまりばかにしちゃいけないって、容子にいってやろうかな」

「これゃいかん、こんなこと、容子さんにいってもらっちゃこまるよ」と、山瀬はあわてくびをふった。「それゃこまるが、何しろ糸のさきを泳いでる魚があんまり大きすぎるから、ひとごとながらもったいなくてね。とにかく多賀水産を釣れるかもしれんというチャンスなんだからな」

彼は、じぶんの言葉の出来のわるいユーモアにも気がつかない風だった。言葉そのもののユーモアよりも、その内容に明は笑った。

「山瀬さんは、年に似合わず夢想家ですね」

山瀬がきょとんとわれにかえったような表情になったので、それまで彼がほんとうに冗談のつもりで多賀水産を釣る話をしていたのではないことがわかった。

「どうも、いまの若いひとは現実的だな」彼はにやにやと笑った。「夢がないね」

「ぼくは多賀水産より、さしあたり一万円を釣ることで満足しますね」

「あ、じゃあ、いってくれるかい」

「註文とりの方だけならね」

山瀬につれられてオリンピック建設社に寄って、見積書の説明をきき、それを受けとって出てきてから、道をあるきながら、明はまだ笑っていた。山瀬が、そんな用だから君だけいってくれ、と背をどやしつけたのに、まだばかなことを考えてる、と可笑《おか》しかったのだ。いまの若い者には夢がない、と山瀬はいった。それじゃああの男にどんな夢があるというのだろう。どんなに想像力をはたらかしてみても、現在にも将来にも、大した夢の可能性はありそうにない。

かんがえるのは、他人に——しかも、富豪の娘を誘惑させて、それを出世の階段にするなどという大時代な夢だ。おれがばかなら、あれはとんだメフィストフェレスになるところだ、と考えて、明は少々山瀬に気をわるくした。ふだん容子に好意をもっているようにみえたのに、いやにあっさり彼女の存在を無視してしまった粗雑で無礼な神経がうすきみわるくもあった。四十男だな、と軽蔑《けいべつ》や滑稽《こっけい》感やうすきみわるさをすべてふくめて、明はつぶやいた。そのくせ明は、それほどふきげんでもなかった。彼は、一ト月まえ、容子にみずから夢を否定したときの救いようのない滅失感を忘れていた。いま、夢がないときめつけた人間が、山瀬であったせいかもしれない。青春にはすべての可能性がある。いや、もっと、それこそ現金に、一万円のもうけ口がころがりこんできた心のはずみのせいかもしれない。

　そして、多賀水産の令嬢がじぶんを指名したということは、やはり不愉快ではなかった。山瀬のいったことのどこまでがほんとかしらないが、デイトの約束はあの娘の口からきかなければ山瀬の知らないはずのことだし、見積書のことでも、全然でたらめの話ではあり得ない。

「銀座で待ちぼうけをくったというのはほんとかな」

　彼は、銀座に立っているあの娘の姿をあたまにえがいた。ソーセージみたいだ、と悪口をいったおぼえがあるが、いま思うと、少々ちんくしゃだがそれなりに肉感的な顔や、大柄で発育のいいからだが、ひどく豪奢《ごうしゃ》なボリューム感をもってよみがえってくる。なんだか、眼のまえに、ふいにはなやかな霞《かすみ》がかかったような気がする。これは、ひょっとしたら。……

　ふいに明は声をかけられた。

「何をばかにうれしそうな顔してあるいてるの？」

　みすぼらしいアパートのまえに、自炊の残菜をいれたバケツをぶらさげて容子が立っていた。色彩のないワンピースにエプロンをかけた容子も、アパートにマッチして、ひどくみすぼらしくみえた。

「いや」と、明はたちどまって、まじめな顔にもどった。

　さっきまで、山瀬からもらったバイトの話や、なんなら山瀬のとんでもないそそのかし

てしまった。

まで白状して、ふたりで大笑いしてやろうとまで思っていたのに、なぜか彼はくびをふっ

「なんでもないよ」

その翌《あく》る朝、身支度をして廊下に出ると、彼の洗濯物をかかえてやってきた容子に逢《あ》った。きれいにアイロンがかけてある。彼は理由もなく、ちょいと良心のいたみをおぼえた。

「バイトにゆくんだ」と、わざとぶっきらぼうにいった。

「あら、なんのバイト？」

容子はかなしそうな顔をした。何か、予定があったらしい。明はこんどはわずらわしくなった。

「バイトはバイト、ダンスパーティーにゆくんじゃないよ」

と、不得要領な返事に皮肉をまぜて彼女の口を封じると、そのまますたすたと階段の方へあるいていった。しかし階段の上まで容子は追ってきた。そして、だまって彼のポケットに洗濯したハンケチをおしこんだ。

「いってらっしゃい」

千駄ガ谷の多賀邸は、その大きさも、豪壮さも、仁科教授の家に数倍していた。仁科邸の豊かさに感にたえたのがおかしいようだった。日曜だというのに、門の内外には五、六台の高級車が、初夏の陽光にかがやいていた。客があるのだろう。意気ごんできたのに、気おされて、弱気になるのが、じぶんでもわかった。彼はこのアルバイトの依頼に応じた

ことをちょっと悔いた。

それを意識すると、明はかえって胸をはり、あたまをあげた。勝手口へゆく方角はわかったが、わざと正面の玄関の方へあるき出した。堂々とあの娘を呼び出し、無表情に契約をすませ、すぐにさよならしようと思ったのだ。

すると、正面の、十数メートルもあるかとみえる蘇鉄《そてつ》の一群のむこうから、ふたりの若い男女が出てきた。何か口論でもしているような対話をかわしている。ふたりともサングラスをかけていたが、たしかに女は多賀の娘だった。明はたちどまり、向うでも気がついた。ハンドバッグをもっているところをみると、外出するところらしい。

「あら」と、花のように唇をひらいた。「こないだの」

明はわざとゆっくりとちかづいた。いっしょにいる青年が、あの宇治侍従の息子であることもすばやく眼にいれていた。おじぎもせずにいった。

「プールの見積書をもってきたのですが」

多賀の娘は、明のさし出した封筒をうけとりもせず、まじまじと顔を見まもっていた。

「あなた、ひどいひとね」といって唇をとがらせた。「あたし、待ってたのよ」

「すみません、ちょっと用があったものだから」

と、明は笑った。やっぱりあれはほんとうだったのか、という安堵《あんど》に似た笑いだった。

その問答を、侍従の息子はへんな顔できいていたが、どういう性質の話か、すぐにかんづいたらしい不愉快そうな表情になった。

「エミイ、プールをつくるんだって？」

「あたし、じぶんからデイトを申し込んで、待ちぼうけをくわされたの、はじめてだわ」

と、多賀恵美子は、宇治の問いを無視していった。宇治は明とむかいあった。

「きみ、そんな用なら勝手口の方へいって、誰かに話したまえ。ぼくたち、これから出かけるんだ」

「プールをたのんだのは、あたしよ」と、恵美子はいって、やっと封筒をうけとったが、なかは見もしないで、ハンドバッグにいれた。

「ちょうどいいわ、あたしこれから伊豆へドライブにゆくところなの。いっしょにゆかない？」

「いや、ぼくは」と、明はめんくらった。

「エミイ、へんなこといい出すなよ」と、宇治はあきらかに怒った顔でいった。「そんなのつれてって、どうするんだ」

明は急にひややかな表情にもどって、その狼狽《ろうばい》ぶりをながめた。明はこのときドライブにゆく決心をした。恵美子の誘いにのったわけではなく、この高慢な青年の鼻をあかすためだった。

「いやなら、あなたはこなくっていいわ」と、恵美子はへいきでいった。「あたし、ひとりでゆくっていってるのに、あなたが勝手にくっついてこようとしてたんじゃないの」

そして、七面鳥みたいに青くなったり赤くなったりしている宇治をふりかえりもせず、明にいった。

「あすの朝はやく、学校には間にあうようにかえるわ」

「え、泊るんですか」

「伊東《いとう》に、別荘があるの。ゆくわね？」

明はいよいよおどろいていたが、うなずいた。恵美子は門の方へあるき出した。明はわざと宇治の顔をみないで、そのあとを追った。すると、宇治もくっついてきた。

「あなた、ゆくの？」

「ゆく」と、宇治はしゃっくりみたいな声でいった。

どこの馬の骨ともしれない青年を同伴するのは不本意だが、じぶんだけほうってゆかれては、それ以上に一大事だと思ったらしい。まるで、いちどはすねてみたものの、やっぱりお菓子が欲しいだだッ子みたいな顔をみて、明はうす笑いした。宇治はそれをにらみつけたが、明は承知の上だった。

宇治は、門のまえにならんでいた車のひとつのドアをあけようとしてためらった。

「あなたの車でゆく？　じゃあ、おねがいするわ」

と、恵美子は全然こだわらないで、後部のドアをあけて、さきにのりこんだ。宇治がためらったのは、じぶんが運転すると、うしろに恵美子と明がならんで坐《すわ》ることになるのに気がついたかららしかった。しかし、明が平然と恵美子につづいてのりこんだので、あきらめて、ハンドルのまえに坐って、乱暴に発車した。

明が、もしじぶんが数分おくれてこの邸《やしき》にきたら、こんどはじぶんがすっぽかしをくうことになったなと気がついたのは、やっとこのときだった。じぶんを待ってなどいやしなかったのだ。おれが見積書をもってきたら契約してもいい、とこの娘がいったと山瀬はいうが、それもどこまであてになる話かしれやしない、と彼は急に不安になった。彼女はけろりとハミングしていた。ハスキー・ヴォイスだった。

「あの、プールのことは」

「作るわ。二、三日中に仕事にくるようにいっといてよ。この夏すぐに使えるようにね」と、恵美子は簡単にいってから、はじめて気がついたように、「ああ、この運転手紹介するわね。宇治一夫さんといって、宇治侍従の息子さんよ」

「知ってます」

バックミラーのなかで、宇治一夫は妙な顔で明をにらんだ。敵意にみちた眼だった。

「もとはお公卿《くぎょう》さんでしょう」

と、明ははっきりと軽蔑《けいべつ》的な調子でいった。

品川で、車はしばらくとめられた。赤旗をひるがえした労働組合のデモ行進のためだった。二、三日中に国会が解散されるはずだった。その風景を面白そうにみていた恵美子が、ふいにいった。

「あなた、全学連？」

「いや、そうじゃありませんが」と、明はいった。実際、彼はそんな運動には無関心だった。しかし、わざといった。「共産主義に魅力は感じますね。

「優秀な学生は、みんなそうらしいわね」資本家たちには頭痛のたねね」

と、恵美子がひとごとみたいにいうと、ふたたび車を発進させながら、宇治一夫が吐き出すようにいった。

「それが社会に出りゃ、みんな資本主義の階段にかじりつくんだ。むかしから、みんなそうなんだ。心配することはありゃしない」

「むかしはそうでも、これからはどうかな」と、明はつぶやくようにいった。「これから十年か二十年、つまりぼくたちの仲間が社会人の中枢に立つようになると、世の中はずいぶん変ってくるんじゃないかな」

「大して変るもんか。そろそろ右翼的な思想ものびてきたじゃないか」

「あなた、こないだのテロ事件どう思う？」と、恵美子がきいた。

このあいだのテロ事件とは、或《あ》る作家が皇室を戯画化した小説をかいて発表したために、宮内庁から抗議が出て、そのあげく右翼の少年がその小説を発表した出版社を襲撃して、その社員を殺した事件のことをいっているのはあきらかだった。

「あれは、すべて軽率ですね」と、明はいった。「作家も軽率なら、それを発表して、あとで陳謝広告を出した出版社も軽率、テロ行為をやった少年はむろん軽率の見本ですが、しかしいちばん軽率なのは、告訴するとヒステリックにさわぎ出した宮内庁だと思いますよ」

「なぜ?」と、かんだかい声で宇治がいった。

「だって、宮内庁がさわぎ出したものだから、右翼が力を得てあばれ出したのじゃないか。その結果、国民の心に、皇室と右翼がなんとなく融合して、一種の恐怖的な印象をもつようになってしまったじゃないか」

「そりゃ結果論だ。皇室を戯画化されてだまっていちゃ、宮内庁は責任をはたせないよ」

「それが茶坊主根性という奴だ。ふつうでない特権を賦与されてる以上、ときたまとっぴな批判をうけたってしようがない。そんなもの、黙殺しとけばいいんだ。それがかえって皇室をまもる最善の態度なんだ。特権の座から反撃に出ると、どんな社会的なショックが起るか、それを見きわめられないようで、なんのために宮内庁の役人としての月給をもらってるんだ」

　はっきりと明は、宇治を侍従の子と意識してものをいっていた。さっき多賀家で、「台所の方へゆけ」とか、「そんなの、つれてってどうするんだ」といわれた憎しみに、身内を煮えたぎらせていた。いつか仁科家で受けたさりげない侮辱も胸によみがえった。こいつは先天的なおれの敵だ、と彼は思った。おそらく宇治一夫の意識している以上に、彼は「敵」を意識した。

「ふふん」と宇治は鼻を鳴らした。彼もようやくこのバイト学生の敵愾心《てきがいしん》に気がついたらしかった。

「十年か二十年たつと、世の中は変るといったね。十年か二十年たったら、ぼくのまえに出て、いまいったことをもういちどいってもらおう」

「ふたりとも、政治家みたいなことをいってるわ」と、恵美子が笑った。「それも首相クラスね」

それでふたりの問答はとぎれたが、車の中は黒い熱っぽいものがたちこめているようだった。外はいつのまにか、青あおとけぶった海沿いに、あくまでもあかるい六月の太陽の世界なのに。

車は弾丸のように走っていた。火花の出るほど凄《すさま》じいスピードで、右に左にほかの車を追いぬいてゆく。制限速度をはるかに超えていた。何やら話しかける恵美子の言葉を、明はよくきいていなかった。恐怖からではない。闘争心からだ。ぶッとばせ、ぶッとばせ、ぶつかったって、ソンをするのはおれじゃない。「毛並みのいい」おまえたちの方だろう。恵美子は無意味なおしゃべりをやめて、またハミングしはじめた。風がその髪を吹きなびかせていた。窓の外をながれ去る海と車にむけられた眼は、スピードの快感に黒くもえあがっているようだった。恐怖の色はまったくない。そのことに気がついたとき、明ははじめて、背すじに妙な戦慄《せんりつ》をかんじた。同時に、はじめてこの富豪の娘にふしぎな魅力をおぼえた。

石の門を通ってから、青い植込みのなかの石だたみを百メートルもはしると、また鉄の門があった。そこで恵美子と明はおりて、宇治は車をどこかへもっていった。東京から電話でもしてあったとみえて、別荘番らしい老人と老女と若い女中の三人がおじぎをして出迎えた。

すばらしい前庭の向うに和風の建物が見え、その屋根の上に三階建ての白堊《はくあ》の洋館がみえた。

「お嬢さま、洋館の方にお泊りだと思って御掃除はしておきましたが、御部屋は三つ、お使いになりますか」

と、別荘番がいった。ふたり青年がくっついてくるとは知らなかったらしい。恵美子は、どうでもいいような返事をした。

建物の大きなわりには小ぢんまりとした玄関からあがって、たたみをしきつめた長い二間廊下をあるいた。左手には四つ五つの日本座敷がならんでいるが、雨戸はみなとじたままの気配である。右は池のある中庭で、あやめの花がゆれていた。そのむこうにもきれいな建物がみえた。

「いったい、いくつ部屋があるんです」と、明はきいた。

「さあ、いくつあるかしら」

「洋館をのぞいて、十七室でございますが」と、老人がいった。

「そんなにあって、何にするんです」

「めったに使わないわね。もう二十何年かまえにパパが買ったものなの。でも、パパなんかほとんどきたことがないいんじゃないかしら」

「旅館にするともうかるだろうな」

「旅館にするにはもったいない作りでございましてな」

と、別荘番はいって、明を赤面させた。

うすぐらい長い廊下をゆきつくすと、いつのまにか洋館に入っていた。その手前で、右に折れる廊下を、老人は去った。恵美子はスリッパをはいて、一室に入りかけて、「三階、ちょっと見晴らしがいいのよ、あたし、塔と呼んでるの」といって、赤い絨緞《じゅうたん》をしいた階段をのぼっていった。

三階は一室だけだった。三面が窓になっていて、六月の日光がおんもらとこもり、まぶしいくらい明るかった。恵美子が窓をあけると、南側にかすんだ海からものうげに船の銅《ど》鑼《ら》の音がながれてきた。すぐ下はいちめんの青い芝生で、芝生の向うはちょっとした森になっていた。

「もうすこししたら、あの森に蛍がとぶのよ。まだちょっと時期がはやいわね」

「ここ何坪あるんですか」

「ええと、六千坪だったかしら、建坪はたしか六百坪とおぼえてるけど」

と、相変らず恵美子はひとごとみたいにいった。

庭にはつつじの花がまっ盛りだった。白い蝶《ちょう》がとんでいた。小鳥の声がきこえた。明はいつかみた天然色のアメリカ映画を思い出した。何だか自分がこんなところにいるのが、夢のような感じがした。いったい、じぶんはどうしてここにきたのかな。そうだ、この娘は、どうしてじぶんをここにつれてきたのだろう？

そばに、頰がくっつくほどにして恵美子はならんで立っていた。その顔がこちらにむけられたと思うと、彼女は眼をとじていった。微風と香水の匂いが明の頰をなでた。

「キスして」

まっしろな肉のなかに、切り裂かれたように ぬれて鮮やかな唇の肉があった。白日のなかなのに、それは幻想的な花のようにみえた。明は催眠術にかかったように、その唇に唇をかさねた。すると、彼の唇のあいだから、貝の肉みたいな異様な感触がすべりこんできた。彼は全身がくらくらとした。

息がつまり、顔をはなすと、恵美子はにっと笑った。

「あなたが好きになっちゃいそうよ」といった。「どうしてこのまえ、デイトに待ちぼうけくわせたの」

「あなたには許婚《いいなずけ》があるんでしょう」と明はあえぎながらいった。「あの宇治君が」

「あちらはそう決めてるらしいわね。親同志もそのつもりかもしれない。けれど、あたしはまだそう決めたつもりはないわ」と、彼女はまたいたずらっぽく笑った。「あちらのおうちじゃ、望みはあたしじゃなくって、パパのお金かもしれない。パパの方じゃ、気にいってるのはあの男の子じゃなくって、あちらのおうちの身分かもしれない。あのひとは、お金もあたしも欲しいのかもしれないけれど、あたしはあの子も身分もそれほど魅力はないわ。それに親の考えてることが、金と名誉の交換なんて、あんまり類型的で、何よりその点に反撥《はんぱつ》を感じちゃう。あなたをつれてきたのも、そのレジスタンスの一つなの」

明は何かいおうと思ったが、とっさに言葉が出なかった。

「それに、さっき東京であのひととケンカしたのよ」

彼は、多賀家の玄関できこえたふたりの口論していたらしい声を思い出した。

「どうして？」

「へんなことなのよ。この四月かしら、一夫さんとデイトの約束したのを忘れちまって、あたし、べつの仲間と日光にドライブにいったの。そのときね。……」彼女は口ごもって、妙な笑い方をした。

「あれはたしか明智平《あけちだいら》の山の上だったわ、そこで或《あ》るボーイフレンドとキスしたの。だれもみてないはずだったのに、それを写真にとったひとがあるらしいの。その写真をあの一夫さんに送ったのよ。ずいぶん、おせっかいな奴がいるもんだわ。一応あたしのフィアンセになってるひとに送りつけるくらいだから、仲間のだれかにちがいないわ。ほら、あなた知ってるでしょ、あの杉麻子さん、あの方もごいっしょのグループなの。ほんとにふしぎだわ、あのときの仲間に、そんなことをするひとはいないはずなのに」

「そのときカメラをもってた奴でしょう」

「カメラはほとんど持ってたわ。みんなおたがいに撮《うつ》しあったから、なんかのはずみでそんなスナップをとっても、それはふしぎじゃないけれど、わざわざいまごろになって一夫さんのところへ送るというきもちが、あたしには見当もつかないわ」

「へえ、四月のことをね。——宇治君も知らない人ですか」

「きのう、差出人の名のかいてない封筒で、あのひとのうちの郵便受けに入っていたというの。一夫さんも、どうやらほんとに見当もつかないらしいわ。で、きょう血相かえてあたしのうちへやってきて、そしてケンカになったというわけなの」

「なんだかばかばかしいような話だな。それじゃあぼくは、夫婦ゲンカの口直しか」

「そうじゃないわ。ケンカするまえから、あなたは好きだったわ。あなた、横顔がなんだかなやましくって、ちょっと魅力的よ」

恵美子はまた妙な笑いをただよわせたまま、寄ってきた。また眼をとじて、唇を半分ひらいて、白くくくれたあごをあげた。

「あたし、いや？」

明の口の中には、まださっきの感触が焦げついたようにのこっていた。彼は容子とそんなキスをしたことはなかった。彼はこのだいたんで強烈な誘惑に抵抗しかねた。

しかし、もういちど抱こうとして、彼はふいにとびはなれた。部屋の入口に、宇治一夫が眼鏡をひからせてこちらをみていた。つづいてスリッパの音が階段を上ってきて、別荘番の老人が顔をみせた。

「そこにもいらっしゃいませんかな、宇治さまの若様」

宇治は返事もせず、恵美子は窓際によって例の鼻唄《はなうた》をうたっていた。

「あ、やっぱりここでございましたか、お嬢さま」と老人はいった。「恐れ入りますが、ちょっと下へ」

「あ、そう」

と、恵美子は気軽な声で階段の方へあるいていったが、宇治とすれちがいざまに、彼が両手にぶらさげていたスリッパをたたきおとして、すまして階段をおりていった。老人もそのあとを追って消えた。

「塔」の中には、ふたりの青年がのこされた。明は窓にもたれかかり、煙草をくわえた。

「おい」と、宇治がいった。「エミイにへんな望みを起すな」

明はだまって煙草をふかしていた。

「金が欲しいなら、ぼくがやる。それをもってすぐかえってくれ。いくら欲しい」

明は依然として口をきかなかった。背に蒼空と雲があった。宇治はふいに泣くような声をたてた。

「あれはぼくのフィアンセだ。はっきりいえば、もう肉体的にもむすばれている。妙なまねをしてみろ、ただではすまさないぞ」そういいながら、怒りにからだがふるえ出して、わめくようにいった。

「泥棒猫、いっちまえ」

明は煙草を投げすてた。それから、ゆっくりとあるいていって、宇治の足もとにおちていたスリッパをひろいあげた。なんとなく宇治が手を出したとたんに、スリッパは革鞭《かわむち》みたいな音をたててその頰にたたきつけられていた。

「何をする」

よろめいた宇治のくびに両手をかけると、明はそのまま押していった。宇治は階段の上でほとんど弓なりになった。階段は廻りつつ、一階までつながっていた。そのことより、顔すれすれに、のしかかった明の眼にもえあがった殺意に、宇治は恐怖した。

「泥棒猫とはよくいったな。スリッパをぬぎ、泥棒猫みたいにのぞきにきた奴はだれだ。男なら、女をとられないように、しっかりと番をしてろ。あまり大きな口をきくな」明はわめいた。

「おい、毛並みがじまんでいばってるらしいが、きさまらの毛並みとはなんだ。先祖代々きさまたちが民衆の幸福にどれだけ貢献したというんだ。民衆からみれば、泥棒猫とはきさまたちみたいな毛並みの奴のことをいうんだ」

明は宇治をひきずりあげ、つきはなした。宇治はあやうく階段の上にたおれたまま、土気色の顔をふるわせながら明をにらんでいたが、やがて一言も口をきかず、階段をおりていった。

しかし、午後になると、明がみじめな立場におちいる番だった。恵美子が川奈《かわな》のゴルフ場へゆくといい出したのだ。はじめからそのつもりで伊東にやってきたらしいのだ。明はゴルフを知らないし、だいいち会員でないとやれないのだから、ついていってもしかたがなかった。

「じゃ、夕方までにはかえるから待っててね。かえっちゃいやよ」

恵美子はけろりとした顔でいって、宇治の車にのりこんだ。宇治は露骨な冷笑を明にのこして、意気揚々と車を出していった。

ひとりとり残されたのはみじめだったが、そのまま東京にかえるのはもっといまいましかった。明は断じて居のこる決心をした。

午後のひろい別荘を、彼は別荘番の老人に案内されて、あちこちとあるきまわった。三階建の洋館はどの部屋にも絨緞《じゅうたん》がしかれ、テーブルにソファ、はめこみ暖炉があり、壁には高名な画家の絵がかかり、配膳《はいぜん》室まであった。和風建築の方は雨戸をたてきってあるので、ところどころ障子をあけてのぞきこんだだけだが、それでもどの座敷の調度もみごとなものであることは充分にうかがわれた。浴室はむろん温泉で、町の銭湯くらいのひろさがあった。この別荘を、ふだんほとんど使用したことがないという。明はだんだん憂鬱《ゆううつ》になった。その顔をのぞきこみながら、老人が笑いかけた。

「働きながら大学へいっていらっしゃるそうで、大変でございますね」

「ぼく？　だれがそんなことをいったのです」

「宇治さまが」

明は老人をしばらくみていたが、やがて笑っていった。

「ぼくも、ここの番人にやとってもらおうかな」

それから、こんどは庭を見せてもらう。ひとりで結構だといって、履物をかりて、青い芝生へおりていった。日光のあふれたひろびろとした庭で、彼はまた重苦しい表情になった。

　恵美子はいったいどんなつもりでじぶんをここへつれてきたのか。やはりそのことをかんがえた。あのふたりは、いまごろゴルフ場で愉《たの》しげにクラブをふるっているにちがいない。その幻影に、眼前の巨大な別荘が重なった。彼はじぶんが嘲弄《ちょうろう》されているのを感じた。宇治はあきらかにじぶんを見下そうとしているが、恵美子にも嘲弄されているような気がする。あいつは、おれと宇治を対立させて、女王様然と愉しんでいるのか。ふいに彼はぎくんとした。ひょっとしたらあいつは、宇治をやっぱり愛していて、愛しているためのあてつけにじぶんを利用してるだけじゃなかろうか。彼は怒りに顔をあかくして、息をはずませた。ばかにするな。

　みどりの絨緞のような芝生をつっきるとせせらぎがあり、小さな石橋があった。いやいや、あの娘は、やっぱり宇治など軽蔑《けいべつ》してる、と彼は思いなおした。鼓膜を、宇治のいくつかのぶれいな言辞がまたうちたたいた。彼は歯ぎしりした。ふいに声を出していった。

「結婚するなら結婚しろ、しかし、それまでに、あの娘をきっとおれがきずものにしてやる」

　――どうだい、あの多賀さんの娘をひっかけちゃあ。あのお嬢さんは、君が落そうと思えば落せるよ。ふいにそんな言葉がよみがえって、それがオリンピック建設社の山瀬の声だと気がつくまでにすこし時間がかかった。橋をわたると、森であった。森の入口で彼はふりかえった。例の白い「塔」に、いつしか赤らんだ日がかがやいていた。ちがう、山瀬さん、ちがう。おれは仕返しのためにあの娘を本気で誘惑してやろうと思う。

彼は「塔」をながめた。口のなかに、またあのぬれた柔かい舌の感触がよみがえった。酔うような日ざしに、あたまがじんとしびれる思いがした。なんというやつだ、あいつは。

君が落そうと思えば落せるって？　そうかんたんにはゆかないよ、山瀬さん、と彼はつぶやいた。

「塔」の上であんなことまでしたくせに、何となくそう感じられた。恵美子は宇治をばかにしていると同様に、彼をも眼中にないかのようだった。そのくせ、宇治に対するほど腹がたたないのがふしぎだった。ただ気まぐれなのだ。それだけに、宇治の手におえないように、彼の手にもおえない印象があった。いったいあの娘はばかなのか利口なのか。最初に仁科家で話をかわしたときはばかな金持娘だと思っていたが、いまはかならずしもそうではない感じがした。決して尊敬はできなかったが、へんてこな魅力があった。あいつはおれをおもちゃと考えているのか。

森の中の石の椅子に坐《すわ》って、青い斑を顔におとしたまま、彼はあついあたまで思いつづけた。

「ちくしょう」と彼はつぶやいて、ひたいににじみ出した汗をハンケチでぬぐった。「おれだって、それほどのでくのぼうじゃないぞ。路ばたでひろったおもちゃと思ったら大まちがいだ。いまにみていろ」

ふと彼は手のハンケチに眼をおとした。白いハンケチに容子の面輪がうかびあがった。

彼は心臓のあたりににぶいいたみをおぼえた。ちがう、容子、ちがう。

「おれは全力をあげてあの娘を誘惑してやる。しかし、それは仕返しのためだ。金持娘の気まぐれに罰をあたえてやるだけだ」

　誰かが罰せられねばならぬ。その対象が、いまはっきり具体的な個人像となって眼前にあらわれたようだった。彼は凄味《すごみ》のあるうす笑いをにじませた。

　その夜、おそくまで、恵美子と宇治はかえってこなかった。明は風呂《ふろ》に入り、ひとりで夕食をとった。そして、案内された寝室が、別荘番たちのとなりの小さな座敷なのに、すこし不愉快になった。宇治が告げた彼の素姓に、別荘番が「適当な」待遇をしたのにちがいなかった。

　深夜、恵美子と宇治はかえってきた。あきらかに酔った恵美子の笑い声と、「エミイ、エミイ」と甘えたような宇治の声がもつれながら、洋館の方へ遠ざかっていった。明はいつまでもねむれなかった。からだがほてっているのは、温泉につかったせいばかりではなかった。あけがた、とろとろとまどろんだ。恵美子とまたキスをした夢をみて、彼は甘美な夢精をながして眼ざめた。

　朝はやく、三人は車をとばして東京にかえった。青年ふたりはねぼけたような顔をしていたが、恵美子ひとりは例のハスキーで、きもちよさそうにハミングしていた。そして明が車をおりるとき、宇治にはきこえないように、またデイトの約束をささやいた。

　明はその夜、日記にかいた。

「白い塔」

死刑執行・九カ月前

　七月の終り、そうでなくても真昼の暑熱がさめないのに、選挙戦の街頭演説のトラックのスピーカーが気の狂いそうな騒音をあげて、いっそう暑苦しさをかきたてている宵の口、鏑木明は町へ出て、外交からかえってきたらしい山瀬が、足を引きずりながらオリンピック建設社に入ろうとするのをみた。眼をそらそうとしたが、偶然山瀬がふりむいて、笑いながらやってきた。

「暑いなあ、どうにかならんかいな」

　と、くびすじをふくハンケチは、汗と埃《ほこり》でヘンな色をしていた。明はぺこんとおじぎした。

「山瀬さん、すみません、先日のお金、もうちょっと待って下さい」

「ああ、あれか。あれはまあいいが、きみ、ゆかなくていいのか、仁科さんの選挙の方は」

「いや、容子がきのうの晩から熱を出しましてね、きょうは休ませてもらったんです」

「え、容子さんが？　どうしたんだ」

「医者にゆけといってもゆかないんでよくわからんのですが、疲労しすぎたんじゃないですか。何しろこの暑さのなかを、やりつけないアルバイトをやるものだから」

そういう明も、頬の色がわるく、眼のまわりにうすい隈《くま》ができていた。すこし人相が険悪になったような感じもあった。声もしゃがれていた。

暑中休暇に入っていたが、ちょうど総選挙がはじまったので、彼は自民党の仁科竜代議士の選挙事務所に運動員としてアルバイトをすることになって、毎日トラックの上からメガフォンで声をからして走りまわっていた。すると土岐容子も、帰省をやめて、それまでの家庭教師のほかに、江東の歯ミガキ粉工場にアルバイトの口を見つけ出したのだ。ふたりとも田舎から送ってもらう学資はギリギリ一杯のものであったから、夏休みは蓄積に好都合な機会とはいえた。

「それで、いま氷を買いにゆくところなんですが」

「それゃたいへんだ。ぼくに出来ることなら何でもするぜ」

「ありがとう。しかし、そのうちなおるでしょう」

疲れた足どりで去る明のうしろ姿を山瀬はしばらく見おくっていたが、急にそのあとをまた追っかけていった。

「ちょい待ち、鏑木君」と、まえにまわって、小声で、「君たち、金がないんじゃないか？」

明はうろたえた。山瀬はけげんそうにその顔を見まもって、

「おかしいな、君たちのバランスシートはどういう具合になってるかよく知らんが、君も土岐さんも、ふだんよりもっとアルバイトしてるんだろ？　それに、もう二タ月ちかくた

つけど、あのプールの仕事で一万円というリベートもわたしたんだし、金がないというのはおかしいな」

「いや、ぼくがわるいんです。ぼくにちょっと要ることがあって、山瀬さんばかりじゃなく、容子からもだいぶ借りちゃったところに病気されたんで、まったく弱ってるんです」

「ヒモか」と、山瀬は苦笑した。「何かわるい遊びをおぼえたんじゃないかね」

明はあかい顔をした。山瀬はまた汗をふきながら、何か思案している風だった。背後を選挙演説のトラックがまた走りすぎた。スピーカーが町じゅうに鳴りたてた。「平和と誠実の人、仁科竜、平和と誠実の政治家仁科竜をお忘れなく」

「鏑木君、ぼくが何とかしてあげようか」

と、山瀬はやっと決心したらしくいった。

「え、いや、山瀬さんにはまだ借りてるやつをお返ししてないくらいですから、それは」

と、明はいったが、顔にぱっと生色がよみがえり、眼はくいつくようにかがやいた。

「あれはあれとしてさ、ともかく病人が出て金がないんじゃこまるだろう。何、このごろ、ちょっと余分の金が入ったんだ。心配するな。五千円くらいなら何とかなるぜ。ただし、店にはない。ええっと、明日は日曜だな、明日、うちへとりにこないか。いそぐなら、今夜でもいいけれど」

「山瀬さんのおうち、どこでしたっけ」

山瀬はワイシャツのポケットから、うすよごれた名刺入れを出して、名刺のうらに住所と地図をかいた。

「すみません、じゃあ厚かましいけど、今夜うかがいます」

「汚ない家でびっくりしなさんな」

と、山瀬は笑いながら、オリンピック建設社の方へひきかえしていった。

いいひとだな、と明は思った。以前からアルバイトの関係で知り合っていたけれど、この春ごろから急に親密になったようだった。向うの方から笑いかけてくるのだ。はじめは平凡な影のうすい印象しかなかった。また事実そのとおりにちがいなかったが、つきあってみると、なかなか世話好きな、そしてよく気のまわるひとだということがわかってきた。「大学生」の面倒をみることに、コンプレックスを裏返しにした優越感をおぼえているらしい気配もみえたが、それにしても明にとくべつな好感をもっていることはまちがいなかった。かんのいいことは、たったいまのなりゆきでも知れる。いいひとだな、と氷を買ってかえりながら、明はもういちどつぶやいた。彼はじぶんの心のげんきんさに苦笑した。

彼は十日ばかりまえにも、山瀬から千円借りたのだ。容子からは、もう一万円以上もの金を借りていた。この二タ月ちかくのあいだに、彼は急速に金にあえぐようになっていた。

アパートにかえると、容子は夜具をしいたままで起きあがって、四帖半《よじょうはん》の部屋の隅の台所ともいえない流しで、何か洗いものをしていた。

「おい、だめじゃないか、寝てなくちゃ。ほら、氷を買ってきたよ、水まくら貸したまえ」

「ありがとう、すこしよくなったようよ」

と、容子は素直に流しを明にゆずって、蒲団《ふとん》にもどった。明は水まくらに氷をいれながら、そのかけらを口にほうりこんだ。

「でも、二、三日は休まなくちゃだめだぜ」と、明は水まくらを容子のあたまの下に入れてやってから、しばらくして、「あす、おれ留守にして大丈夫かな」

「大丈夫よ。いってらっしゃい。でも、選挙事務所の方はそんなに休んでも叱られないの？」

「あんなもの、声帯の丈夫な奴を狩りあつめりゃ、だれだっておんなじだ。ゆかなきゃ、日当がもらえないだけさ。しかし、どうも君に具合がわるいな」

「何をいうの、あたしのことなんか心配しないで。あたしもからだの調子がわるくなけりゃ、くっついてゆくんだけど」と、容子はいって、ふと明の顔にうごいた翳《かげ》に眼をやった。ひくい声でいった。

「明さん、海水浴にゆくのは、ほんとにクラスのお友達？」

「へんにうたがうな。そうだよ、なぜ？」

容子はくびをふって笑った。熱でやつれたせいか、さびしそうな眼の色だった。

「それにしても、お金、いるでしょ。あなた、お金あるの？」

「金はいらないさ。葉山に友達のうちがあるんだもの。いるのは電車賃だけだ」それから彼はしばらく思案していたが、おずおずといった。「それについて、やはりいっしょにゆく友達とちょっと打ちあわせがあるので、これから二、三時間出かけてくるが、きみ、いいかい？」

部屋を出かけるとき、彼は容子の眼を背なかにいたいように感じた。

あいつ、感づいているのだろうか。アパートを出るとき、彼の心にゆれているのはその不安だった。どうもさっきの問答にしても、われながらぎこちなかったと思う。そわそわしていたと思う。あれを、さんざん容子から金を借りておきながら、一方で葉山の友人のところへ海水浴に出かける羞恥《しゅうち》ととってくれればいいが、あいつも妙にかんがいいから、何だかじぶんの行状に対して或《あ》る疑いをいだいているような気がする。この海水浴のことだけじゃない。おれが夏休みに帰省しないといったら、あいつもかえらないといい出したことでも、アルバイトより、おれに本能的な不安をおぼえたからじゃないかと思われるふしがある。おれがむやみに金を借りるのに、なんに使うときかないのも、かえってへんだ。ふたりのあいだには、いつのまにか微妙な膜が生まれてきている。

しかし、膜は彼の方から作り出したものだった。彼はその金の使途を打ちあけたことはなかった。すくなくとも、真実はいわなかった。今夜の外出も、嘘をついて出てきた。あした、葉山へ友人と海水浴にゆくというのはほんとだが、その友人とは多賀恵美子だった。できれば、海へゆくそのこともかくしておきたかったのだが、海水浴特有の肌のやけ具合のことをかんがえて、そこまでかくすのはかえってまずいと判断したのだ。彼は容子にうしろめたさをおぼえると同時に、わずらわしさも感じ出していた。

エミイとのデイトは、こんどで五回目になるはずだった。明がひどく金に不自由をおぼえはじめたのはそのためだ。日比谷でロードショーをみて銀座の高級喫茶店でジャズをききながらコーヒーをのんだことがある。麻布《あざぶ》のナイトクラブへつれていってもらったことがある。箱根《はこね》へドライブしたことがある。むろん費用はエミイが支払う。それでも、何かのはずみで彼が身銭をきらなくてはならない場合もむろんあった。いくらなんでも、男としてのみえもあった。飽食者が腹のへった人間の心理がわからないように、それが明にどんなに痛切な被害をあたえたか、エミイには想像もつかないらしかった。ふたりにとって、金の単位がひとけたかふたけたちがったのだ。

苦しまぎれに、彼は容子から金を借りた。心のなかで彼はつぶやいた。「容子、裏切るんじゃない、おれは本気じゃないんだ、おれを侮辱した毛並みのいい奴らへのシッペ返しをしてやるんだ」

そのくせ彼は、エミイをまだ「きずもの」にしてはいなかった。何度かのデイトではきっとキスした。しかし、それ以上の行為に出るきっかけがなかった。ほかにエミイの友達の青年や娘が同行していることがあったし、気まぐれなエミイが途中でどこかへとんでいってしまったこともあった。それに彼ははじめての世界の雰囲気やエミイの奔放さに圧倒されてもいた。それから何より彼の眼のまえに、あの豪壮な別荘の幻がたちふさがって、じゃまをした。特権階級への復讐《ふくしゅう》という意志は壮烈だが、それはつまり相手が金持の娘であることを、異常なばかりに意識していることでもある。意志とは逆に、そのことがエミイに媚《こ》び、エミイを誘惑することを、感情的に恥じさせた。そして不成功が、ますます彼をこのばかげた復讐計画に膠着《こうちゃく》させた。

阿呆《あほう》でないつもりの明が、この「大義名分」のばかさかげんを、そうと意識してはいなかった。何やら彼の心を麻痺《まひ》させているものがあった。それはあのだいたんなキスの官能だった。デイトをかさねて、彼はますますエミイが尊敬できなくなった。それなのに彼女のへんてこな魅力は、いよいよ彼の血に酒のようにしみこんだ。エミイもどうやら明を子供あつかいにしているところがあった。もっともこれは対象が明にはかぎらない。宇治やほかにも数人いるらしいボーイフレンドすべてをそんな風にあつかっているようだった。むろん知能的なものでなく、無反省で天衣無縫な性格からくる態度だ。「ちくしょう、おれはそれほどのでくのぼうじゃないぞ。路ばたでひろったおもちゃと思ったら大まちがいだ。いまにみていろ」そう心にくりかえしながら、明はいつのまにか奔放なエミイにひきずりまわされてあえいでいた。たった二タ月たらずのあいだに、彼の眼のまわりにうすい隈《くま》ができた。

巣をかけた若い蜘蛛《くも》が、大きすぎる蝶《ちょう》の鱗粉《りんぷん》にむせんでいるようだった。むし暑い夜の町をあるきながら、明は口笛をふいた。彼は明日の海と太陽と砂のなかのエミイとのキスをかんがえた。それだけで葡萄酒《ぶどうしゅ》にひたした杏《あんず》をたべるような匂いと液汁が口のなかにひろがった。容子のことは完全に胸からきえていた。

明は、名刺のうらの地図をたよりに、百人町《ひゃくにんちょう》のごみごみした裏通りをあるいて、山瀬の家をさがした。日はもうくれているのに、まるはだかにちかい子供たちがいっぱいあそんでいた。干物をやく匂いと、すえたような溝《どぶ》の匂いがまじりあってながれていた。

あけはなした窓や入り口から、どのうちの中もよくみえた。暗い往来から灯のともった家をみると、どんなに貧しくとも美しく幸福そうにみえる。ふだんそれをふしぎに思い、また感動したこともある明だったが、今夜はそうは思わなかった。ただ虫の巣をのぞくような感じがした。

彼のあたまにまた多賀家の別荘の白い塔がうかんだ。いや、それは彼の脳髄に染めつけられていた。この世にさまざまな階級や生活があることはむろん承知していた。しかしこの二ヵ月足らずの実感は、彼にほとんど痛みをあたえた。じぶんはどこにいるのか。じぶんはこの暗い、みじめな裏町にいる。しかもいま、この裏町の住人のひとりに金を借りにゆこうとしているのだ。

路地のおくの山瀬の家をさがしあてたとき、明はいよいよやりきれない思いになった。それも塀もない、おしつぶされたような、十坪あまりの平屋だった。彼は格子戸のまえで、急ににげ出したくなった。するとなかで、山瀬の大きな声がきこえた。

「心配するな、ぼくが何とかしてやるよ。のりかかった船だ」

明はびっくりした。山瀬の声がまたきこえた。すぐにそれが、だれかと酒をのんで話している声だと気がついた。さっき町で、「何かわるい遊びをおぼえたんじゃないか」と心配そうにいった山瀬の表情から、金を借りるとき、めんどうくさい質問をうけやしないかと、それも憂鬱《ゆううつ》のひとつであったが、明は山瀬が酔っているのを知って、少々ずるい、ほっとした気持になった。客があるなら、玄関で用はすむだろう。要するに金さえ借りればいいんだ。

「今晩は」

すぐ左手の座敷から、山瀬の声はわんわんとひびいてくるのに、返事はなかった。

「ごめん下さい」

やっと、奥から、ひとりの女が出てきた。

「だれ？」といって、小腰もかがめず、のぞきこむ。

山瀬の細君にちがいないが、ほつれ毛をおでこにたらした醜い女だった。色あせたワンピースから鎖骨がうき出してみえた。明はおじぎをした。

「鏑木というものですが、ちょっと山瀬さんに」

「今夜は妙にひとがくる晩だわね」

と、細君は面白くなさそうにいった。たしか山瀬は四十前のはずだが、細君は病身らしく、それにおそろしく世帯やつれしているせいもあるが、四十なかばにみえた。

そのとき、やっと山瀬も気がついたとみえて、どかどかと出てきた。ゆかたの胸をはだけていた。

「よう、きたか、あがれ」と、手をとってひきあげた。

ふだんの山瀬のようでない。だいぶ意気があがっているらしい。

つれこまれたのは、玄関のすぐとなりの四帖半《よじょうはん》の座敷だった。黒びかりしているようなたたみにチャブ台が置かれ、ひとりの青年が坐《すわ》っていた。青年というより、日にやけてまっくろな皮膚をして、やせてはいたが、かもしかみたいに筋肉がしまった十七、八の少年だった。

「おうい」と山瀬はさけんだ。「もうビールはないか」

「ありません」と、細君の返事がきこえた。

明は本気でいった。

「山瀬さん、ぼくはいいですよ」

山瀬はいっそう声をはりあげた。

「おうい、何か、もっとおかずはないか」

「もう何もありませんてば」細君の声はかんばしっていた。

急に山瀬は意気悄沈《しょうちん》した。ほかの用件で来たのだったら、明は失笑したにちがいない。

「それじゃ、沢庵《たくあん》でもいい」そして、小声でいった。「買いにやらせてもいいんだが、女房、このごろからだの具合がわるくってね。もともと病気ばかりしてる奴なんだが。しかたがない。ここに焼酎《しょうちゅう》ならあるんだ。鏑木君、そこらにあるものをつまんでやってくれ」

チャブ台の上には、冷やっこと鯨らしい肉と胡瓜《きゅうり》もみの食い残しがあった。山瀬はそれをすすめて、また小声でいった。

「鏑木君、例の件ね、女房のまえではだまっていてくれよね、あとでそっとわたすから」

借金の話だ。明は不愉快な罪悪感をおぼえた。細君は世帯やつれし、食卓はまずしかった。この座敷は山瀬の居室にあてているらしく、隅に机があって、帳簿類や週刊誌がのっていた。それから、虫のくった箪笥《たんす》があった。あけはなった障子の外は、すぐ裏の家の板羽目になっていて、風も入らないのに、むっとするような異臭がただよってきた。

「山瀬さん、いいんですか？　何なら、おれ、よそから都合してきてもいいんですが」

「そんな見込みがあるのかね」

「いや、ありませんが……」

「なら、いいじゃないか。病人があるのに、金がないんじゃお手あげだよ」

「しかし」

「ぼくのところがあんまり貧乏暮しで気がひけたかね？」

「いや」

「それゃまあ貧乏にはちがいないが、君たちに何とかしてやれるくらいのことはできるよ。そんなに気にするなら、鏑木君、これは店の方にいってもらっちゃこまるが」と、山瀬はいよいよ声をひそめて、「オリンピック建設社、中小企業の最低クラスとはいえ、これでもおれは販売副主任なんだ。こうみえて、何とかないしょの金が入るんだよ。主任だっておなじ穴のむじなだがね。実は、いつか君にやった一万円だって、会社からは――」

と、いいかけて、さすがに頰を指でかいて、何やら口の中でごまかした。すぐに明は、あのとき会社からはもっと多額の礼金が出たことを推察した。酒でなめらかになった舌がすべらした山瀬の失言にちがいなかった。しかし、それを怒る勇気をうしなうほど、山瀬の顔は泰平楽だった。

「とにかく、会社にもないしょだが、女房にもないしょなんだ。うるさいったらない奴で――」

そのとき、細君が入ってきた。ほんとに沢庵だけ盛った皿を、音をたててチャブ台においた。急速に山瀬は声帯をきりかえた。

「あ、鏑木君、紹介しよう、これ、小田切君といってね、ぼくと同郷なんだが、いま或《あ》る建材店で運転手をやってて、夜は定時制高校にいってる子だ。今夜はちょっと用があってうちへ相談にきたんだが」

そして、小田切にも明を紹介した。細君はひとことの挨拶《あいさつ》をいうでもなく、すぐにひっこんでいった。小田切はそのうしろ姿をみて、にんまりと笑った。ひどく不敵な笑いだった。

「いや、さっきまでね、こいつが妙なことをいうもんだから、ちょっとした哲学的論争をやってたんだ」

と、山瀬はコップにのこっていた焼酎をひとくちなめて、愉快そうにいった。

「へえ、哲学的論争？」

明はわれしらず茶化したような声を出した。それはこのあわれな家のあるじと少年運転手の問答を滑稽《こっけい》に思ったばかりでなく、さっき山瀬がじぶんへの報酬をもふくめて、感心できない或る役得をくすねているらしいということをちらと白状してから、彼のあたまに刻印された山瀬への軽蔑《けいべつ》からだった。それなら金を借りにきたことを、何もおずおずするにおよばない。

「論争ばかりじゃなく、大いに共鳴する点もあるのでこまるんだ」

「いったい、どういうことなんです」

「こいつ、共産主義の方がいいというんだ」

「いいじゃないですか」

するとと、小田切が澄んだ眼をあげていった。

「ソヴィエトがね。まず人工衛星をうちあげたのは、あの国家体制のおかげだと思うんです。国の目的があって、それに国民の総力をあつめるという――」

「それじゃべつに共産主義じゃなくっても、独裁国家ならおなじことじゃないか」と、明はいった。

すると、小田切は、はっきりといった。

「そうなんです」

「そしてね、小田切君はだ、戦争時代がなつかしいというんだ」

と、山瀬はいった。明は小田切をみていった。

「へえ、そんな哲学的論争――なつかしいいったって、このひと、戦争時代を知らないじゃありませんか。ぼくだって、戦争の記憶はないくらいだもの」

「知らねえから、そんないい気な音をふきやがるんだ」と、山瀬は下唇をつき出した。また酔いの表情にもどっていた。じぶんの足に眼をおとして、「ばかな戦争をやって、おれなんかひどい目にあった」

「ばかな戦争って、ぼくはそうは思いませんね。あれはやっぱりアジア解放戦争だったと思います」

「このひとは、右翼だな」と、明は笑った。

　小田切少年はよくひかる眼で明を見つめて、はっきりとした口調でいった。

「そういうのを右翼というのか何か知りませんが、いま知識人はみんな嘲笑《ちょうしょう》するけれど、案外それが歴史的真実だったんじゃないでしょうか。何百年かにわたって西洋から搾取されてきたアジア人の反撃の最初の波だったんじゃないでしょうか」

「よろこばせるね、いや、おれたちの仲間でまだ在郷軍人みたいな奴はいっぱいいるから、君のそんな説をきくと、涙をこぼしてうれしがるよ」と、山瀬は箸《はし》で沢庵の皿をたたいた。

「どうも戦中派は、戦前派と戦後派にはさまれてこのごろ旗色がわるいけれど、どうやらそろそろ味方が出てきたようだな。もう十年もたつと、われわれと小田切君の世代が手をにぎって、戦前派はおろか、いまの戦後派を撃滅するかもしれんぜ」

「いったい、山瀬さんたちは、アジア解放なんてほんとに信じていたんですか」

　と、明はきいた。

「うん、利口なひとはどうみていたか知らんが、おれたちは阿呆《あほう》だから、正直にそう信じていたな。兵隊の大部分もそう信じていたんじゃないか。いまになればばかばかしいや」

「兵隊の大部分がそう信じていて、戦争の結果がそうなったんだから、やっぱりアジア解放戦だったんじゃないですか」

「そう単純にはいえないさ」と、明はいった。「その証拠にいまの日本は、アメリカに飼われてる東洋の番犬みたいな存在だからな。戦争をしたのとおなじ日本人なんだぜ」

「あれが解放戦争だったか侵略戦争だったかはべつとして、すくなくとも山瀬さんたちはそれを信じていたんです。ぼくはそれがうらやましい。若いころ、そんな大きな夢があったということが」と、小田切は真剣にいった。「ぼくは、毎日はたらいて、毎晩学校へいって、なんのためにこんなことをしているのかわからないんです」

明はうなずいた。

「同感だな」

彼は、戦争論には倦怠《けんたい》をおぼえていた。皮膚のどこかに、幼いころの敗戦後の饑餓《きが》時代の記憶がのこっている以外、彼にとって過ぎ去った戦争に対する感想は何もなかった。しいて言えというなら、あれはやっぱり西欧の猿真似をした植民地獲得戦争だと思っていたし、それよりも、まけるような戦争をなぜやったという戦前派、戦中派ひっくるめた愚行への軽侮をおぼえていた。しかし、いまのじぶんたちに壮大な夢がない、という小田切の意見には共鳴した。

「その点だけでは、ソヴィエトの青年がうらやましいな。ぼくたちはまったくみじめだ。幸福な家庭が理想だなんてのは、現実的というより、あまりに卑小な目的だよ。明治以来、これほど夢のない無目的な青春をもった世代というのはないいんじゃないですか」

「それじゃ、若いころのおれたちは、夢があった、という点でいちばん幸福だったというわけか」と、山瀬はつぶやいた。皮肉かと思ったら、彼はほんとうに夢みるような回想の表情になっていた。

「そうかもしれん、あのころは――」

やや禿《は》げあがりぎみのひたいに、汗がてらてらとひかり、それは愚かしい表情にもみえた。しかしすぐに彼は顔をしかめ、周囲を見まわし、肩をおとしてつぶやいた。

「いまじゃ、いちばん夢がない」

そして、しなびた沢庵《たくあん》をばりばり嚙《か》んだ。明と小田切はふき出した。説明をきくまでもなく、まったくそれはそのとおりに相違なかった。だいたい、文字どおりのこの陋屋《ろうおく》で、くたびれはてた安サラリーマンと、金を借りにきた大学生と、運転手をやっている少年が、こんな話をしているのが滑稽だった。

笑ったのをしおに、小田切は、「おそくなると、おかみさんに叱られるから」といって、帰り支度にかかった。ぴたりと正座して、「山瀬さん、どうぞおねがいします」とおじぎをしてたちあがった。明も腰をうかしかかったが、「君はまだきたばかりじゃないか。もうちょっとつきあっていってくれよ」と山瀬がとめた。酔った男特有のしつこさがあって、明は心中に眉《まゆ》をひそめたが、金を借りにきた弱味でまた坐《すわ》った。

「あれはね、いま或る建材店に住みこみで働いてるんだが、ほかにも七、八人運転手や助手がいて、どうしても勉強ができないというんだ。どこか安いアパートがないだろうかと相談にきたんだよ」

跫音《あしおと》が路地を遠ざかると、山瀬はいった。

「なかなかしっかりしてるじゃありませんか」

明は、どこか稚《おさ》なさののこった小田切の顔や、澄んでよくかがやく眼を思い出し、むしろ好感をもった。

「うん、当世めずらしい子だよ。あまりしゃべらんたちなんだが、しゃべるとこっちがたじたじだよ。思いつめる性分なんだ。それに田舎から出てきたばかりということもある。いまはあんなけなげなことをいってるが」と、山瀬は急にかなしそうな顔になっていった。「もう二十年もたつと、おれみたいになっちまうんじゃないかな。……どうにもこうにもならんうちにこうなって、そしてどうにもこうにもならんのだ」

そして、何をかんがえたのか、焼酎《しょうちゅう》のコップを手にしたままだまりこんだ。その全身にあらわれた虚《うつ》ろな落莫《らくばく》とした翳《かげ》に、明はふいに一種の戦慄《せんりつ》をかんじた。二十年たつと、おれもこんな風になるんじゃなかろうか？

「毎日、なんのために生きてるのかわからんのは、君たちばかりじゃないよ。——子供もないし——これからまた二十年もたったらどうなってるか、かんがえると夜ねむれないこともある」

　そして、また沈黙した。明は妙な圧迫感をおぼえ、いらいらした。それから、そんなことをいわれると、金が借りられなくなるじゃないか、と怒りの感情にさえとらえられた。

「いや、だから、おれみたいにならせまいとして、できるだけ若い人をたすけてやろうと思ってるんだがね」

　と、いって山瀬はまた笑顔になった。

　それから、襖《ふすま》の方をちらりとみて、たちあがり、虫のくった箪笥《たんす》の方へちかづいた。猫みたいな足どりだった。明があっけにとられてみていると、箪笥を壁の方へちょっとかたむけて、足でその下のものをかき出した。封筒だった。彼はそのなかから札をひき出し、また封筒を箪笥の下へおしこんだ。

「これ」

　と、彼はささやいて、明にわたした。五枚の千円札だった。明はまるで山瀬といっしょに泥棒をしたようなきもちになり、しばらく挨拶《あいさつ》のことばを失った。ようやくあたまをさげて、

「山瀬さん、いつ、かえせるか――」

　と、いいかけると、彼は「しっ」と笑った眼で制止して、

「いつでも、都合のいいときでいい。なんなら、君が出世したあと、百倍にしてかえしてくれ」そして、ふつうの声になって、「いや、鏑木君、きみはきっと出世するよ」

明は急に可笑《おか》しさがこみあげてきた。

「とんでもない」

「いやいや君は出世する。おれなんかとはちがうよ。将来社長になったら、きっとおれを忘れんで、つかってくれよ。実はそういう深謀遠慮もあるんだ。いいね？」そして、山瀬は笑いながら、また声をひそめて「君はもう出世するチャンスのしっぽをつかみかけてるんじゃないか」

「僕が？」

「君、多賀水産の令嬢をものにしろ」

明の顔から笑いがきえた。むしろ彼は茫然《ぼうぜん》として山瀬を見まもった。山瀬の眼には、依然としていやしげな妙な笑いがひかっていた。

「君、いつか多賀さんのところへいってもらった晩、かえってこなかったろ」

あの日は、明が見積書をもっていったきり、かえってこなかったので、山瀬がアパートをのぞきにきて、容子もはじめて彼の外出先を知り、何か事故でも起ったのではないかと、一晩中おちおちねむれなかったといったが、彼は友人のところへまわったのだとごまかしたはずだ。

「あのとき、何かあったんじゃないかね？」

「どうしてそんなことをいうんです」

「いや、あれから多賀さんとこのプール工事で、なんどかおれも顔を出してさ。お嬢さんと話したのさ」

「え、あいつが何かしゃべったんですか」

「そらみろ、あいつ、なんていう。いや、べつに大したことはいわないけどさ、あれほど君が気に入ったらしいのに、おれに君のことを何もきかないから へんに思って、それからちょいちょい君のことをほのめかしたら、大いに反応がある。どうやら、あれからも相当つきあってる様子じゃないか」

明は、エミイとこの男に舌うちしたいような思いがした。エミイはいったいどんなことをこの男にしゃべったのかしらん？　狼狽《ろうばい》すると、顔があかくなった。

「いや、ぼくはむりに呼び出されて……」

「弁解することはないさ。おれはそれをすすめているんだから。――どこまで仲がすすんでいるかは知らないが、君、遠慮することはない。是非、お嬢さんを射落すがいい」

明は、山瀬がまえにもおなじことをいったのを思い出した。ふいに彼の罠《わな》におちたようなぶきみさが胸をかすめた。

「ばかなことをいっちゃあいけません。天一坊《てんいちぼう》じゃあるまいし、そんな不潔な野心はもってませんよ」

金さえかりなければ、この男をなぐりつけてやりたいようだった。金さえかりなければ――突然、その金が、エミイとあそぶためのものであることを意識すると、彼はこんどはじぶんに吐気をおぼえた。むしろ蒼《あお》ざめて、彼は沈黙した。

「いや、ごめんごめん、わるいことをいっちゃったな」

その明の表情にうろたえて、山瀬はあたまをかいた。

「若いと、ぼくのいうようなことはまったく不潔にきこえるかもしれんな。しかし怒らんでくれよ、君のためを思っていったんだよ」彼はそこでひどくまじめな表情になった。

「けどね、わるいことでも不潔なことでも、人生の真実というものがあるんだ。それがぼくらくらいの年になると、いやになるほどわかるんだ。とくに、ぼくみたいに——虫みたいな生活をしてるとね、夢がないからいっそう君のようなチャンスをみかけると、ほんとの忠告をしてやりたくなる。むろん君は、そんなまねをしなくても成功できるひとだよ。しかし、その道は非常にけわしいな。この世のピラミッドはふつうの人間、ふつうの手段では、なかなかよじのぼれるものじゃない。——」

「わかっています。だから、あなたのいうことは夢想だというんです」

「そうかな。怒らないできいてくれよ。君が大財閥の一族になる、それにはあのお嬢さんをお嫁さんにすることだ。それにはあのお嬢さんと恋をして、その心をつかまえればいい。その可能性が全然ないかな。すくなくとも、ほかの手段でピラミッドをよじのぼるより夢想的とも思われないがね。恋は思案のほかだよ。恋は常識をこえた奇蹟《きせき》をつくり出す可能性をもつものだよ」

うらがれた山瀬が深刻な顔で、へたな詩みたいなせりふを吐いたので、明は笑い出した。

「いや、だいいち、そうかんたんに女の心をつかまえることなんてできないですよ」

彼はふてくされたようにいった。エミイに翻弄《ほんろう》されているこの二タ月を思い出した。おい、おまえさんにいわれるまでもない、おれはそのために悪戦苦闘してるんだ、実はこの金だって——と、彼は告白したい誘惑にかられた。

「女の心をつかまえることなんて簡単だよ」

「へえ、どうすればいいんです」

山瀬は焼酎をぐいとあおった。このひとが、こんなに酒につよいとは知らなかった。影のうすいこの四十ちかい男に、別人のようなけだものじみたものが匂いたったようだった。

それが声をひそめて、またいった。

「鏑木君、きみ……まだ童貞かね？」

だしぬけの問いに、明はきょとんとして山瀬を見つめたが、やがてみるみるまた頬をあかくした。むしろういういしいその顔をみて、山瀬はいかにも中年男らしく二、三度うなずいた。

「らしいな。……それじゃあ」と、いよいよひくい声で、「君、容子さんともまだだね」

「あ、あんな奴、何でもないですよ」

と、明はようやくどもりながらいった。

「そうかい。ぼくはすこし考えちがいをしていた。いや、容子さんに金をかりたことにひどく気をもんでたから、なんだ、そんな仲か、と思いはしたんだがね。しかし、それはかえってよかったよ」

明は、山瀬の煙草のやにでよごれた歯を見つめた。

「君の成功のためにはね」

「ばかな」

明の声はかすれた。なんだか、ふたりで共同して、途方もない謀議をたくらんでいるような錯覚をおぼえた。

「そのためには、あのひとは君のじゃまになる。実をいうと、ぼくはあのひとが好きだ。よく出来た娘さんだと感心している。しかし、君のつかみかけたチャンスはあんまり大きく、そして千載一遇なんだ。気にさわるかもしれんが、ぼくの人生経験に照らして、ぼくはわるいことを――君にとってはいいことを教える。君、容子さんから借りをつくってはいかんよ。ぼくはそのためにその金を君に貸したんだ」

容子よりも、おまえさんに借りをつくる方が、もっと危険じゃないか、と明はいってやりたかった。しかし、なぜか、その金をたたきかえす気にならなかった。糞《くそ》くらえ、この金はもういつまでもかえしてやるもんか、といううきもちだった。

しばらくして、明は山瀬の家を出た。暗い路地にはまだ暑くるしい臭気がよどんで、肌がべとべとした。肌の内がわまで、よごれた感じだった。彼は金を借りて、むしろ山瀬にひどい蔑《さげす》みをおぼえて、山瀬とわかれた。

ふん、おれはなるほどエミイをどうにかしてやろうと思ってはいるよ、と彼はつぶやいた。しかし、それはおまえの考えてるようなばかげた野心からじゃない、エミイをはじめ親ゆずりの特権を満喫している奴らへ復讐《ふくしゅう》してやりたいからなんだ。

ふいにうしろで大きな物音がきこえた。何か物をなげつけた音と、わっという悲鳴である。「もう飲まない、もうこれでやめるから、よ、よせ、あっ」——すぐにそれが、山瀬の声だとわかった。客が去るまで辛抱していたあの細君がついにヒステリィをおこして、山瀬が必死に防戦しているらしい。

明は苦笑した。さっきの山瀬の、多賀財閥乗っ取りの大言壮語を思い出したのだ。

大通りに出ると、急にすずしい風が吹いた。明はいま出てきた路地をふりかえった。そして、この路地の奥で、しなびた胡瓜《きゅうり》みたいな女を細君として、生活に垢《あか》だらけになって一生をすごしてゆく男に、むしろ悲哀にみちた滑稽《こっけい》をかんじた。とはいえ、あれはありふれた生活者だ。むしろこの路地の住人のうちではましな方かもしれない。しかし、明は、山瀬という男個人に対してではなく、死ぬまでいちどとして華やかな目というものをみることのないありふれた生活者たち、そんな人生そのものへ、はてしない肌さむさをおぼえた。今夜ばかりでなく、それはこのごろ痛切に彼の胸をしめてきた感情だった。

「おれはならない。おれはああはならない」

明は大通りをあるきながらつぶやいて、大空をみあげた。ぐるりととりまいたネオンの暈光《うんこう》のとどかない夜空のまんなかには、銀河がかがやいていた。切断されたように、金を貸してくれた男の印象はきえ、明日のことと、エミイの顔が胸にうかんだ。彼はまた口笛を吹いた。

死刑執行・八ヵ月前

八月中旬に、総選挙の投票があった。明がバイトの運動員をしていた仁科竜は、その選挙区で最高点で当選した。そして、新宿にある選挙事務所でも、とりあえず祝賀会があった。じぶんが手伝ったくせに、金一封をくれるというのでいっただけで、明は仁科竜の当選にはなんの感動もなかった。仁科は、その夜も姿をあらわしたが、上機嫌なのに、やはり不愉快な老人だった。たしかもう七十をこえているはずなのに、あぶらぎった全身に強欲と尊大さがふくれあがっていた。事務所のすみっこでビールをのみながら、明には、この老人からあの仁科靖彦教授のような知識人の生まれたことがふしぎな感じさえした。また、依然としてこの老人を最高点で当選させる選挙民のルーズさ、愚劣さに、選挙制度というものを政治の理想案のごとくに思うのは机上の空論であって、現実的には最劣等の政治方式ではあるまいかとかんがえたくらいだった。

仁科教授といえば、このあいだ事務長に命じられて、雑司ガ谷にある仁科竜の屋敷にいったとき、明はふと、あの杉麻子に逢《あ》った。逢ったというより、車からおりてくる清麗な姿をみて、彼はふと門のそばの樹蔭にかくれて、玄関の方へゆく彼女を見おくったのである。麻子にとって義兄の父にあたる仁科代議士のために働いているのに、彼はこのときわけもわからない恥ずかしさに襲われた。

　その夜、それでもちょっぴり祝い酒に酔って、まだ万歳万歳とどよもしている事務所を出て、電車にのった明は、高田馬場《たかだのばば》駅におりたフォームで、ばったりと山瀬に逢った。「や、君もおなじ電車にのってたのか。奇遇だな」と、山瀬は大袈裟《おおげさ》な表現をして笑った。彼もどこかで酒をのんできたらしく、あかい顔をてらてらとひからせていた。「そういえば、このごろ君とめったにあわないな。元気でやってるか」

「え、いや、例の選挙のバイトに追われちまって、どうも」

　明は狼狽《ろうばい》していった。金は依然として借りっぱなしだ。それで山瀬の言葉が皮肉にきこえたのだが、山瀬はそんなことなど忘れたようにいい御機嫌だった。

「うん、そうそう、仁科さん、当選したね。おめでとう」

「実は、いままでその祝賀会があって、そのかえりなんです」

「道理で、眼のふちがあかいと思った。それゃ好都合だ。鏑木君、ちょいとそこらで一杯ゆこう」

「いや、ぼくは……」

「おい、あの金のことを気にしてるなら、遠慮は無用だ。きょうはまたちょいと不定期収入があったものだから、ことと次第では、すこし君にまた奨学資金を貸してやってもいいぜ」

　と、山瀬はフォームの雑踏のなかで、人々がふりかえるような大声で笑って、明を赤面させた。不定期収入というと、何か会社の仕事をうまくごまかしたのだろう。しかし、借金のことをもち出されたのは、やはり明を縛った。

「ぼくは何だか君が好きなんだ。可愛くてしかたがないんだ。さ、ゆこう」

「あなた、おうちへかえるんでしょう」

「いや、ちょっと店へかえる用事があったんだが、それはまあ明日でもいい。うちへかえっても、女房が病気でね、おもしろくない。どうせ店にだれかのこってたら、いっしょに飲みにゆくつもりだったんだから、君に逢ったのは実にうれしい。つきあえ、つきあえ」

と、山瀬は明の手をとって、ひきずるように町へ出た。むし暑い夜で、空に星はなかった。雨になるかもしれなかった。

ビヤホールで、生ビールをのんだ。

そこで明は、山瀬の細君が婦人病だということをきいた。慢性の子宮内膜炎とかで、ずいぶん長い病気で、医者には通っているのだがはかばかしくないという。きのどくではあるが、何だかビヤホールできくような話ではない。二軒目の大衆酒場では、その細君が、実はもとは嫂《あによめ》で、兄が印度のインパール作戦で戦死したので、復員してきた山瀬がむりにおしつけられたのだという話をきいた。道理で年上にみえたわけだ。なんのはずみでそんな話になったのか、駅でさそわれたときとちがって、山瀬はひどく愚痴ッぽかった。それで明は、かえってにげ出せなくなった。三軒目の地下のうす汚ないバーでも、山瀬はもつれる舌でこんなことをいった。

「ぼくは二十代で、戦争で死ぬと思っていたな。だから、いまの人生はもうけものみたいなもんだが、このあとまだ二十年も三十年も生きるのかと思うと、ウンザリするな。君くらいの年齢だと、人生は希望にみちみちていて――」

「そうでもありませんよ。希望なんて何もないですよ」

「けど、のこった命をかんがえてウンザリするってなことはないだろ」

「それゃ、べつにウンザリなんかしませんが」

「これが五十、六十になるとね。きょうあす死ぬとは思わなくても、なんとなく漠然と余生がながくないことを意識して、あとをもてあますなんてことはなかろうと思う。余命にウンザリするなどということは、これゃ三十代四十代特有の心理じゃないのかな」

明はちらと山瀬をみた。それは明の知らない心理だった。彼には、人生にやらなければならないことがいっぱいあるような気がしていた。それだけに、もし山瀬が知性にみちた横顔でももっていたら、逆にすこしは感服したかもしれない。しかし、ただしおたれて、カウンターのグラスをじっと見つめている山瀬の顔は、敗北者の惨《みじ》めさと愚かしさをよどませているだけにみえた。

「三十代特有の心理ったって、みんながみんなそうでもないでしょう。それゃ山瀬さんが空々漠々たる生活をしてるからじゃないですか」

と、明は笑いながら、遠慮のないことをいった。

「いや、まったくそうかもしれん」と、山瀬は弱々しく笑ったが、こちらをむいた眼は涙ぐんでいるようだった。「おれみたいになっちゃ、人間、もうだめだ。きみ、おれみたいになっちゃいかんぜ」

明は返事をせず、ぐいと安ウィスキーをのんだ。おまえさんみたいになるものか、といってやりたかった。さすがに酔いが全身にまわりかけていた。

「鏑木君、えらくなってくれよ、なあ」

「……」

「多賀水産のお嬢さんとは、その後もつきあってるかね」

のぞきこんだ山瀬の眼には、いやしげなひかりがともっていた。口が笑っている。明はむっとして、「いや」とみじかくこたえたきりだった。この件については、いやにしつこい男だと思った。この馬鹿が、ほんとにおれが多賀の娘と結婚することが可能だと思ったり、或《あるい》はその糸にじぶんもぶらさがってうまい目をみようなどという野心をもっているのだろうか。とんだ天一坊と伊賀亮《いがりよう》だ。山瀬はいかにも大陰謀らしくささやいた。

「まだものにしないのか、え」

明はだまって、安ウィスキーをあおった。ふいに山瀬はげらげらと突拍子もない声で笑い出した。

「どうも、気をもませるな。歯がゆいな。女なんてものは、どんなに高慢ちきにみえたって、強引におさえつけてものにしちゃえば、あとはおんなじだよ」

何をきいたふうなことをいってやがる、と明はむかむかとした。さんまの干物みたいな細君をもってるくせに、えらそうなことをいうな。

「お嬢さんさえものにすれゃ、お嬢さんが多賀財閥をくっつけてくるんだ。何をもたもたしてるのかな。ねえ、おい」

と、明の肩に手をかけて、ゆさぶった。その汗だらけの掌がくびすじにふれた瞬間、猛烈な嫌悪に襲われて、明はその手をはねのけた。すると山瀬は大きな音をたてて椅子からころがりおちた。

ほかの客のところで話していた女給たちがかけよってきた。

「まあ、どうしたの？」

明は声が出なかった。暗い床におちたまま、山瀬はうごかなかった。明がどきりとしたとき、やっとのろのろとうごいた。

「なあに、酔っぱらっちゃったんだ」

と、まのびした声でいった。それから緩慢な動作で、椅子に手をかけて立ちあがって、

「鏑木君、もうここを出よう」といった。

暗いせまい階段をあがるあいだ、山瀬は明にすがりつくようにしていた。明はよろめいた。ひどくじぶんも酔っていることがわかった。

通りのネオンは、海底でみるようにゆらいでいた。腕時計は十一時をまわっていた。山瀬は明の肩に手をかけたまま、泥酔した声でうたっていた。

「花も、蕾《つぼみ》の、若ざくら
五尺の、いのち、ひッさげて

国の、大事に殉ずるは……」

明は知らないが、どうやら戦争中につくられた軍歌らしかった。軍歌も、山瀬がうたうと、何やらもの悲しかった。

「山瀬さん、さっきはすみません、大丈夫ですか」

「大丈夫だ、鏑木君、もう一軒つきあってくれ」

「え、まだ飲むんですか、ぼくはもう……」

「若いものがなんだ。それにこのままわかれちゃ、何だか気分がわるいよ。飲めなきゃ、坐《すわ》ってるだけでいい。おれの知ってる家なんだ。いま夏休みだろ？　いいんだろ？」

山瀬は、大通りにヘッドライトを交錯させてゆきかうタクシーのひとつに手をあげてとめた。そして明をさきにおしこむと、「新宿へ」といった。

新宿は、明もよく知っている町だが、車は山瀬のいうままに、知らない裏通りをぐるぐるまわった。町は暗くなり、毒々しいネオンが渦まくようにながれすぎた。明はそれまで山瀬よりもしっかりしていたつもりだったのに、車に身をしずめると、じぶんの方が深い酔いにおちかかっているのを意識した。

つれこまれた先は、こんどは飲屋でも酒場でもなかった。はじめからへんなうちだとは感じていたのである。入口は旅館のようであり、廊下は下宿屋のようでもあった。壁もたたみもうすよごれた部屋に通されたとき、窓のすぐそばに板塀があり、そのむこうの夜空に赤い逆さくらげのネオンがうかんでいるのがみえた。酔った嗅覚《きゅうかく》にも、部屋にはむっとするような湿気と異臭が匂っていた。

「暑いな」といって、山瀬は窓のガラス戸をあけると、どたんと坐りながら、案内してきた女中にいった。「ビールをくれ」

女中は壁にたてかけてあった小さなテーブルをおいてきいた。

「お風呂《ふろ》はどうなさいます？」

「風呂か、鏑木君、入るかね」

明は「いや」といって、妙な顔をしていた。酔ったあたまで、このうちはいったい何だろうとかんがえていたのである。どこかで女のさけぶような声がきこえた。たしかにおなじ家の中だった。

「風呂はあとでいい。まずビールと、それからママさんをちょっと」

と、山瀬はいった。女中が去ると、明はきいた。

「ここ、どういううちなんです」

「温泉マークさ。それにもぴんからきりまであるらしいが、ここはきりの方だがね。こんなところでも、おれなんかにゃ、めったにこられんが」

「酒ものませるんですか」

酒をのませるだけのうちなんですか、と明はききたかった。へんな予感が胸にわきかかっていた。それに対して山瀬は、「うん」と気だるそうにこたえた。

女中がビールを二本と、ピーナッツを皿にちょっぴりのせてはこんできた。栓をぬいているところへ、「ヤーさん、おひさしぶりだわね」といいながら、中年の女が入ってこようとした。白粉樽《おしろいだる》につっこんだ豚みたいな女だった。「や、ママさん、ちょ、ちょっと」と、山瀬は立って、廊下へ出ていった。そこで何かふたりで話しているらしい様子で、すぐに山瀬の馬鹿みたいに笑う声がきこえた。

ビールをつぎおえて、女中が出てゆくのと入れかわりに、山瀬だけが入ってきた。

「おい、飲めよ、いま、女を呼んだからな。酒は女がきてから酌をしてもらおう」

「女?」

「コールガールという奴だ」と山瀬はうまそうにビールをのんだ。「これにもぴんからきりまであるらしいが、おれなどの呼べるのはきりの方だがね。しかし、なかなか可愛い子もいるぜ」

「女は、いらんでしょう」と明はあわてて手をふった。「酒ももうたくさんですが……」

「まあ、いいじゃないか」と山瀬はとりあわず、ビール瓶をつき出していった。「さあ、ぐっとほせよ」

明は思わずコップの中のビールを半分のんでから、

「山瀬さん、案外だなあ」

と、くびをひねった。

「見なおしたかね、見そこなったかね」と、山瀬は笑った。「おれはふつうの男だよ」

それはそのとおりだ、と明は思った。この二、三カ月、何となく山瀬という男の案外な一面をみる機会をもったあとのいままでも、彼がふつうの男だという印象は変っていない。しかし、はじめはもっと活力のない、もっとケチな、もっと影のうすい人間にかんじていたのだ。この男が、こんな旅館の常連らしく、コールガールなるものを呼ぶなんてしゃれたまねをしようとは意外だった。同時に、酔ってはいたが、明は当然な疑惑にもとらえられた。

「山瀬さん、しかしコールガールというと、酒の相手をするだけじゃないんでしょう」

「あたりまえさ」と、山瀬はいって、てれたような笑いをうかべた。「さっきもいったように、女房が子宮内膜炎だろ。だからこういうものを利用しなくちゃやってゆけないんだよ。売春禁止法以来、急にこんな組織がひろがったらしいんだが、おれみたいな事情の人間もいるんだから、あれはまったく男泣かせの法律だ。手数のかかるだけ、玉代もたかくなったしなあ」

ほかの場所だったら、山瀬の痛切な顔つきや露骨な言葉に、一応笑ったかもしれない。しかし、明の不安と疑惑はいよいよたかまった。

「山瀬さん、それじゃあ、ぼくはかえった方がいいんじゃないですか」

「なぜ？　コールガールはふたり呼んだのだよ」

口をあけた明に、山瀬は笑った眼をへんにひからせ、テーブルの上に顔をつき出した。

「鏑木君、きみ、まだ童貞だろ？」

「……」

「だから、おれなどの難行苦行はよくわからん。いやだいいち、きみ自身、性欲に苦しんだことはないかね？　そんなはずはない、大学生のとしにでもなれば」

「……」

「おれはどうしても、おれの手で君を男にしてやりたくなったんだよ。おれにまかせておけ」

「……」

「いっぺん女を知れア、女なんて何でもなくなる。水の中でもがいていたのが、急に空気の中へ出たようになるものだよ。最初の女はスプリングだ。オリンピック建設社御用達のスプリングとおなじで、安物だって何だっていい。そして、たかくたかく飛びあがるんだ。こんどは自由がきくから、多賀水産の令嬢をものにすることなんか朝飯前になる」

「山瀬さん」明は酔いがさめたような顔色になっていた。からだがふるえ出した。「あなたはまだそんなことをかんがえて、ぼくをここにつれこんだのですか。そりゃ悪質だ。悪質ですよ。ぼくはあなたがそれほどわるいひとだとは思わなかった」

「やっぱり、わるかったかな？」と、山瀬はあたまをかいた。「それほどの悪気からじゃあなく、親切気からのつもりだったんだが……」

「ぼくはもうかえります」

「まあ、待てよ、女を呼びっぱなしにしてかえるわけにもゆかん。もうくるころだよ。じゃあ、きみここで待っていてくれ、しばらくたったらおれもかえるから」

　明は立ちあがろうとしたが、足がよろめいて、傍の襖《ふすま》にぶつかった。襖にみせかけて、襖紙は貼ってあったが、それが薄い板壁であることが肩にふれた感触でわかった。そのとき、廊下に跫音《あしおと》がして、「こんばんは」と女が入ってきた。ふたりだった。

「ヤーさん、今夜光子じゃない方がいいんだって？」

　と、二十二、三の女がいった。髪を黄色く染めているばかりでなく、西洋人みたいな顔をしていた。どこかエミイに似た感じがあった。

「ちょうど光子がいなかったからいいようなものの、いたら怒るわよ、浮気者」

　と、二十七、八の女がいった。大柄で、ふとって、黒い眼とまっかな唇がきらきらひかっていた。

「そっちはだれでもいいんだが、このひとがかえるってんでこまってるんだ」

「どうしてさ？」

「あら、このひと、イカすマスクしてるじゃない？」と、若い女の方がとんできて、明の腕に手をからんだ。「ねえねえ、かえっちゃいや。そんなことはさせないわ。ヤーさん、あたし、このひとをもらっていいんでしょ？」

「そのつもりだったんだが、何しろ学生さんだからな。鏑木君、どうする？」

「ぼく、かえります」

「だめだめ、あたしかえさない。ヤーさん、よっちゃん、あんたたちがいるからテレてるのよ。あんたたち、はやくきえてよ、あとはあたしにまかしとき」

女は、明にからみつけた腕をはなさなかった。皮膚と皮膚のあいだに、熱いぬるぬるした膠《にかわ》がながれているような感覚だった。山瀬は酔いに充血した顔に、ためらうような、けしかけるような混乱した表情をうかべていたが、そのまま、ふとった女にひきずられるようにして部屋を出ていった。

「おい、ぼくはかえるんだ」

と、明はあわてて、腕をもぎはなそうとした。

「かえさない」そういうと、女はいきなり明のくびにしがみつき、ぶらさがったかと思うと、両足を明の背にまわして印度仏みたいに組んでしまった。「かえるなら、このままあたしもつれてって」

ワンピースをきたからだは、はだか同然の生なましさで明にねばりついた。乳房がくりくりと胸に吸いつき、腹は息づくたびにうごめいた。彼は手の指さき、足の爪《つま》さき、あらゆるからだの尖端部《せんたんぶ》にいたみをおぼえて、うごけなくなってしまった。唇にあつい息がまといついた。

「これでも、かえる?」

「かえらない。……ともかく、はなしてくれ」

と、明はまっかな顔で、あえぎながらいった。女が足をはなし、両手で肩をおさえるようにすると、彼はへたへたとすわった。女はならんですわると、テーブルの上のコップにつがれたままのビールを半分のんで、

「おいしい。のまない？」と、のこりを明におしつけた。眼が笑っていた。「口うつしにのませたげようか？」

「いや」と、明はあわててコップをあおった。

「もういい？　それじゃあこのテーブルをかたづけておふとんしくわね」

「待ってくれ、ぼくは……」

と、彼は必死になっていった。

明は、じぶんでは、じぶんをうぶな学生とは思っていなかった。容子とキスしたこともあるし、エミイとはペッティングにちかい行為をしたこともある。しかし、こんな恐怖をおぼえたことはなかった。彼女たちには、どこかじぶんと同類感があったのだ。それにくらべると、この女はまったく異質の牝獣の匂いがした。恐怖のなかに、ふいに容子のかなしげな顔がうかんだ。恵美子とキスしているときにはいちども思い出したことのない容子の顔が、胸をかすめたのがふしぎであった。彼は悲鳴のようにうめいた。

「おれ……いいなずけの娘がいるんだ」

そのとき、板壁の向うで、泣くような声がきこえた。はじめ、猫でも鳴いたのかと思った。明はぎょっとした。

「あれ、なに？」

その声は波のようにたゆたい、うねり、たかまっていった。女の声だ。はじめてきくそんな女の声だったのに、明にはそれが何を意味しているのか、本能的にわかった。全身に酒と血がわきたち、ふいごみたいな音をたててまわるような気がした。数分間が数日間にかんじられた。顔は上気して、熱い仮面でもつけているようだった。

「いいなずけが何さ」

と、耳もとで、女がささやいた。そして、耳たぶをかじり、また腕を明のくびにまきつけた。女の腕の下からわきがの匂いがむれたった。となりで女がのぼせあがったようなふるえ声でいった一連の淫《みだ》らな言葉が、はっきりときこえた。

「あたし、あんたのいいなずけなんかより、もっといいことしてあげるわよ」女は、明のひざに馬のりになり、ぬれてひかる唇と歯をちかよせながら、笑い声でもういちどいった。

「あれはヤーさんとよっちゃんよ、さあこっちもまけないで」

白痴になろうとする一瞬に、明は女をつきはなした。女が彼を安心させようとして吐いた言葉が、かえって彼に死物狂いの反撥《はんぱつ》をよびおこしたのだ。

「ぼくはかえる」

彼はたちあがった。充血した顔が、突然蒼白《あおじろ》くかわっていた。女はあおむけにたおれて、怒った眼で彼をみあげた。彼女はさけんだ。

「お金くれないと、かえさないわよ」

明は肩で息をつきながら、部屋の隅になげ出してあった上衣の内ポケットから封筒をとり出した。それは夕方、仁科竜の選挙事務所からもらってきたばかりの金だった。

「金はこれだけしかない。これをやる」

と、彼は封筒のままほうり出した。そして、びっくりしたように口をあけている女をふりかえりもせず、廊下にとび出していった。

旅館を出た。はじめて、この一帯が、同じようにあやしげな旅館風ばかりの町であることに気がついた。迷路のような道をあるきまわっているうちに、雨が肩をうちはじめ、みるみるひどい雨脚になった。彼はぬれるのを意識しなかった。

明は、あぶないところをにげたと思った。女の誘惑からではない。彼が拒否したのは、それよりも山瀬とおなじうす汚ない獣になることだった。彼は、山瀬の同類、仲間、共犯者になることにはげしい抵抗をおぼえたのだ。ちくしょう、そんなことになるものか。おれとおまえとはちがうぞ。

冷たい雨のなかに、女の熱い肌の感覚だけは、皮膚にはっきりのこっていた。それからにげまわり、悲鳴をあげ、哀願したじぶんの姿がみじめに思い出された。しだいに腹がたってきた。じぶん自身にだ。そして、夜の雨にうたれて走りながら、あらあらしい怒りと酔いが、またからだじゅうにもえたってきた。

明はアパートにかえったのが何時ごろか知らなかった。もつれた足どりで廊下をあるいてゆくと、ふいにドアのひとつがひらいた。

「明さんじゃない?」心配げな容子の顔がのぞいていた。「あなたの靴音だと思った。あら、ひどくぬれてどうしたの？　はやく、ぬいで、ふかなくっちゃあ」

ふらふらと明は容子の部屋に入った。彼はひたいにねばりついた髪の下から、容子にとってはふしぎな——犬に似た眼で、彼女を見つめた。唇がぶるぶるとふるえていた。彼は、外でいためつけられた子供が母親のふところへもどってきたような感情に襲われていたのだ。しかし、容子はおびえた。

「酔ってるのね」と、つぶやいた。

明はだまってうなずいた。ほんとうにひどく酔っているようにもみえ、それほどでもないようにもみえた。容子の眼にそう見えたばかりでなく、彼自身よくわからなかった。

「選挙事務所でそんなに飲んだの？」

そうたずねながら、ようやく容子は彼のシャツをぬがせ、かわいたタオルで背をふいてやった。そんなことをしてやるのもはじめてであったが、明は茫然《ぼうぜん》としてされるがままでいた。若々しい男の背中の筋肉をこすりながら、容子はふいに母性的な感動をおぼえた。この一、二ヵ月、妙におちつきのない眼をよそにばかりなげていた明が、突然じぶんをふりかえったような甘いよろこびもあった。しかしこのとき明の皮膚には、またあのコールガールの肉の重みと匂いが、くわっとよみがえっていたのだ。

容子はネグリジェだけだった。何かを羽織るチャンスがなかったのだ。彼女の意識しない処女の香が鼻孔をつつんだ瞬間、ふいに明はくるりとふりかえり、はだかの胸に容子を抱きしめ、はげしいキスをした。

「いや、酔っぱらい」

容子は両腕を明の肩につっぱった。その抵抗が、明の血をさらに酔わせた。さっき売春婦からにげまわったみじめさへの怒りが、この弱々しい対象に猛然とわきかえったようだった。そのあらあらしさが、容子を驚愕《きょうがく》させ、恐怖させた。

「そうだ、酔ってる、酔ってるんだ。……」

と、明はうかされたようにつぶやいた。そして、容子をねじたおすのにかかった。

ほんとうにおれは酔ってるのだ、と彼は熱風のふきめぐるあたまでかんがえた。まっかな炎のなかで、さっき旅館できいた女のむせび泣きと淫らなうわごとが鳴りひびいていた。

「だめ、どうしたというの、明さん」狼狽《ろうばい》しながら、隣室をはばかり、必死に声を殺して容子はさけんだ。「ね、いけないったら」

ネグリジェのどこかが裂ける音がした。不用心といえばいえるが、いままでにこんなことはなかったのだ。或《あ》る瞬間、容子はむしろ無意識的な期待をいだいたことさえあるのに、それまでのふたりのあいだは、ともかくも清浄だった。

肉をうち、骨をへしまげるような男の力と、狂ったようなキスのなかに、しかし容子もじんと全身がしびれてきた。手足をぐったりとさせながら、彼女は、いつかはこんなことになると思っていたときが、やっぱりきたのだわ、とかんがえた。ふるえながら、彼女は明のくびに手をまいた。指さきまでつたわる痙攣《けいれん》は、疼痛《とうつう》と恐怖とともに、恋する娘の聖火のような歓喜をあらわしていた。

しかし、このとき、明はさっきじぶんのくびにまきつけられた売春婦の腕のあつさを思い出していたのだ。暗い夏の雨は窓をうちたたき、彼の脳髄を泥のようにかえていた。

死刑執行・七カ月前

九月、二学期がはじまって、ながい夏休みから学生たちは、さわやかな顔色で教室にかえってきた。彼らはそれぞれ愉快そうに、アルプスへいったり、ヨットで伊豆をまわったり、飛行機で北海道へいったりした話をした。すくなくとも明には、そんな話声ばかり耳についた。

明は荒涼たるきもちで、このざわめきをきいた。それまでにない経験だった。

ときどきアルバイトをしなければならない明だったから、いままでのんきに青春を愉《たの》しんでいる学友たちに、不愉快さや羨望《せんぼう》をおぼえたことはむろんあった。しかし、アルバイトは覚悟の上で入学したことであったし、じぶんはじぶんなりの青春を愉しんでいるという満足感もあったし、それに何より学生としては彼らにまけずに一生懸命やっているという自信が、すべてを風にちらした。

しかし、こんどはちがった。学友たちをみる彼の眼は、陰惨で、いらいらとしていた。

友人のひとりが、ふと、おどろいたように彼にいった。

「鏑木、ひどくやせたじゃないか。病気でもしたのか」

「いまでも病気だ」

と、彼はいった。そして、いよいよ眼をまるくしている友人のそばから、ふいとはなれ去った。

じぶんが陰惨な、いらいらした感情にとらえられていることも、そのわけも、じぶんによくわかっていた。つまり、いままで友人たちの屈託のないレクリエーションを平静にみることのできた彼の自信や満足や覚悟が、根こそぎ失われていたのだ。第一に、この夏休みを空費してしまった。勉強はおろか、アルバイトはおろか、借金だらけになってしまった。第二に、空費ならまだしも、底なし沼に足をつっこんでしまったような休暇だった。曾《かつ》ての彼の常識からみれば無軌道としか思われないエミイとのつきあいにへとへととなり、そのうえ、容子と妙なことになってしまった。第三に、彼はじぶんの現在と未来に、完全な絶望をおぼえはじめていた。

九月の終りの或る午後、明はエミイに呼び出されて、野球のナイターをみにいった。宇治と、もうひとり吉田という学生がいっしょだった。いつのまにか、彼らはへんてこな仲間になっていたのだ。

何のはずみだったか、エミイがふと明をかえりみて、軽蔑《けいべつ》したようにいったことがある。「アキラ、なんか野性を失ったわね」そのとおり、明はじぶんが、エミイの愚劣な取巻きのひとりになりはてたことを知っていた。復讐《ふくしゅう》などいう気負った名分のメッキがはげて、このごろじぶんの態度は、最初の闊達《かったつ》さ、ふてぶてしさを失って、何か卑屈なものがあった。エミイに媚《こ》びることを恥辱とする曾ての潔癖感が、しらぬまに消磨しているようだった。それが宇治にも反映して、手なずけた犬をみるように彼をみた。そんな宇治に気がつくときだけ、明は、だいぶあやしくなった「復讐」意識が内攻してもえるのを感じた。そのくせ、明は、宇治たちといっしょにエミイのあとをくっついてあるかずにはいられなかった。

ナイターが思いのほか早く終ったので、新宿にきて、彼らは麻雀《マージャン》クラブに寄った。明は麻雀を知ってはいたが、宇治たちとやるのははじめての経験だった。やるまえにためらいをおぼえたが、四人でやるゲームだから、ひとり欠けてはこまるというので、しかたなくつきあったのだ。

客は若いサラリーマンや学生が大半だった。やるまえに、宇治が明にいった。

「君、君たちの仲間じゃ、いくらでやってるの？」

「いくらって？」

「麻雀やるのに、ただでやる人間はいないだろう」

「ぼくたちは、千点十円だよ」

すると、宇治とエミイは笑い出した。牌《パイ》の音や鼻唄《はなうた》やさけび声に充満した騒音のなかで、ちかくの客がふりかえったほどの笑い声だった。

「ぼくたちは、千点百円なんだけどね」やっと宇治がエミイの顔をみながらいった。「それじゃあ、アキラが勝ったら千百、負けたら千十ということにでもしてやろうか」

「そんなことをする必要はないよ」と、明はむっとしていった。「みんなとおなじでいいよ」

明の配牌はよかった。四、五巡するあいだに、すぐにイーシャンテンとなった。不要な最後の一枚をすてた。

「ロン」と宇治がさけんだ。「五飜《ウーファン》だ」

それがケチのつきはじめだった。うすきみわるいほど配牌はいいのに、不要な一枚でかならず明はうちこんだ。そのうち、全然、手がつかなくなった。

うす笑いしている宇治の眼鏡をみると、明の顔は紅潮した。放銃をくりかえすにつれて、明は蒼白《そうはく》になっていった。勝っている宇治の弥次《やじ》は、こんなときだけ頭が冴《さ》えるのか、おそろしく辛辣《しんらつ》だった。しだいに明はぼうっとしてきた。彼はむしろ破滅の快感に酔ったようなきもちになった。

やがて、麻雀クラブはカンバンになった。大敗北だった。そんなに長時間やったわけではないのに、明はからだじゅうの水気がなくなったような消耗をおぼえていた。

「金は」

と、彼は嗄《しわが》れた声でいった。金はまけた額の二十分の一くらいしかもっていなかった。

「そんなもの」と、エミイは気がなさそうにいった。「この次に勝って帳消しになさいよ」

ちょっとばかり勝った彼女の頰には、ただ面白かった、という罪のない満足感だけがみちていた。

「いや、そういうわけにはゆかない。金はあとでおくるから」

と、明は恥をこらえて、こういうのが精一杯だった。

「冗談じゃない。家に麻雀代なんかおくってこられたらたいへんだ」と宇治は狼狽《ろうばい》した。

「しかし、勝負事の精算だけは、この次の土曜にまたやろう、そのときにもらうよ」

「あたしは、もういやよ」

「それじゃあ、ぼくたちだけでやろう」

と、明はさけんだ。絶対、そのときにとりかえす。宇治は女みたいにやわらかに笑った。

「あまり、血相かえたひととやるのはいやだな。やっぱりよそうか。それにね、君、こんなことは、あんまり金のことがあたまにきてると、きっとまけるものだよ」

明は宇治の声をきかないふりをしていった。

「この次の土曜、場所はここだね」

明は真夜中のアパートにかえってきた。

からだのしんに熱のあるような感じで、あおむけにたおれて天井をみながら、彼はまけた金のことをかんがえた。この次の土曜までには、絶対に金を用意しなければならない。心当りはあった。電車の中からかんがえてきたことだ。彼はじぶんの心が血まみれになるような気がした。

ドアをノックして、容子がのぞいた。まだ洋服をきたままだった。

「階段をのぼってくる跫音《あしおと》が病人みたいだったわ」

明は頭をうごかさずにこたえた。

「ああ、麻雀をしてきたんだ」それから容子の顔に、意地のわるい視線をそそいだ。「多賀の娘たちといっしょだ。負けたよ」

「どれくらい」

「六千円ほどだ」

「……まあ、お金持ね」

「皮肉か。きみに借りた金、そのままでわるかったな」

「そんなつもりでいったんじゃあないわ。明さん、ほんとにお金あったの？」

「あるもんか」

明は容子の顔からやぶれかぶれの視線をうごかさなかったが、容子の表情に動揺はなかった。彼女はそのままドアからきえたが、すぐにひきかえしてきた。

「いまね、いらないお金はこれだけしかないの。二千円。あとは待ってもらいなさいよ。みんなお金持なんだから」

彼女は笑いながら、明の机の上にお金をおいた。金はそれほどいそぐことではなかった。それに明が心当りにした或《あ》る人間は容子ではなかった。しかし、正直なところ、いまの明には、恥も外聞もないいきもちだった。彼はだまって、じっとそれを見つめていた。

それどころか、彼女の努力したさりげなさが、明のささくれだった神経を逆にかきむしった。泥まみれになってかえってきたこの貧しい巣で、いたわられている薄汚ない雄鳥みたいなじぶんが惨めでやりきれず、それを抱きとるような雌鳥の生あたたかい感触に吐気がした。

「おい」と、彼はむくりと身を起した。

「なあに」

「今夜、ここにねてゆけよ」

「何をいうの」容子はうすあかい顔をした。

彼はたちあがって容子を抱いた。荒廃の快感が、情欲と溶けあった。

「ただで金をもらっちゃわるいからな。ヒモの義務を果そう」

容子は彼をつきのけた。

「あなた、変ったわ」と唇をふるわせていった。「そんないいかたは、あたしを傷つけるばかりじゃなく、じぶんも傷つけることだわ」

「おれはもう傷だらけだよ」と明はやや鼻じろみながらいった。「おれはたしかに変っちまった。容子、おれとこれ以上つきあうのは危険だぜ。おれはどこかにいっちまった方がいいかもしれない」

「どこへゆくの？」

容子は顔色をかえた。むろん出まかせに口ばしっただけだから、明に返事のしようはない。やけみたいにまたにくまれ口をたたいた。

「それまでに借りた金はかえすから心配しなくてもいいよ」

「まだそんなことをいってるの」容子の眼に涙がすうとうかんだ。「あたし、あなたをそうさせたひとを知ってるわ。でも、あなたとあのひとはあわないわ」

明は頬をうたれたような表情で容子をみつめた。すぐに憤然とした。

「いやに確信があるな。なぜ？」

「明さん、わたし、ほんとうは苦しんだわ。あの杉さんにも御相談したことがあるの」

「杉さん？　ああ、あの仁科教授のとこの――」彼の眼に、水晶みたいに高貴で透明な杉麻子の姿がうかんだ。「きみ、あのひととつきあってるのか」

「あの方が、心配しなくても、きっと明さんはあなたのところへかえってくるからとはげまして下さらなかったら――」彼女は祈るような眼でしばらく宙をみていたが、やがてぬれた笑顔を明にむけた。「あたし、あなたをはなしはしない。あなたがどこへゆこうと、あたし追っかけてゆくから」

断乎《だんこ》としていった。そして、ドアをあけて出ていった。しまったドアを明は茫然《ぼうぜん》としばらくながめていた。心をうたれるより、彼はやりきれない重っ苦しさをおぼえた。

あいつは、おれからはなれることはないだろう。どこへゆこうと追っかけてゆくといったが、あいつはほんとにそうするだろう。あれは、そんな娘だ。……明はまたドアをみた。あの沈んだ、けれどどこか狂的な眼が、まだそこにのこっているようだった。彼はまた、いつであったか、おれがどんなことになっても、どこまでもついてきてくれるだろうと考えたことを思い出した。容子と他人であったときでさえそうだった。まして、いまはもう他人ではないのだ。からみついた女の重みだけが、彼には鬱陶《うっとう》しく感じられた。

悪い夢のような夏の一夜を悔いながら、彼はあれからいくどか容子の肉体を犯していた。

――彼の心理からいえば、まったく「犯した」としか形容できない合体だった。彼は以前から容子を愛していた。いつかはあんなことになるだろうという予感もあった。しかし、もっと美しい、もっときよらかな、もっと詩的な結びつきを空想していた。それなのに、あのとき、彼はコールガールを犯すと同様のけだものじみた状態で彼女を犯したのだ。その犯罪的な印象は、それ以後も彼の胸からうす黒い影を彼女の姿に放射した。そして、まっしろな脂肪のかたまりみたいなエミイやあのコールガールのからだが脳髄に咲くたびに、容子の肉体をもとめずにはいられなかった。

彼は、ふたりがたとえ将来結婚しても、もうとうてい幸福になれないだろう、という予感がした。

「おれよりも、容子にとってだ」と、彼は思った。

じぶんは獣と娼婦《しょうふ》のからみあいのような気がしているのに、あいつはまるで何事もないかのように、明るい顔で学校にいっている。アパートの人々は、何も気がつかない風だった。或《あ》いは、気がついていても、知らないふりをしているのかもしれなかった。そんな容子をみていると、明はおそろしくなったり、また可哀そうでたまらなくなったりした。

「容子、おれはたしかに人間が変っちまったよ。めちゃめちゃになってしまったよ」

と、明はひとりごとをいった。いまのおれは、容子にふさわしくない。おれはもっと汚ならしい人間だ。

彼は、明日にでもじぶんがやろうと思っている行為を思いうかべた。それは吐気のするようないやな行為であったが、背に腹はかえられなかった。それと知ったら、容子は愛想をつかすかもしれない。

そうだ、容子に愛想をつかさせるのだ、と彼はかんがえた。おれはいちど徹底的に堕落してみよう、そして、それを容子にみせつけて、容子を遠ざける、容子がおれからにげてゆく。――それが、この堕落したおれと一蓮託生《いちれんたくしょう》にしない、容子を救う道なのだ。

明の眼は、突然異様なひかりをおびてきた。それはじぶんの堕落にもっともらしい理窟《りくつ》をつける心理の鍍金《メッキ》作業であったが、彼はその鍍金の悲壮な美しさにみずから酔い、はじめて感動に眼がうるむのを感じた。

月曜日の夕方、彼はオリンピック建設社にいって、山瀬を呼び出した。実は、いつか山瀬に妙な旅館につれてゆかれて、そこをにげ出してから、明はいちどもまともに山瀬と話したことはなかった。二、三度往来で逢《あ》って、むこうから照れたような笑顔で何やらよびかけてこようとした気配であったが、明の方で知らん顔をした。はなれてしまえば、やはり影のうすい男という印象だけだった。もっとも、なんどか借りた金はそのままなので、その点は少々具合がわるい思いがしたが、しかし明は、なんとなくいままでの借金はみんな帳消しになったような気もしていた。それはとにかく、こんどは彼の方で、どうしても山瀬が必要になったのだ。

肌が秋の気に馴《な》れかけて、ふいにまたぶりかえした残暑に、いっそうたえがたいような日だった。山瀬は呼び出されて、妙な顔をしたが、しかし和解のきっかけができたものと思ったらしく、黒い鼻のあたまの汗と、にやにやした、あいまいな笑いをうかべて、店から出てきた。

「なんだい」

むしろ、なつかしそうにいった。

「いつかは、悪いことをしたな。すっかり酔っぱらっちゃって、実に面目ない。是非、君にあやまりたいと……」

「山瀬さん、また少し金を貸して下さい」

「え、金？」山瀬はびっくりした表情になった。そんな用件とは、まったく予想していなかったらしい。「金って、きみ、金は、きみ――」

金はずいぶん貸したままじゃないか、といおうとしているらしい。明は山瀬のあきれたような顔をじっと見つめた。

「あなたはいつか、不定期収入が入ったから、ぼくにまた奨学資金を貸してもいいといったでしょう」

「へ、そんなことをいったっけな。いったかもしれんが、きみ、それゃだいぶまえのことだよ」

「だって、山瀬さんの不定期収入って、ちょいちょいあるんじゃないですか」

凄味《すごみ》をきかせて笑おうとしたが、唇がゆがんだ。具体的には知らないが、山瀬は販売副主任というポストを利用して小金をごまかしているという直感は前からもっていた。山瀬は口をぽかんとあけた。

「きみ、何をいうんだ」

明は唇をゆがませたまま、必死に相手をにらみつづけた。山瀬の顔もゆがんだ。

「不定期収入ったって、それゃ、きみ、ほんのはした金で……」

うっかりいってから、山瀬はいよいよ狼狽《ろうばい》した。それみろ、泥を吐きやがった。明は蒼《あお》ざめて、これからふたりのあいだに交されるべき問答を心の中で予行演習した。

――山瀬さん、いつかぼくのもらったプール工事のリベートですね、あれゃいったい会社の方からは、いくら出たんです？

――何をいうんだ、あれは君にやった一万円だけさ。

ほんとですか？　主任にきいてもいいですか？

――えっ、それゃこまる。それゃこまるよ。……

しかし、山瀬はふるえ声でいった。

「いくら、いくら？」

「一万円ほど」

山瀬はしばらくだまっていたが、「なんとかしよう」と、溜息《ためいき》のようにいった。

「あした、店じゃだめだ、アパートへもっていってやるよ」

それから、犬みたいにあわれっぽい眼で、明をみた。厚顔という言葉がある。実際に明は、顔に膠《にかわ》みたいなものを貼りつけた感じだった。山瀬はつぶやいた。

「明智光秀《あけちみつひで》だな」

　そして彼は、足を引きずりながら、ふらふらと店の方へかえっていった。

　店では金を貸せないということは、やはり彼が不正をやっていることの証拠だ、と明は思った。しかし、その不正を懲《こ》らすという意気込みはむろんなかった。自分の行為に対する弁明はいくつかあったが、心のいたみはふせぐことはできなかった。山瀬はふともらした失言を、あとになってこんな風に明にかみつかれるとは、思いの外であったろう。失言というより、あれはむしろ明に心理的負担をかけないための内輪話の匂いがあった。その弱点につけこむということは、背に腹はかえられないとはいえ、よそからしこんだネタで脅迫するより、もっとあとあじのわるい行為だった。

　しかし、明はむりにせせら笑おうとした。実際に山瀬が最後につぶやいた「明智光秀だな」という愚痴は、少々滑稽《こっけい》でもあった。

「すると、あいつは織田信長《おだのぶなが》か。貧相な信長だな」

　と、彼はつぶやいて、歯をむき出した。

「虫けらだ」

死刑執行・六カ月前

透明になった蒼空に、漣《さざなみ》のようにうろこ雲のひかっている十月の或《あ》る日、容子が新宿御《ぎょ》苑《えん》の門の前で待っていると、軽く疾走してきたグリーンのブルーバードから、杉麻子がおりてきた。ひとり、じぶんで運転してきたのである。琥《こ》珀色《はくいろ》の日のひかりのなかを、白いカシミヤのスーツをきてあるいてくる姿は、車からというより、あの蒼い天からおりてきたように容子にはみえた。

「お待ちになりました?」

と、すまなそうにいう。

「いいえ、こちらこそ、またお電話でお呼び出しをかけたりして」

容子は泣き出すまえの子供みたいな顔をして、くびをふった。

「きょう、二十五日でしょ?」と麻子はいった。「さきに雑司ガ谷の方へまわったものだから、おくれてすみません」

雑司ガ谷とは、彼女の義兄の仁科靖彦教授の父、仁科竜氏の家をさすことは容子も知っている。この夏、明がそこで麻子に逢ったという話をしたが、同時に仁科竜がいかに嫌悪すべき老人であるかということも力説していたので、たとえ縁戚《えんせき》とはいえ、麻子とその老政治家との対照の妙にちょっと好奇心があって、このまえ麻子に逢ったとき、「ちょいちょい雑司ガ谷の方へおうかがいになるの」ときいたら、「え、あたし仁科家の送金係なの」と笑った。なんのことかと思ったら、成城の仁科教授の家では、毎月二十五日、雑司ガ谷の実家から金をとりよせるのだが、その運搬係が車の運転のできる麻子の役になっているらしかった。それではじめて容子は、仁科教授があんないい暮しをしているわけが納得できたような気がした。

容子と麻子は、あの春の誕生日のパーティー以来、これで逢うのが四度目だった。一度目は、この夏高田馬場ちかくの往来で、偶然また車からよびかけられたのだ。それだけで、ふたりはウマがあうのか、麻子もそんな仁科家の内輪話をしたし、容子も、もういちど逢いたい気になった。二度目に逢ったのは、明が多賀恵美子とつきあい出してから、だんだん人間が変り出したことを訴えて、その善後策を相談するためだった。それは麻子がクリスチャンだけあって、デリケートでやさしいなかにも、鋭いばかりの道徳的なしんのあることが直感されて、苦しみぬく容子にとって姉みたいな気を起させたせいもあるが、また麻子が、来年になればアメリカへいってしまうのだという安心感もあった。こんな相談を、容子はほかの友達にする気にはなれなかったのだ。そのとき麻子は、決してあきらめないで、明さんがあなたのところへかえってくるのを待つように、そして、どこまでも知らないふりをしているように、といった。三度目に逢ったとき、麻子は、それではあたしが明さんにお話してみてはいけないだろうか、といった。容子はかんがえこんだのち、やっぱりあたしが努力してみよう、といった。逆効果をおそれたのだ。そのとき麻子は、このごろ恵美子さんとは、ほとんどおつきあいしていない、ときっぱりといった。

日曜ではなかったが、秋晴れの午後なので、御苑の青い芝生には、家族づれやアベックの行楽客が群れていた。眼のさめるほどの青い樹々のなかに、無数にうごく紅《あか》いものに眼をやると、それは手に手に風船をもった幼稚園の子供たちだった。明るすぎて暗い感じさえするのは、大気が澄んで樹々の影が濃いからだろう。

なるべく人の声の少ない方の小径《こみち》をえらんで、ふたりはあるいた。容子は、沈んだ声で、いよいよ破滅の淵《ふち》へおちてゆくような明の生活を話した。「ただで金をもらっちゃわるいからな。ヒモの義務を果そう」——そんな不潔な言葉まで平気で吐くようになった明に身ぶるいして、懊悩《おうのう》のあげくまた麻子に相談する気になったのだけれど、しかし、いまこのひとに、そんな話までは決してきかせられなかった。

「いったい鏑木さんは、どんなつもりなのかしら」かんがえぶかげに睫毛《まつげ》の翳《かげ》を、白い陶器のような頰におとして麻子はつぶやいた。「ただそうして遊び暮らすのが好きなのじゃあないかしら?」

それは、何十ぺんも、容子が胸にといつづけてきた疑問だった。ほんとうに、利口な明らしくなかった。ただ彼女が手をつかねてそれをみているよりほかはなかったのは、それが愚行だと明自身が承知していながら、じぶんでもどうにもならない風なのが感じられるからだ。あのひとを、そうさせているのは何だろう。

「遊びくらすのが好きというより、いまの生活があんまり夢がなくって、いやになったんじゃあないかと思うんです」

「だって、中学生や高校生じゃああるまいし」

と、麻子は笑った。そのとおりだ、と思う一方で、容子はすこし不服でもあった。ほんとうにあたしたちの学生生活には夢がないんです。あなたのように美しい虹《にじ》の上にすわっているのではありません。……

しかし、容子は、むろんそんなことは口にせず、顔をあげた。

「杉さん」

「なあに」

「このまえ御相談したとき、あたしに辛抱して待つようにいって下さいましたわね。けれど、あたし、そのきもちがくじけそうなんです。もし鏑木が、ほんとうにあたしより多賀さんの方が好きなら……」

「そんなことはないわ。それゃ、あたし鏑木さんにお逢《あ》いしてお話をきいたわけじゃないから、鏑木さんのおきもちはわかりませんけれど」

麻子は、容子の顔をのぞきこんでくびをふった。

「多賀さんがどんな方か、そのうちきっと鏑木さんにわかってきます。あたしも、この春ごろまで、おなじクラスなのに、多賀さんをよく知らなかったんです。この春、あのパーティーのすこしまえ、ごいっしょに日光にドライブしたことがありました。そのとき、あの方が山の中で、宇治さんとはちがう方とキスしていたのをみたひとがあるんです。しかも、それをスナップまでしたんですって。あたし、あたしを撮ってもらおうと、お友達にじぶんのカメラを貸してたら、そのカメラで偶然撮ったらしいんだわ。東京にかえったあとで気がついて、そのひとが、そのフィルムのことをあたしにきいたので、はじめて知ったわけなのよ。ちょうど、そのフィルムは残りの半分であのパーティーを撮影して、しかもカメラごと盗まれちまったので、あたしはとうとう見なかったけれど、見なくてよかったと泥棒に感謝したくらいだわ。そんなお話をきいたあとで、こんどはあなたのお話をきくことになったでしょ。あたし、多賀さんて方が恐ろしくなって、おつきあいをやめてしまったの。鏑木さんだって、きっとわかってきますよ」

麻子は、ふとかんがえこむ表情になった。

「あたし、何なら、多賀さんに逢ってお話してみようかしら？」

「なんて？」

「鏑木明という学生には、ちゃんと恋人がありますって」

「そんな。……」

「それはこのまえお話をうかがったときにも、ふとかんがえたことなんです。でも、あの方は、そんなことをいうと、かえって反撥《はんぱつ》なさるんじゃないかと思って躊躇《ちゅうちょ》したの。けれど、このままいつまでもこんなことをつづけていたら、あなたが御病人になってしまうわ。多賀さんが鏑木さんとお知り合いになったはじめが、あのあたしのバースディ・パーティーだったとしたら、あたしにも責任がありますもの」

　ふたりはしばらくだまってあるいた。ときどき、ふたりの足に黄色い落葉がからまった。麻子から恵美子に話してもらう、その効果よりも、そんなことでひとにすがるじぶんの哀しさが胸をかんだ。容子はつぶやいた。

「あの方には魅力がありますわ。あたしは、だめ。……」

「何をおっしゃるの。あなたはお美しいわ。とっても」

　麻子は力をこめていった。容子はうなだれたままでいた。彼女は、麻子のいうことは何でも信じたが、それだけは信じられなかった。しかし、ときどき小径をゆきかう人々は、ふところのふたりの女子大生をみて、眼を洗われたような表情をした。

　遠いうしろで、子供たちの歓声がきこえた。容子はふりかえった。蒼空に浮かびあがった眼もさめるほど美しい赤松のむこうに、風船がひとつ、舞いあがってゆくのがみえた。糸のきれた紅い風船は、みるみる空の深みに小さくなっていった。

「杉さん」なんどかじぶんの胸にといかけて、そしてうちけしてきた疑いを、容子ははじめて口にした。「多賀さんのおうちでは、鏑木みたいなひとと恵美子さんと結婚させる御意志がおありでしょうか？」

　麻子はふしぎそうに容子を見まもった。

「つまり、あんなお金持のおうちで、お嬢さんを貧乏な学生におやりになる可能性のことですわ」と、容子はつづけた。「あたし、鏑木をみていて、このひとは恵美子さんを愛してるのじゃない、ひょっとしたらこのひとは、恵美子さんにオーロラみたいにかかっているものにひかれているのじゃあないかしら、と思うこともありますの」

「鏑木さんて、そんな方なの？」と麻子はいった。彼女の眼は、この春、家の庭でみたあの学生の、明るくて闊達《かったつ》な姿と、金持の息子や娘たちをどこか皮肉にみていた聡明《そうめい》な横顔を思い出しているようだった。「そんな方にはみえなかったけれど……」

「いいえ、ただ馬鹿みたいに吸いよせられるのじゃあなくって、じぶんから、恵美子さんを手がかりにして、社会的に上昇したいというような野心をもっているのじゃあないかしら、とかんがえるのですわ。男というものは、みんなそうなのかしら。もし愛情だけの問題なら、あたし一生懸命、鏑木をとりもどしてみせます。けれど、鏑木にそんな野心があって、もしその可能性があるなら、あたしは……」

「土岐さん」と、麻子はいった。「もし、鏑木さんがそんな方なら、お別れになった方がいいと思いますわ」

「やはり、そうでしょうか」息もつまるような思いで、容子はいった。

その肩に麻子は手をかけた。

「いいえ、あなたのかんがえていらっしゃるような意味じゃああリませんの。鏑木さんのためにじゃあなく、あなたのためにいうのです。あたしは鏑木さんを存じません。ただあなたのお話から、鏑木さんも犠牲者のひとりみたいに思っていたのですわ。でも、もし鏑木さんが、そんな野心をもつようなひとなら——それぁ、男にはみんな野心があるでしょう、お金がほしいとか、社会的に高い地位を得たいとか、それをみんないけないことだとは、あたしも思いませんわ。——けれど、恋愛や結婚をそのための手段につかうような男なら、むりにひきとめても、決してあなたが幸福になれようとは思えないのです。ほかにどんなにひかれるところがあっても、あたしだったら、さようならといいますわ」

どんなことを訴えても、別れろという忠告をされようとは、容子はまったく期待していなかった。容子が麻子にさまざまなことをうちあけて相談したのは、ただ明をひきとめる方法について、その意見をききたいためだけだった。（別れるなんて！）彼女は驚愕《きょうがく》した。（あたしと明さんが別れるなんて、そんなことできないわ！）

容子は、麻子に何でも話した。が、かんじんの、もう明と肉体的関係があるということは、うちあけてはいなかった。いままでも、麻子の受けとめかたにもどかしい思いのすることがあったが、それだけは、恥じらいのためにどうしても告白できなかったのだ。（もし、そのことを告白したら、このひとはどんな顔をするだろう）

しみるような蒼空を背景に浮かびあがった杉麻子の白い顔は、澄みきって、むしろ厳しい陰翳《いんえい》すらあった。

「土岐さん、理性をとりもどしてね。理性をとりもどして、もういちど鏑木さんを観察なさってね。もし鏑木さんが、そんな不潔な野心から恵美子さんとつきあっていらっしゃるなら、軽蔑《けいべつ》して、あなたの方から身をおひきなさいませ。むろん、そんな男が、ほんとうの幸福な人生を送れようとは思えません。それにまきこまれて、あなたが苦しむのは愚かなことです。勇気をふるって、いまのうちにさよならをいうのが、あなた自身の破滅をすくうみちだと思いますわ」

容子は、このとき心の中で、水晶のような透明な麻子の顔に、はげしい怒りと憎しみをおぼえた。しかし、彼女の唇はただわななき、泣き出しそうな表情になった。

麻子は、その表情にやっと気がついた。いままでの、冷たい、きつい線がくずれて、みるみる彼女もわるいことをした子供みたいに泣き出しそうな顔になって、

「……だめ？」

と、小さくつぶやいた。


夕方、熱のあるような感じで容子がアパートにかえってくると、階段の一番上に、山瀬がぼんやり坐《すわ》っていた。

「やあ、おかえんなさい」

と、彼は疲れたような笑顔でたちあがった。容子はけげんそうに見あげた。

「どうかなさったの？」

「いや、鏑木君を待ってるんだがね。もう学校からかえってくる時刻だろうと思ってるんだが、ドアにはまだ鍵《かぎ》がかかってるんだ」

「このごろ、いつもおそいんです」

「そうらしいな。実は、きのうもおとといも待ってたんだけど」

「何か御用なの？」

「いや。……」と、彼はしばらく口ごもっていたが、やがてぼそりといった。「実は、明君にすこし、金を貸してるんだけどね」

　容子はだまりこんだ。明が山瀬から金を借りていることは容子も知っていた。山瀬は、その請求にきたのだ。容子は知らない顔で、山瀬のそばを通りぬけることができなくなった。

「いくらくらいお借りしてるんでしょうか」

「なに、一万六千円ほどなんだけど。いや、僕は明君が好きで貸したんだし、だいいち学生なんだから、いきなり返してくれというのはわるいが、実は女房が病気でね。医者が手術した方がいいというものだから」

「奥さまが、どこかおわるいんですか」

「子宮の病気でね」

　山瀬は、まるでじぶんが病んだ子宮をもっているかのように、顔をしかめて腹をなでた。

「まあ」と、いったが、容子はそれ以上、どういっていいのか、どうしていいのかわからなかった。ただ、ためいきをついてつぶやいた。「ほんとうに、こまっちまうわ」

　山瀬は容子の顔をしばらく見つめていたが、これもためいきをついていった。

「明君だろう？　土岐さん。……明君、このごろ人間がひどく変ったように思うんだが、あんた、どう思う」

「山瀬さん、あなたもそう思います？」

容子は眼をあげた。すがりつくようなまなざしだった。しかし、山瀬はうつむいたまま
つぶやいた。
「いまの若い人のきもちはよくわからんな。自分の利益になることだったら、恩も義理も
けっとばして平気なんだな。はっきりいえば、土岐さん、明君は悪党になったよ」
「明さんが……あなたに何かしたんでしょうか」と容子は不安そうな声でいった。「お金
を借りた以外に」
「いや、それほどのことでもないんだがね。何といったらいいか、飼犬に手をかまれたと
いったらいいか、僕は少々明君を見そこなっていたのじゃないかと思うふしもあるんだ」
山瀬は具体的には何もいわなかったが、心外にたえないといった表情だった。容子は、
思わずいってしまった。
「すみません」
「すみません？　あんたがあやまることはないよ」
山瀬は笑ったが、ふと不安そうに容子をながめた。
「土岐さん、同病相あわれむというとおかしいが、あんたも明君のためにひどい目にあっ
てやしないか。そうだ、明君は、あんたにも金を借りてるとかいってたな。男が、女の子
から金を借りっぱなしにしちゃいけないって、僕が明君に金を貸したこともあったんだが、
かえしてもらったかい？」
「あたし？　あたしの貸したお金なんて、どうだっていいわ」

「ああ、あんたと明君の仲なら、金など問題じゃないかもしれない」

山瀬は無遠慮に容子の眼をのぞきこんだ。容子はふいに頬に血がのぼるのを感じた。それをじぶんでも意識して、おさえようとしたが、耳たぶまでまっかになった。

「やっぱり、そうか」

と、山瀬は笑った。いやしげな笑いだった。容子は返事ができなかった。山瀬はまたまじめな顔にもどった。

「土岐さん、しかし、明君には用心した方がいいよ」

「……」

「あのひとは、あんたをめちゃくちゃに破滅させてしまいそうな気がするよ」

「……」

「こんなことをいって、あんたがどう思うかしらんが、貸した金を返してもらえない男の悪口ととってくれてはこまる。すこしは世間のこともわかった年輩の人間として忠告したいんだが、あんたは、明君とさよならした方が安全なような気がするな」

容子は戦慄《せんりつ》していた。それは、このちょっと軽んじていた中年男と、あの清潔で聡明な麻子のいうことが、期せずして一致していることへの恐怖だった。彼女はちょっと眼まいに似た感じになりながらつぶやいた。

「さよならするといっても……あたしには、ゆくところはないわ」

それは、魂のゆきどころがないという意味もあったが、山瀬は簡単に身のゆきどころととったらしい。くびをかしげていたが、やがていった。

「土岐さん、にげ出すなら、僕が安いアパートを知ってるよ。もしそのつもりがあるなら、紹介してあげてもいいぜ」

容子はそんな話をききたくなかった。また、こんな話をつづけたくなかった。勤め先からかえってきたサラリーマンが、階段をのぼってきたのをしおに、彼女はいった。

「それじゃあ、山瀬さんがいらしたことは、あとであたしから話しておきますわ」

山瀬は狼狽《ろうばい》した。

「いや、僕がまたくるよ」

容子が、だまって、じぶんの部屋のドアをあけるうしろ姿に、往生ぎわわるくまたいった。

「別れろと僕がいったなんて、明君にいっちゃこまるぜ。あんたのためを思っていったんだが、明君がきくと、こっちはまたどんな目にあわされるかわからない」


その夜、すこし酔ってかえった明に、容子は山瀬のきたことをいった。

「なに、金を返してくれって?……ああ、あいつにはかえさなくったっていいんだ」と、彼はせせら笑った。酔いのせいか、浮き浮きしていた。「あいつは、おれのもらう分をピンハネしてやがったんだ。心配するな」

「明さん」容子は沈んだ眼で、たかぶった明を見あげていった。「あのひとは、飼犬に手をかまれたといってたわ」

「飼犬?」明の眼は、一瞬に兇暴《きょうぼう》のひかりをおびた。「あいつは、おれを飼犬のつもりでいたのかな。ばかにしてやがる」

「そういうつもりでもないのでしょう。それはただ、親切にお金を貸してやったのに、その好意をふみにじられたことの形容でしょう。あなた、山瀬さんに何をしたの?」

「いいや、あいつはおれを飼犬のつもりでいたんだ。おれに餌をくれ、曲芸をやらせて、ひともうけするつもりだったんだ」

「曲芸?　どんな曲芸?」

明はしばらく容子を見つめていたが、けたけたと笑い出した。

「あいつはね、おれに多賀の娘をひっかけさせてね。おれに多賀水産を乗っ取らせて、じぶんもそれにぶら下がって日の目をみようという大野心を起したのさ。それなのに、おれがあいつの自由にならないものだから、焦《じ》れて、あたりちらしているんだよ」

容子は、むろん告げ口のつもりで山瀬のことをいい出したのではなかった。そんな余裕はなかった。これを機会に、いったい明が何をかんがえているのか、はっきりつきとめたいと思いつめてきり出したことだった。いま明が口にしたことも、実は彼女の疑惑のひとつだったが、腹の底から可笑《おか》しがっているらしい明の口吻に、彼女はややほっとした。容子も笑った。

「正気かしら」

「じぶんでは正気のつもりだろうが、おれからみればイカれてるね。かんじんの道具のおれがあいつを馬鹿だと思ってるんだから、どうにもならんよ」

「ほんとうに馬鹿ね。お嬢さんを誘惑してお金持になろうなんて、よくそんなことを考えたものだわ」

「そのこと自体は、それほど馬鹿げた考えだとはおれは思わないよ」

容子はぞっとした。それは彼女のいちばん恐れていた言葉だったが、それより彼女を恐れさせたのは、明の美しい仮面のような無表情だった。

「金持になれるかどうかは別として、多賀の娘を何とかするくらいはかんたんなことだよ」

それはいつか、山瀬にそそのかされた言葉だった。そのとき彼は一笑に付したくせに、いま平然と、おなじ言葉を容子にむかって吐いていた。実際に彼の鼓膜には、ことあるごとに山瀬の声が、虫の羽音みたいに鳴るのだった。

――何しろ、糸のさきを泳いでいる魚があんまり大きすぎるから、ひとごとながらもったいなくてね。とにかく、多賀水産を釣れるかもしれんというチャンスなんだからな。

――その可能性が全然ないかな。すくなくとも、ほかの手段でピラミッドをよじのぼるより夢想的とも思われないがね。

――お嬢さんさえものにすれゃ、お嬢さんが多賀財閥をくっつけてくるんだ。何をもたもたしてるのかな。ねえ、おい。

それらの言葉が、それをきいたときのばかばかしさ、不潔感、怒りが鈍磨して、へんな真実味と甘美さをもってよみがえってくるのだ。あぶら虫みたいないまのじぶんのざまと、エミイの住む白い城壁との懸隔が思い知らされ、またその美しい「魚」が、山瀬のそそのかすほどかんたんに手におえるものでないことが思い知らされるにつれて、いっそう山瀬の言葉が執拗《しつよう》にからみついてくるのだ。はては、それ以外に人生はないとさえかんがえられるのだった。

「あなたは、やっぱりそんなきもちで多賀さんとおつきあいしてたの？」

容子はさけぶようにいった。

明はだまって、ふてぶてしく容子を見すえていた。曾《かつ》て、じぶん自身への弁解のために、多賀恵美子を誘惑するのは特権階級への復讐《ふくしゅう》だとかんがえた。その自己弁解があやしくなって、じぶんの堕落と裏切りが意識されはじめてからは、容子を裏切るのは、じぶんの堕落にまきこまないためだというエゴイスチックな論理をあみ出した。そしていま、それらの自己弁解やエゴイスチックな論理がすべてかなぐりすてられて、野心がむき出しになった表情だった。

「明さん、それであなたは倖《しあわ》せになれると思って？」

「容子」

と、明はむしろ沈んだ声でいった。

「それじゃあ、このまま――いまのまま、おれの人生の歯ぐるまをまわしていったら、おれが倖せになれるというのかね？」

彼女に対してのみならず、じぶん自身にもぎりぎりとくいこませるような言葉だった。

「ね、アルバイトをしながら大学へゆく。そのせいいっぱいの努力から湧く満足感が何になるんだ。人は過程をみないで結果だけをみるんだ。鈍物が骨身をけずった作品より、天才が鼻唄《はなうた》まじりに作った作品の方を人は買うんだ。そして、実際にその方がねうちがあるんだ。芸術の世界ばかりじゃない。社会のあらゆる現象がそうなんだ。あの仁科教授をみろ、あいつは安楽椅子に坐《すわ》って、進歩的評論をかいて、結構世間からもてはやされている。その居ごこちのいい安楽椅子は、保守と強欲の化身みたいな親父からあたえられたものなんだ。多賀の娘にしたって、したい三昧《ざんまい》のことをやってるぜ。しかも、結局、したい三昧のことができる上流夫人となり、満ち足りた幸福な生涯をおえるだろう。将来、或《ある》いは適度な反省や、万事好都合な懺悔《ざんげ》をすることがあるかもしれんが、それもやっぱりしたい三昧の行為のうちに入るものなんだ。あいつを豊かにつつむ生活の城壁は保証され、ちょっとやそっとで崩れそうにない。──」

彼の眼には、あの「白い塔」が浮かんだ。彼はあえぐようにいった。

「その城に入って、或いはおれは後悔するかもしれない。しかし、このまま、うだつのあがらない人生を送っていったって、後悔はおなじことなんだ。おなじ後悔なら──」

「うだつがあがらないと、じぶんできめるのはまだ早いわ。まだあたしたち、学生じゃないの？」

「いや、だめだ。到底だめだ。とても追っつかないよ。――」

と、彼ははげしく首をふった。それはこの数カ月、彼がちらとかいまみた、山瀬のいわゆる「多賀財閥」の生活の片鱗《へんりん》からも、いやというほど思い知らされたことだった。

「おれには、いまその城へ這《は》いあがれる可能性があるんだ。希望があるんだ。そんなおれをひきずりおろして、君はおれを一生幸福にさせてくれる自信があるのかね？」

容子はだまった。この露骨な、自分勝手きわまる言い分に、彼女は怒りをおぼえるより、ただかなしげにうなだれるよりほかはなかった。やっと、ふるえる声でいった。

「それじゃあ、あたしはどうなるの？」

こんどは明がだまりこんだ。彼は腹の中で、君のことなど知ったことか、といいたかった。

彼はいま、その城へ這いあがる可能性があるといった。希望があるといった。しかし、その確信はなかった。むしろそんな確信があるなら、もっとたくみに容子をきりはなす工夫をする余裕があったろう。が、現状は、むなしくエミイの釣糸に翻弄《ほんろう》され、泥沼のなかにぶざまにもがいているのだった。彼の心には、焦燥とやけだけがあった。

頭上から下がる糸はまだつかまえないのに、彼はひたすらいまの生活からのがれたいという、灼《や》けつくような欲望にじりじりしていた。容子と結婚して、共稼ぎなどして、よくいえば平凡な、わるくいえば地べたを這いずりまわっているような生活をすることは、金輪際いやだった。「どこかへにげてゆく――」いつか、ふかい考えもなく口ばしった言葉は、あれ以来、胸にこだましつづけていた。ほんとうは、にげたいのは容子からというより、貧乏くさいいまの環境や生活からだった。ながい未来の話ではない、卒業までの一年間の空白——空白というより、どぶのなかでもがいているような生活をかんがえると、たまらないのだ。そして、いまの環境や生活と、容子は一体なのだ。彼は容子をみずからじぶんの足に鎖でむすんでしまった。

「あたしは、どうすればいいの？」

容子はくりかえした。胸をかきむしるような声だった。明は、胸でその声をはねかえした。呪文《じゅもん》のようにとなえた。とにかく、コースを変えなきゃだめだ。コースを変えなきゃ、コースを変えなきゃ。

容子は両手をねじりあわせ、身もだえした。

「あなたはどうかしてるのよ。熱病にうかされてるのよ。醒《さ》めればわかるにきまってるのに！　あなたの夢みてるような人生は、人間として決して幸福なものじゃないってことは、あたしにはわかってるのに！」

そう思いたければ、そう思っていたらいいだろう。冷酷さをむき出しにして、明は壁に眼をむけたきりだった。ひびの入ったその壁を、あぶら虫が一匹這いすぎた。

死刑執行・五カ月前

　容子は、アパートの階段を、何度もあがったりおりたりして、荷物を入口に運んだ。入口には、容子からもらったガムをかみかみ、管理人の女の子が、寒そうに荷物の番をしていた。そこまで運びおろされた荷物は、コンクリートの床にひろげられたビニールのテーブルクロスの上につみあげられるほどの分量だった。

　外は、冷たい、わびしい十一月の夕ぐれの雨だった。トースターや魔法瓶、本を十冊も重ねて階段を上下すると、足がすべりそうになった。雨のふる外からかえってくる人の靴や傘のために、階段がぬれつくしているからだった。

　その人たちは、みなふしぎそうに入口の荷物を見、階段で容子と逢《あ》うといった。

「おや、お引っ越し?」

「ええ」

「それはまあ。……でも、こんな雨の日に」

「運送屋さんがきょうじゃないと手があかないというものですから」

「へえ、しかし、運送屋さんに運んでもらったら?」

「いいんです」

　中には、階段の上と、入口の荷物を交互にみて、うっかりとたずねる人もあった。

「鏑木君はいっしょじゃないの？」

「いいえ、あたしだけです」

それで、たいていの人は妙な表情をするより、きのどくそうな顔をした。だれも、なぜ引っ越すのだとも、どこへゆくのだともきかなかった。

みんな知っているんだわ、と容子は思った。明と愛し合っていたころは、そのことをアパートの人々が知っていようと知っていまいと気にもならなかったのに、ふたりのあいだにひびが入ってきてからは、人々の視線が蕁草《いらくさ》のように背にからまるのを感じていたのだ。知っているのはあたりまえだ、とくにこの一ト月ばかりは。

明が、多賀恵美子をこのアパートにつれてきはじめたのはこの一ト月ばかりのことだった。最初は明がつれてきたというより、恵美子の方でおしかけてきたような気配だった。それはど恵美子は不敵な、むしろ家畜の檻《おり》でも見にきたような不遠慮な眼つきで、アパートの中をながめまわして歩いた。肉感的な美貌《びぼう》や、はなやかな衣服より、その態度が人々の眼をひいた。それはむろん人々に反感をあたえた。しかし、面とむかってはその反感もぶつけられないほど、彼女は野放図だった。

はじめて廊下で、恵美子と明の姿をみたとき、容子は息をのんで立ちすくんだ。容子はこの春恵美子を見ただけだったが、ひと目でわかった。反対に恵美子は気がつかないようだったが、そばの明が狼狽《ろうばい》と困惑の挙動をしめしたので足をとめた。

恵美子は容子をながめ、明をふりかえった。「これが、あれ？」といった。

明がまごついているうちに、彼女は容子のそばへやってきた。

「あのひと、盗りはしないから安心してね」

といった。華麗な、天衣無縫の笑顔のまま。

それ以来、恵美子は何度かアパートにやってきた。ひとりではなく、別の男の学生をつれてくることもあった。彼女と彼らは、完全に容子を無視して、明の部屋でトランプをしたり酒をのんだりして、さすがに泊ることはなかったが、夜おそくまでさわいでいた。容子はじぶんの部屋で、じっと坐ってその音をきいていた。その状況をひと目もみないのに、明の様子は彼女の胸のフィルムに、どんな微細な陰翳《いんえい》までもわかった。

恵美子たちは、明自身に興味をもつよりも、この貧しく汚ない雰囲気に興味をもってやってくるようだった。「おれはその城に這いあがれる可能性があるんだ。希望があるんだ」そうさけんだ明の言葉とはうらはらに、彼自身は恵美子の従僕的、或いは道化的存在になりかかっていた。そのことが、いまはじめてわかったのだ。そして、そのことを彼もまた感づいて、あせっている。恵美子がかえったあと、廊下でふとゆきかうとき、明の眼は容子をみて、ふてくされた。

つきはなすように、眼はいった。

「どうだ、これでもまだ別れないか」

しかし、そのむごい作戦で、彼は恵美子をつれてくるのではなかった。それは彼が彼自身にいいきかす虚栄だった。容子ははっきりとそれを読んだ。それから、明の眼のおくにゆれている惨澹《さんたん》たる自暴自棄の翳《かげ》を。

容子はどんなに惨めな明をみても、いままで軽蔑《けいべつ》したことはなかった。けれど容子は、いまはじめて軽蔑すべき明の姿を見た。憐《あわ》れむべき恋人の心をまざまざとみた。それは苦しい、恐ろしいことだった。

彼女がとうとう引っ越しをする気持になったのは、恵美子に敗北したのでもなければ、明の出てゆけがしの作戦に乗せられたのでもなかった。ちょうど明が自分の心を自分に偽っているように、容子もまた自分にいった。「杉さんや、山瀬さんのいったとおりだわ。ほんとうにあんな男とは、さよならした方がいいんだわ」しかし、ほんとうは、そんな明をみる苦しさに、気力がたえかねたのだ。彼女は、自分自身の心に負けたのだ。

容子が山瀬に引っ越しを相談したのは三日ばかりまえだった。彼がいつか安いアパートを知っているといってくれたのを思い出したのだ。山瀬は「やっぱりなあ」と暗然とした顔で、しかしすぐにうなずいて、「それがいい。その方が利口だ」といって、西武線の江古田のアパートにききあわせてくれた。部屋はちょうど一つあいていた。山瀬がそのアパートの持主と戦友だったとかで、その縁で権利金を一ト月分に交渉してくれたのはありがたかった。

運送屋にたのみにゆくと、きょうの午後二時にゆくという。その都合もあるが、容子がわざと日曜でない日をえらんだのは、明が学校にいっているあいだに、ひっそりと姿を消したいとかんがえたからだった。

それなのに、三時になっても、四時になっても、運送屋はやってこなかった。容子は明がかえってくるのを恐れた。自分でともかく荷物をアパートの入口まで運んでおこうとしはじめたのは、一刻もはやくここを去りたいと思ったからだ。しかし、息せききって階段を上り下りしていると、まるで自分の方が悪いことでもして逃走をはかっているような惨めさと哀しさが胸をかんだ。

「やあ、すみません、おくれちゃって」

雨の中を、オート三輪に幌《ほろ》をかけて、運送屋がやってきたのは四時過ぎだった。

「ばかなことをしたもんで、車のドアに指をはさんじゃってね。こっちへは誰かほかの奴にきてもらおうと思って待ってたんだが、誰も店にかえってこねえ。仕方がねえから、やっぱりあたしがやってきたんだが、重いものがありますかね」

「重いものって、机と蒲団《ふとん》包みと、それからベビー箪笥《だんす》がひとつあるわ」

ふたりは残りの荷物を運び下ろすのにかかった。運送屋は右手の中指を繃帯《ほうたい》していて、実際それが痛むらしく、何かのはずみに顔をしかめて悲鳴をあげた。そのたびに容子は気をつかい、ひたいに汗がにじんできた。

ベビー箪笥の引出しをみんなぬいて、べつに運んでおいた方がよかったかもしれない、と気がついたのは、階段を四、五段おりたときだった。運送屋がちょっと持ちあげてみて、これくらいなら、というのでそのまま下りかかったのだが、狭い階段は斜めになるよりほかはなく、最初の一歩を先におりた容子が下になった。しかし、そのため鐶《かん》の高さが妙になって、ひどく持ちづらくなった。

「大丈夫かね」

「大丈夫」

そういって、また一歩おりながら足もとを見ようとして、容子はふと階段下の入口に立っているふたつの影を見た。レインコートを着た明と恵美子だった。そのとたん、容子は足がよろめき、ととと一、二歩かけおりた。運送屋が悲鳴をあげて、手をはなした。箪笥がはずれて恐ろしい音をたてておち、まっすぐになったその下に容子はあやうく支えたが、弓のようにそりかえった。足の位置より、箪笥の方が前に出た。

それが一瞬のことなら、だれかがかけのぼってきて、容子のかわりに箪笥を支えてくれたのも一瞬だった。容子は身をはなし、蒼《あお》ざめた明の顔をみた。

「おどろいた。……もうだめかと思ったぜ」と運送屋は肩で息をしていた。「学生さん、手伝ってやって下さい。やっぱり女のひとにはむりだ」

明はうなずいた。そして、運送屋といっしょに、箪笥をオート三輪まで運んでいった。そこで彼が運送屋と二、三語何か話している声がきこえたが、すぐにふたりで階段をのぼっていって、残りの蒲団包みや机を運びおろした。

容子は階段のはしに、じっと立ったままだった。その前をゆききしながら、明はひとことも話しかけなかった。「引っ越すのか」とも「どこへ」ともきかなかった。けれど容子は、ふしぎなことに明の行為に、意地を張った冷酷さとか、間のわるい阿諛《あゆ》を感じなかった。彼の姿には何か必死のものがあった。

容子もだまっていた。入口のところに立った恵美子もだまっていた。彼女は薄笑いをうかべて明を眼で追っていた。

「これで終りです」

と、運送屋は知らずして、運命的な言葉をかけた。それからいった。

「運搬先はききましたがね。あそこらへんはわかりにくいし、車の上はまだ空いてるから、お嬢さん、よかったらあなたも乗ってってていいですよ」

容子は明をみずに小さな声でいった。

「ながいこと、ありがとう。さようなら」

明はこたえなかった。ただ、のどだけが、かすかにうごいた。

容子は幌をかけたオート三輪にのった。車はすぐにうごき出した。階段のすぐ下で明は蒼白《そうはく》な仮面のような顔で立ち、入口で恵美子はその顔を見まもっていた。

ゆれる幌の中で、容子の頬にはじめて涙がおちた。彼女は、じぶんが明をなお愛していることを知った。

風がふいて、こまかい雨がふりかかり、どこかの街路樹に散りのこっていたのであろうプラタナスの枯葉が一枚吹きこんできて、本を五、六冊つつんだ新聞包みに音をたてた。

「幼女殺しの木曾に」新聞はそこで小さく裂けて、その次に、「死刑宣告」という文字がみえた。この四月逮捕された誘拐殺人の犯人が第一審で死刑を宣告され、そのまま控訴することなく服罪したという二、三日前の新聞だった。

容子の胸にはそんな犯罪者の影を入れる余地がなかった。車はゆれ、心もゆれ、そして雨に夕ぐれの町の灯も冷たくゆれていた。

死刑執行・四カ月前

世の中に、いいことばかりはない、ということを容子は痛切に知っていたが、そのことを新しいアパートであらためて思い知らされるのに、半月とはかからなかった。

そのアパートは、実際新築だった。建物はそれまで住んでいたアパートとおなじ程度の安普請だったが、建ててからまだ二、三年しかたっていないらしく、それだけに廊下も部屋も明るいのがありがたく、その上、四帖半《よじょうはん》に一帖分の板敷に流しがついて、権利金一ト月分で、間代三千円とは、いまの東京には類がないのではないかと思われるほどの安い部屋代だった。

アパートの持主は四谷《よつや》界隈《かいわい》に大きな雑貨店を出している人だそうで、容子はアパートの階段下の部屋に住んでいる管理人のおばさんにまず挨拶《あいさつ》した。

「ああ、あんたは家主さんのお友達の紹介なんですね」

と、おばさんはいった。

「ええ、そうなんです。山瀬さんを御存じですか」

と、容子はいった。山瀬がこのアパートの持主は戦友だった男だといったのを思い出したのだ。おばさんはくびをふった。

「いいえ、その方は知らないけれどね、もうひとりやはりその方の紹介できてる若いひとがありますよ。そのひとも部屋代がだいぶ安いんです」

「女の方?」

「男ですよ、ひるまは働いて、夜学へいってるひと――おや、あなたとは一部屋おいたとなりの部屋ですよ。小田切さんっていうんです」

その小田切がまだ定時制の高校にいっている少年であることを、容子はまもなく知った。彼女が引っ越しの挨拶にいったとき、彼はちょうどひるまの労働からかえって学校に出かけようとしているところだったが、彼女をみてびっくりしたような表情をした。

「学生さんですか」

彼は眼をかがやかせた。やせた黒い顔だったが、美しい眼をしていると容子は思った。

「よろしくおねがいします。……あなたも山瀬さんの御紹介でここにいらしたのですってね」

「え、同郷なもんですから。へえ、あなたもあのひとを知ってるんですか」

「いままで住んでるアパートが山瀬さんのお勤め先のちかくだったんです」

「それだけ?」

「それだけ」

そういって、容子はわれながらちょっとふしぎな気がした。ほんとうに山瀬とはそれだけの縁で、さっき管理人からきいたところによると、山瀬の紹介のために部屋代も安いらしかったが、かんがえてみれば、彼からそんな恩恵をうける破目になったのがふしぎだった。

しかし、小田切少年は、容子のそんな答えにべつに不満もないようだった。

「何か重量物を運搬するものがあったら、手伝ってあげますよ」

「重量物」と容子は笑った。「ありがとう、たいした重量物もないけれど、重いものはいま運送屋さんが運んでくれましたわ」

それから容子はふと思い出してきいた。

「お隣りのお部屋、ノックしたんですけど御返事がないの、お留守？」

「ああ、いまの時刻じゃ、もう勤めに出たあとでしょう」

「いまごろ？」

「バーの女給さんなんだそうです」

小田切はふいに暗い眼になった。何かかんがえこんだ表情だった。吐き出すようにいった。

「へんな奴も住んでるアパートですよ。ぼくはどっか引っ越したいと思ってたくらいで……」

「あら、どうして？」

小田切少年の顔が、ちょっとあかくなったようだった。彼はそれには返事をしないで、そそくさと夜学へ出かけていった。

小田切が妙なことをいってあかい顔をしたわけはやがてわかった。そして、部屋代は安いけれど、この世にはいいことばかりはないと容子に思わせたのは、その隣りの住人だった。

ちょうど容子と小田切一也のまんなかの部屋を借りている関光代という女給が、思いがけないことで容子を悩ませたのだ。それはときどき彼女が男をくわえこんでくることだった。

関光代は、ややふとりぎみだが、はでやかな、明るい、可愛いらしい顔をした女だった。その年が三十ちかいということもあとで知ってびっくりしたくらいで、はじめ容子はじぶんより二つか三つ年上だろうとかんがえていた。引っ越した翌《あく》る朝、「ああら、あんたがこんどお隣りにきたひと？」と向うからノコノコやってきたほどで、陽気な、人見知りしないたちとみえた。

だんだんわかってきたところによると、そのアパートにはマッチ箱みたいな二十ばかりの部屋があったが、男性といえば小田切少年ひとりだけで、あとはぜんぶ独身の女性ばかりだった。しかも、その大半が三十歳から四十歳のオールドミスばかりなのだ。管理人のおばさんの話によると、これは偶然の結果だということだったが、実際住人の大部分がオールドミスばかりだということになると、男性や若い夫婦など妙な感じに襲われて逃げ出したくなるかもしれないし、してみるとこれは偶然というより、必然の結果かもしれなかった。あのひとはBG、あのひとは電話交換手、あれは幼稚園の保母、あれは料理屋の女中とおばさんは教えてくれたが、何をしているのかわからない女性が大半だった。それでも女ばかりのアパートなら、いかに安建築だろうと、いかに彼女たちが生活に苦しんでいようと、もうすこしはなやかな雰囲気がみちていそうなものなのに、ふつうのアパートよりもひっそりとして乾いた感じだった。彼女たちはおたがいにゆききもせず、すれちがっても挨拶もしないことが多かった。といって、おたがいに不仲というわけでもないらしかった。要するに、管理人は偶然だといったけれど、建物をよごすわけでなし、よくあるように間借人が結束して家主とひと悶着《もんちゃく》をおこすようなおそれはなし、アパートの住人としてはいちばん扱いいい種族だから、或《ある》いは家主の計算によるものだったかもしれない。

ほんの数度のことだったが、何かの機会で、容子はその女たちの部屋をのぞいたことがあった。そのなかで、二、三人だが、簞笥《たんす》の上や机の上に男の写真がのっているのに気がついた。それが彼女たちより若い兵隊の顔なので、容子の注意をひいたのである。

「あれは戦中派のひとたちなのよ」

いつだったか、日曜日、遠慮なくおしゃべりにきていた関光代が、ふと何気なく容子がそのことを話題にしたときに面白そうにいった。

「戦中派？」

「つまり、戦争中に恋愛してさ、戦争で恋人を失ったひとたちなのよ」

突然、容子の耳に、ひっそりと乾いたこのアパートの壁や廊下から、思いがけぬ暗い歎《なげ》きの唄声《うたごえ》がわきあがるような気がした。

「みんな？」

「と、いってるけどさ、ほんとのことはわかりゃしない。そんなにしんけんな顔をしなくってもいいわよ。ほんとに戦争中に恋愛したのか、恋人があったのか、ほかの人間はだれも知ったことじゃないんだから。要するに売残りのオールドミスたちなのよ。若いころ恋をした、恋人があったと、うそでもかんがえなくちゃ、わびしくてやりきれないじゃないのさ。そうかんがえてるうち、ほんとにじぶんでもそう信じてきているのかもしれないわ」

脳のどこかに小さな気泡でもあるのではないかと思われるような陽気な光代の顔は、ふと珍らしくまじめな表情になった。

「あたしはちがうわよ。戦争の終ったときまだ十くらいだったからね。でも、戦争中や、戦争のあとのひもじい何年間かはおぼえてるわ。とにかく、恋愛どころじゃなかったことはたしかだし、たくさんの若い男が死んじまったこともたしかだから、あのひとたちがたとえ恋愛の経験がなかったとしても、それを笑う気にはなれないわ。ほんとうにたいへんな世の中だったのよ。あたしは恋人は失わなかったけどさ、戦争のために親も家もなくなっちまったわ。……」

容子が何かいおうとすると、光代はけらけらと笑った。

「なんだか、あたしじゃないみたいなこといっちゃった！　いまじゃあたし、親も家もないことが、かえって倖《しあわ》せだったと思ってるの。もうあたしのことはきかないで。あたしの話はこれでおやめ」

しばらくして容子は、またアパートの女たちのことをきいた。

「でも、そんなひとたちばかり集ってるアパートって珍らしいですね。東京にこんなアパートがあるなんて知りませんでしたわ」

「吹きだまりだね」と、光代はいった。「一千万人もの人間がジャングルみたいにうじゃうじゃしてる東京だもの。ほんとに想像もつかない、いろいろのへんな落葉の吹きだまりがあるよ。……」

しかし、容子が光代と、こんなまじめな話をしたのはあまりないことだった。

光代だけはちがった。彼女だけはあくまで明るく朗らかだった。むりにそうみせているのではなく、天性のもののようにみえた。生命力《ヴァイタリティ》といったものさえ感じられた。彼女は吹きだまりの落葉のなかのただひとつの花、少くとも濃艶《のうえん》な色彩をもつ厚ぼったい一枚の葉のようだった。

日曜日など、光代はよく容子の部屋にやってきて、野放図なむだ話をしていった。たいていは流行の衣裳《いしょう》や、芸能週刊誌などにのった映画スターや流行歌手などについての、愚にもつかないおしゃべりだった。そんなことに話題も興味もない容子は、なやまされながらも、光代に妙な敵意やコンプレックスがないのがうれしかった。

光代は、容子が大学にいっているのを、たんなる花嫁のアクセサリー用のものと判断しているようだった。実際、そんな女子大生が氾濫《はんらん》しているからでもあろう。「あたしの仲間にも大学を出たひといるわ」とうす笑いしたこともある。彼女は中学時代から勉強も学校もきらいだったといった。その彼女が、大学を出た女給の仲間の知能程度が、じぶんとたいしてちがいはないことを知ったからでもあろう。そのうちに、容子が、すこしじぶんの抱いていた女子大生のイメージとはちがうことがわかってきても、彼女自身の優越感はゆるがないようだった。

第一に、この女子大生は、じぶんにくらべてあまりにも貧しかった。じぶんの部屋にはたいていの電気器具が完備されているのに、相手には何もないといってよかった。第二に、じぶんが「世の中」と「男」を知っているのにくらべて、相手は完全に無智にみえた。──これは姐御《あねご》ぶる光代の口から露骨に吐き出されるせりふだったから、容子にもよくわかったし、それが無邪気にすらみえたので腹もたたなかったけれど、容子にどうしてもわからず、ほとほと悩まされたのは、光代がときどき男を部屋にひきこんで、あたりかまわぬ快楽の音をきかせることだ。

その点だけは、教養というより、じぶんと光代のあいだに、理解を絶した、化物じみた断層があるとしか思えなかった。

五日にいちどくらいのわりで、光代は深夜に酔って男をつれてかえってくる。男の姿をみたことはないが、どうやらそのたびにちがう男のような気がする。それなのに、光代の声、うめくとも泣くともつかない、とりとめもない一種異様な声の調子はおなじで、しかも傍若無人なのだ。

容子には、光代のしていることがわかった。容子は知らないが、曾《かつ》て明がやはりこれと同様の女の肉の旋律をはじめてきいてぎょっとしたことがある。そのときの明よりも、彼女にはいちどにわかった。光代がどうみているかはべつとして、容子はすでに「男」を知った女だった。顔があかくなり、早鐘のように心臓がうち出した。

（なんというひとだろう。バーの女給って、こんなものなのかしら？　それにしても、となりに住んでいる人間があることをかんがえないのかしら？）

そう思ったとき、容子のあたまに、光代の部屋をおいて向うにいるはずの小田切少年のことが浮かんだ。そして彼が、「へんな奴も住んでるアパートですよ。ぼくはどっか引っ越したいと思ってたくらいで……」といったことを思い出した。

小田切一也はもう夜学からかえっているはずだ。あの少年もこれに悩まされているのだ。そして彼も、じぶんがこれに悩まされていることを知っているのだ。そう気がつくと、彼女はいたたまれないような恥ずかしさと怒りに、からだがあつくなった。

（ほんとうに、へんなアパートに来ちまったわ。あたしも引っ越さなくっちゃ。……）

しかし、実際問題として、容子はそう簡単にうごけなかった。それはこの貸間払底の世の中に、こんな安い部屋はほかにかんがえられないからだった。

そして、朝になればけろりとして、何のこだわりもない関光代の顔をみると、じぶんの昨夜の悩みが、醒《さ》めた春夢のように恥ずかしく、消えた悪夢のようにしらじらしく思われた。――その後、へいきな顔で、日曜のひるま、おしゃべりにくる光代に、そんな悩みを訴えるのは、とうていできない相談だった。光代がまじめな顔で、恋人を失った「戦中派」の女の話などをしたのは、そんなときである。

世の中に、いいことばかりはない。――あれは犬の鳴き声、風にゆらぐ枝のささやきと思うことにしよう、と容子は決心した。

けれど、肉をどよもすような官能の声は、彼女の理性を裏切った。寒い十二月の夜、辞書をひいていた容子は、いつのまにかおなじページを無意味にみつめ、小さな火鉢の乏しい炭がきえているのに、全身があつくなっているのを意識すると、自分の忘我に憤りをおぼえ、アパートをとび出した。師走《しわす》の町に身をきるような風が吹いて、正月用の飾りの青竹の行列がいっせいに鳴りたてた。どこかで、クリスマスの「聖《きよ》しこの夜」のレコードが鳴っていた。彼女はオーバーもきないで、じぶんを鞭《むち》うつようにあるいた。いや、そのつもりであったのに、いつしかじぶんが胸の中で、(明さん、明さん……)と、悲鳴のように呼びつづけていることに気がつくと、彼女は愕然《がくぜん》とした。

その理由が、容子にはわからなかった。いや、かんがえたくなかった。彼女は急にからだじゅうが冷たくなり、そばの喫茶店に入ってコーヒーをのんだ。年末で、店はどこも晩《おそ》くまでひらいていた。

容子は、そののちも、なんどか夜の町に避難した。ほんとうに、いつまでもこんなアパートにはいられない、とやはりかんがえた。それでも彼女はどこへ引っ越す金もなかった。それとなくクラスメートにきいても、先だつものは権利金だった。いまのところ、彼女にはそれだけの余裕がなかった。

暮ちかい或《あ》る夜、容子は町からかえってきた。その晩はどうしたのか、いつもよりずっと早い時刻に、例によって光代がひどく酔った男をつれてきて、あまり騒ぎようがひどいので、たまりかねてまた逃げ出したのだが、ちょうど試験中で、容子もいつまでもそうふらふらと時間をつぶしてはいられなかったのだ。それにもう二、三時間もたったのだし、隣の騒ぎも一応はおさまったろうとかんがえた。

アパートの入口にちかづくと、男の影が出てきた。何気なくすれちがおうとしたとき、「おい」とふいに呼びとめられた。

「おまえ、このアパートの女か？」

酔った声だった。門燈《もんとう》に、ひたいから眼まで充血した、あぶらぎった五十年輩の男の顔が浮かびあがった。むかしはボクサーではなかったかと思われるほど大きなからだをし、鼻がつぶれていた。

「おまえもコールガールだろう」

容子はその言葉は知っていた。正確には知らなかったが、概念としては知っていた。恐怖に身をすくませ、彼女は横にくびをふった。

「いいや、おまえはコールガールだ。いまの女は途方もない金をふっかけやがって、けしからん奴だ。コールガールの相場じゃない。おまえ、どうだ、二千円くらいで遊ばせんか」

あまりのことに、容子が声も出ずに相手を見まもっていると、男はふいに金歯をむき出してにやりと笑った。

「なんだ、可愛い顔をしてるじゃないか。さっきの女より、よっぽど美人だな。おい、三千円やるから、おまえの部屋につれてゆけ」

そして、類人猿みたいな手で、容子の手くびをつかんだ。熟柿みたいな息が頬にかかって、容子がするどい叫びをあげようとしたとき、暗い路地に、コツコツと早い靴音をひびかせて、外からちかづいてきた影があった。

男は容子をひきつけ、わきへよった。かえってきたのは小田切一也だった。彼はそこに男と女が一組になって立っているのを知っているはずなのに、むしろ顔をそむけてアパートに入ってゆこうとした。

「小田切さん！」

と、容子はさけんだ。小田切は顔をあげてびっくりした表情になり、それから怒ったようにいった。

「あなただったんですか。なにをしてるんです」

「助けてちょうだい」

容子がそういうのと、少年が男にとびかかるのが同時だった。

「何をする、小僧」

頰を一つなぐられた男は片手でおさえながら、片手で小田切をつかんでつきとばした。

年に似合わぬ恐ろしい力だった。少年はあおむけにのけぞっていって、凍った路上にころがった。はじめて容子は夜気を裂く悲鳴をあげていた。

小田切一也はしかし豹《ひょう》のようにはね起きた。門燈にひかる眼は、容子の背に冷たいものがはしったくらいの殺気にみちていた。一瞬、男はかけ出した。少年の様子にとっさに恐怖をおぼえたのか、そのときがやがやとひびき出したアパートのさわぎに狼狽《ろうばい》したのか、どちらかだろう。

「この畜生」

まだ立ちきっていない小田切の上を、巨大なからだはおどりこえながら、靴の先で顔を蹴《け》とばしてにげていった。

少年はまたひっくりかえった。後頭部を地面にうちつけたとみえて、彼はそのまま起きあがらなかった。容子はかけ寄った。鼻から血があふれて、両頬にながれていた。

「小田切さん、しっかりしてちょうだい」

ゆすぶられて、小田切は眼をあけた。白くひかる眼で、にやりとはにかむように笑ったのだ。

「にげていっちまいやがった。よかったですね」

彼はたちあがろうとしてよろめいた。容子はあわててささえながら、ふるえる手でハンケチをとり出した。

「まあ、たいへんな血。小田切さん、だいじょうぶ？」

彼女は小田切の鼻にハンケチをあてた。

「さっきはすみません」と小田切はもごもごといった。「男と女があそこにいるのは知ってましたが、あなたじゃないと思って知らないふりして……ほかの女だと思ったんです」

「すみませんなんて……すまないのは、あたしだわ。でも、あたしも、いまかえってきたら、入口のところで、ふいにあの男につかまっちまったの。酔ってたらしいけれど……びっくりして、声も出なかったわ」

「あいつのところにきた男なんだ」

「あいつ――」容子は口ごもった。それが関光代のことだとわかったからだ。彼女は問いの方角をからくもそらした。「あの男を知ってるの？」

「知らないよ、あんな奴」

と、小田切は憤然といった。

容子は、さっきの殺気にみちた少年の襲撃を思い出した。なんのためらいもなく、水火の中へまっしぐらといった感じだった。あれはただあたしを救ってくれるためだけのふるまいだったのだろうか。容子は感動したが、しかし腑《ふ》におちかねる点もあった。ふだん彼女はほとんど小田切と話したことはない。彼は容子よりも朝早く働きに出かけ、たいてい勤め先から定時制の高校にいって、夜おそくかえってくるからだ。そして、まれに廊下で逢《あ》っても、少年はかすかに目礼するものの、いつもむっと怒ったような眼をした。

アパートの入口には四、五人の女が出てきていたが、ふたりが入ってくる姿に、影のようにひっこんだ。

「小田切さん、ほんとにだいじょうぶかしら」

「へいき」

小田切は光代の部屋のまえを通って、じぶんの部屋の方へゆきかけた。関光代の部屋は、しんとしていた。……彼女もひどく酔っているようだったから、酔いつぶれてしまったのかもしれなかった。……男に腹をたたせたのも、酒のせいだったかもしれない。それにしても、あの男は妙なことをいった。コールガール。あのひとが、コールガール？

「待って」

容子はわれにかえり、あわてて小田切を呼んだ。

「お湯がわいてるから、お顔を洗っていったら？」

「いいです」

「あ、そうそう、あなたにいいものあげるわ。こないだ故郷から送ってくれたお餅《もち》があるの。ね、ちょっと入って」

容子はさきにドアをあけた。部屋には、さっき出かけるとき、灰をかぶせておいた火鉢に、薬罐《やかん》がしずかに湯気をあげていた。彼女は流しの洗面器にそれをあけて、小田切が顔を洗っているうしろ姿をみているうち、さっきころんだときの泥がオーバーにべたりとくっついているのに気がついた。

「オーバーが汚れちまったわ。ぬぎなさい。ブラシかけてあげるから」

「いいです」

「よくないわ。それに、あなたのお部屋、火がないんでしょう。お餅をここですこし焼いてった方がいいかもしれないわね。まあ、そこに坐《すわ》って待っててちょうだい」

容子は火鉢に金網をおき、餅をのせ、そばに少年を坐らせて、彼のオーバーにブラシをかけ出した。その餅は、故郷で看護婦をしているたったひとりの姉が先日送ってくれたものだった。少年は正坐《せいざ》し、ぼんやりと容子の机の上あたりを見つめていた。

「ほんとにひどい目にあったものね」

「あなたこそ。……まったくおかしなアパートですよ。金がありさえすれば、明日にも引っ越したいんだけど」

それは容子も御同様だったけれど、その理由についてこの少年と話しあうことははばかられた。彼女はべつのことをいった。

「あなたも山瀬さんの紹介で、ここにいらしたんでしたね」

「親切なひとなんだけどなあ」と、彼は溜息《ためいき》をついた。「実際、ここは安いんです。あのひとが家主に交渉して、特別まけさせてくれたのかもしれない。なんでも軍隊時代の戦友なんだそうです」

「ああ、あたしもそんなことときいたわ。でも、お部屋代までそんなことしていただいてるのかしら。そうかもしれないわね。そうだったとしたら、あたし申しわけないわ。あのひとに、そんなに御親切にしてもらうほどの縁じゃないんですもの」

「あのひとは、苦労して学校にいってる人間に同情があるんです。じぶんでそういってました。山瀬さんは、ああみえて、むかしの一高ですか、それに合格したこともあるんだそうです」

それは初耳だった。むかしの一高が入学に最難関であったことは、容子も知っているし、あの山瀬にそんな経歴があろうとは、まったく意外だった。それだけは山瀬の滑稽《こっけい》な法螺《ほら》のように思われた。

「それで、一高に入ったのかしら」

「ゆかなかったんです。家の都合と、そのときちょっと年がゆきすぎていて、徴用令だか召集だかにひっかかっちゃって。……それでとうとう上級学校にはゆかずじまいだったから、特別に僕やあなたなどに同情があるんでしょう」

小田切は、できるだけ倹約して、お金をためて、高校を出たらこんどは是非大学へゆきたい希望をもっているとしゃべった。

餅がふくらんできた。容子は砂糖醤油《じょうゆ》をつくってやった。

「さあ、おたべなさい」

「ありがとう。……土岐さん、冬休みには帰省するんでしょう」

「いいえ、かえらない。だから、故郷からお餅を送ってくれたの」

「どうしてかえらないんですか」

「アルバイトしなくちゃいけないの」

「そうか」少年の眼はかがやいた。「土岐さんも、ぼくとおんなじなんだなあ」

「ええそうよ。でも、あなたの方がたいへんね。ひるま、ダンプカーにのってるんですって？　ほんとうに気をつけて、からだをだいじにしてね」

「……土岐さん、これからも、おひまなとき、ときどきお話にきていいですか？」

小田切はいった。それがあまり思いつめたような声だったので、容子はふと眼をあげた。小田切はこぶしを両ひざにおき、くいつくように彼女を見つめていた。

話す友達がいなかったのだろうと容子は思った。日にやけた黒い顔に、最初から気づいていたよくひかる眼が美しく、やせてはいたが、可愛い、清潔な容貌《ようぼう》をしていた。それに、ひるまは運転手をしているというのに、少年武士みたいに凜然《りんぜん》とした感じなのも好感がもてた。容子は微笑んだ。

「どうぞ」

夜はしずかだった。隣室からも、なんの物音もきこえない。きこえるのは、こがらしがはこんでくる、遠いジングルベルの曲の音だけだった。ふと容子は、さっきの男の言葉をまた思い出した。コールガール、コールガール。……

「どうしたの」

気がつくと、小田切は餅をたべながら泣いていた。涙ぐみながら、彼は恥ずかしそうに笑った。

「いや、何でもありません。餅をたべてたら、ふと故郷を思い出したんです」

「あら、そうなの。どうしたのかと思って、びっくりしたわ。それならいいけど、うんとたべていってね。……小田切さん、お母さんは？」

「ずっと小さいとき、亡くなりました」

屋根の上を、笛のような音をたてて、また風がうなりすぎた。

「……そう、あたしもそうなのよ」

死刑執行・三カ月前

容子は冬休みにも帰省せず、正月を東京ですごした。小田切にいったように、アルバイトをしなくてはならないことは事実で、とくに家庭教師にいっている或《あ》る家の中学生が、高校の入試を眼前にして、いま休まないでくれという要求もあったが、しかし帰省しないのはそれだけの理由ではなかった。

容子は、故郷にかえりたくないのだった。何でも相談する姉だったが、明との恋愛のことはうちあけてはいなかった。いま、その恋愛に失敗し、ひたすら姉にしがみつきたい衝動をおぼえながら、それだけにいっそう姉に逢《あ》うのが哀しく、つらいのだった。

恋愛に失敗した。——容子はそれを自認した。むしろ彼女は明から逃げた。じぶんと明とのあいだには、永遠に幕がおりたはずだった。それにもかかわらず、薄暗い意識の底で、生暖かい体温をもつ何物かが、そっとその幕をあげていた。

彼女は何かを待っていた。しかし何を待っているのか、じぶんでもわからなかった。

田舎とちがって、東京の正月は、枯れた笹竹みたいに乾燥したものだった。とくにアパート住まいの人間にとっては、ふだんよりもっと索漠としていた。からっ風のふく夜の路を、アルバイトを終えてかえってきて、しばらく火をおこす元気もなく、凍るような部屋に坐ってぼんやりしているとき、容子はいくどか、（あたしは何かを待っている。しかし、何を待っているのだろう？）とかんがえこむことがあった。

明がいつか苦しそうにさけんだ声がよく耳によみがえった。「それじゃあこのまま——今のまま、人生の歯ぐるまをまわしていったら、倖《しあわ》せになれるというのかね？」「ね、アルバイトをしながら大学にゆく。そのせいいっぱいの努力から湧く満足感が何になるんだ。人は過程を見ないで結果だけをみるんだ。……」

そのときは、明のそんな絶望の言葉をはげしく否定したのに、冷たい部屋にひとり坐っていると、その声が耳にしみ入るようにひびいてくるのだった。容子は魂をかむような虚《むな》しさに、しばらく身うごきもできなかった。——すると、やがて隣室から、例によってあまりにも生命にみちた光代のうめき声がながれてくる。それで容子は、はじめてわれにかえり、あたまをふってたちあがるのだった。

光代という女は、容子と正反対の極にいた。この安アパートには不似合なほど、彼女の部屋は電化されていた。あきらかに彼女は肉体を売って、物質的な豊かさを享楽しているのだった。そして光代が容子と両極にいるということは、ただ物質的な面ばかりではなかった。彼女の人生観そのものがそうだった。そのことを、無遠慮に容子の部屋に闖入《ちんにゅう》しては、彼女はけろりとして自分で告白した。

「あんた、どう思ってるか知らないけどね、この世は金だよ。金さえあれば、愉《たの》しめないことは何もないよ。あんたたち、やはり大学を出たら、二、三年お勤めして、そして結婚するんでしょ。でも、男なんてほんとに頼りにならないわよ。稼ぎのある奴は千人に一人くらいなものだしさ。そのくせ、あいつら、腹の中で何かんがえてるかわかりゃしない。女はいくら悪くっても、男ほどの悪党はめったにいやしないよ。そのくせ、ひとりのこらずといっていいほど、みんな助平さ。眼鏡なんかかけてサ、インテリ面した野郎も、白髪になりかかった爺《じじ》いもおんなじだわ。一皮むくと、みんなモンキーみたいなもんよ。こいつの奥さん、どんな顔してるのかな、と可笑《おか》しくなることがしょっちゅうあるわ。それにくらべりゃ、お金は決して裏切らないからねえ。あたしはまともな結婚しようなんてかんがえちゃいないわ。結婚するなら、お金とさ」

　容子は、光代が何を売ってお金を得ているか、もうはっきりと知っていた。同時に、彼女の過去をも、とぎれとぎれながらきいていた。

　戦争の終るころまで、光代はそれでも幸福な少女だった。しかし、空襲で家が焼かれ、父親は焼死した。五年ばかりのち、掘立小屋で、母親も栄養失調で死んだ。光代が十五か十六のときだったという。それからこの女は、ジャングルの野獣とおなじように、自分だけをたよりに、ひとりで生きてきたのだ。想像しても恐ろしい、哀れな人生だった。

　彼女の話に辟易《へきえき》しながら、彼女の闖入を拒否する勇気が出ないのはそのためだった。そして容子は、光代の人生観や男性観に、当然反撥《はんぱつ》をおぼえながら、いつのまにか、部分的には否定できないものがあるのを感じ出していた。それは理窟《りくつ》より、光代という生なましい実体からしみ出す毒気にあてられたせいもあったが、容子自身の、この半年ばかりのつらい体験からくるものでもあった。

「だけどさ。お金はほしいけれど、お金をもうけるために苦しい目をしようとは思わない」

光代は、しかし、じぶんのもってきたキャンディを大口あけて頰張りながら、げらげら笑っていうのだった。

「お金がありさえすれば、どんなことでも愉しめるといったって、年がよっちゃ、愉しもうにも愉しめないこともあるからねえ。からだが若いうちじゃないと、味わえない食べ物だってあるからねえ。だから、お金のためにがまんするのじゃなくって、あたしはほんとに若さを愉しもうとしているわ。そう努めると、おかしいことに、ほんとに愉しくって、愉しくって、たまらないのよ。……」

その精気にぬれたような笑い声をきいていると、容子は、十ちかくも年上のこの女より、じぶんのほうが年寄りみたいな気がした。

とはいえ、光代の期待に反して、容子は彼女をあわれんだ。むろん、じぶんに優越感はなかったが、彼女の生活や意見に、かえって荒涼落莫《らくばく》としたものを感じないわけにはゆかなかった。ただ、じぶんの人生だって、寂しくて孤独なことはおんなじだ、と思うと、うなだれずにはいられなかった。

白くて冷たくて虚しい冬の日が過ぎていった。容子にとって、唯《ただ》一つのなぐさめは、ただ小田切一也の訪れだけだった。どちらかといえば、光代が招かれざる客のきみがあるのにくらべて、少年の訪問は彼女を微笑ませ、そして勇気づけた。

「……これからも、ときどきお話にきていいですか？」と思いつめた表情で小田切はいったが、そのわりには彼はこなかった。くるときは、英語の本などもって、容子に教えを請いにきた。ドアをたたく音は遠慮がちだったが、しかし部屋に坐《すわ》ると、白い歯をみせてよく笑い、よくしゃべるのは小田切の方だった。

彼は土木関係の技師になるのが将来の希望だった。北海道の曠野《こうや》や中部山岳地帯に大道路や橋やトンネルを作っている未来の自分の姿を夢みて、眼をかがやかしているかと思うと、自分がそうなる日までに、日本じゅうは道だらけになっているのではあるまいかと本気でしょげたりした。乾いた、寂しいアパートで、容子はこの少年だけから爽《さわ》やかな青草の匂いをかいだ。

ひるま荒くれ男といっしょに重労働している少年とは思えないくらい、彼は礼儀正しかった。いまごろ、こんな少年がいるだろうかと、容子にも一種のおどろきをあたえたほどだった。じぶんの高校時代のクラスの男の子にも、小田切みたいな少年はいなかった。彼女には弟はいなかったが、若《も》しあるとするなら、こんな弟だったらいいなと容子はかんがえた。

小田切はこわいほど純粋でひたむきな性格にみえた。そして少年らしい目的のために、生活に汚されないで力闘していた。容子はかえってじぶんを恥じた。なんどか、このアパートを逃げ出そうとして、彼女をひきとめたのは、経済的な理由のほかに、小田切の存在があった。

さむざむとしたアパートの風の中に、ふたつの魂は相よっていった。いうまでもなく、容子に恋の意識はなかった。

一月も末ちかい夜だった。ドアをたたく音に小田切かと思ってひらくと、山瀬が立っていた。

「あら」

山瀬は弱々しい笑顔をみせた。

「夜分に失礼。元気でやってますかな」

「え、おかげさまで、まあなんとか。……」

そういいながら容子は、山瀬がなんの用できたのだろうと思った。廊下には暗い冷たい風が吹いていた。

「まあ、お入りになって下さい」

「いや、ここでいいんだ。……ちょっと、小田切君とこをのぞいたが、いないようだね」

「いまの時刻、学校なんです。山瀬さん、何か御用でしょうか」

「実はね、ばかげたお願いがあるんだけど……」山瀬はそういって髪をガリガリとかいた。それからまたべつのことをいった。「土岐さん、このごろ明君と逢う？」

容子の胸に波が立った。明という名をきくだけで、頬に血がのぼるのをおぼえた。そして山瀬が、なんのためにこんなことをきくのか、いよいよ疑った。

「いいえ、あれ以来、いちども」

「やっぱり、そうか。それでもうひとつ妙なことをきくけど、あんた、明君とほんとにケンカしたの？」

「ケンカってほどのこともないけれど……」と容子は言葉をにごした。そういうよりほかはなかった。「あの、明さんがどうかしたんですの」

「どうしたというわけじゃないんだが。……」

山瀬は依然としてにえきらなかったが、容子のいらだった表情をみると、やっと決心したようにいった。

「実は、明君に貸してる金なんだがね」

「ああ」

と、容子はさけんだ。秋の或《あ》る夕方、山瀬からその話をきき、あとで明に知らせて彼をひどく怒らせたことを思い出したのだ。

「それをいまさら返せというのは実にいいづらいんだが、女房のからだの具合がますます悪くってね。いよいよ入院させなきゃならない事態になったもんで、どうしてもお金が欲しい。そこで勇気をふるって返してくれるようにいったんだが、ただ、ない、の一点張りで、けんもほろろなんだ。そのくせアパートに仲間を呼んで麻雀《マージャン》などやってるらしいんだが。……金を貸し借りすると、友達を失う、ってのはまったくその通りだな。なんだか僕と明君のあいだが妙になっちまって、ちょっと話もできないような状態なんだ。だから。……」

山瀬は困惑しきった声で、おずおずといった。

「土岐さん、まことにばかげたお願いだが、もしあんたが、ほんとに明君とケンカしたわけじゃなかったら、あんたからひとつ明君にいってもらえんだろうか？」

「そんなこと、あたし、いやだわ」

反射的に容子はさけんだ。びっくりしたせいもあって、鋭い、切るような声だった。

山瀬はだまりこんだ。眉《まゆ》が下がり、唇も下がり、落胆した表情になった。彼はだんだんとうなだれていった。彼はそのまま、二、三分暗い廊下に立っていた。

「やっぱり、だめかね。……そうだろうね。……」

やがて彼はつぶやいた。それから、哀れっぽい、はにかむような笑顔をあげた。

「いや、まったくばかなお願いをして申しわけない。……どうにもならなけりゃ、だれかに金を借りるよりしようがない。……」

最後はひとりごとのような声だった。そして彼は悄然《しょうぜん》と廊下をひきかえしていった。

声をかけたいのを、容子はがまんした。声をかけても、どうしようもなかった。彼女はドアをしめたが、把手《とって》をにぎったまま、棒立ちになっていた。

じぶんの拒否は当然のことだ。そんなことはできない。ひとの金の貸し借りに口を出すのがいやだというのではない。相手が明だからこまるのだ。――それに、明とさよならした方が安全だ、と忠告したのはあの山瀬さんなのに、そんなことは忘れたような顔をして、何ということを頼みにきたものだろう。……

理窟《りくつ》はあった。――しかし容子の全身をしだいにひたしてきたのは、理窟でじぶんをごまかすことのできない、人間としての羞恥《しゅうち》の感情だった。いまの切口上めいたじぶんの声が恥ずかしかった。じぶんのエゴイスチックな防衛が恥ずかしかった。そうだ、山瀬さんもあのときいったっけ。「いまの若い人の気持はよくわからんな。自分の利益になることだったら、恩も義理もけっとばして平気なんだな。……」

容子は、いわゆるドライな娘だとじぶんで思ってはいなかった。むしろその反対であることを自覚して、それを情けながることはあったが、恥じてはいなかった。しかし、いまじぶんは、あのドライな人間のやることとおなじことをやったのじゃなかろうか。

かんがえてみると、山瀬さんにこのアパートを世話してもらったことに対して、礼らしい言葉もいわなかった。いう余裕がなかったのだが、それにしてもなんという殺風景な応対をしたものだろう。

山瀬さんの身になってみれば、まったく「ばかげた」なりゆきにちがいない。親切にしてやった明さんには、飼犬に手をかまれるようなあしらいをうけ、同じように親切にしてくれたあたしには、鼻さきでピシャリとドアをたてられる。あんなことをあたしに頼みにくるなんて、ほんとにどうかしてると思うよりしようがないけれど、それにしても、あのひとは奥さんの病気で頭にきてるんだわ。それを、あたしは。……

容子はじぶんが山瀬から金を借りたような気持になった。

一週間ばかりたった夜、また山瀬がやってきたとき、おどろきと不安に眼を見ひらきながら、容子が彼を部屋に入れたのは、たしかにその償《つぐな》いの感情のせいだった。

午後から身をきるような風が吹き、夕方から乾いた粉雪がふりはじめた夜で、やってきた山瀬の髪にも肩にも、白いものがまみれついていた。そして彼は、いきなり野良犬みたいに、そこにべたりと坐ってしまったのである。

「土岐さん、申しわけない、助けて下さい」

と、彼はさけんだ。

「死物狂いにかけずりまわったけれど、どうしても足りないんだ。明君にあんたから頼んで下さい。放《ほ》っとくと、女房が手おくれになるというんです。僕の心がけがわるくて、あまり愉《たの》しい目をみせてやれなかった女房なんだ。こんなことで殺しちゃ、あんまり可哀そうだ。あんたにお願いするのは筋道がちがうってことは重々知ってるけど、この際、あんたにすがるよりしようがない。頼みます。頼みます。……」

彼は、たたみにあたまをすりつけた。思いつめた、恥も外聞もない、半狂乱といっていい姿だった。

容子は息をのんだ。そんな惨めな中年男の姿をみたのははじめてだった。もとから、どこか哀れで、滑稽《こっけい》なところのある山瀬であったけれど、この姿には凄惨《せいさん》なものさえ感じられた。彼女はショックのあまり、からだがこまかくふるえ出した。

「……いくらなんですか？」

ふわっとした声でいった。

「一万六千円ほど……いや、一万五千円あれば」

「……いつまで」

「きょうあすにも……、いや、三日くらいは待てます」

容子はつぶやいた。

「あたし、何とかしてみます。……」

死刑執行・二カ月前

容子は、確信があって承諾したわけではなかった。一万五千円の金。――そのお金を山瀬に返してやるように明のところへ頼みにゆくのか、それともじぶんで作って山瀬に用立てるのか、それさえはっきりしてはいなかった。ただあの場合、「何とかしてみる」と山瀬にいうよりほかはなかったのだ。というより、ついふらふらと引き受けてしまったのだ。

約束は三日だった。

気にはかかっていたが、容子は二日を無為にすごした。金をつくるあてはなかった。クラスメートのうち、お金持のひととはそう親しくなかったし、親しいひとは彼女とおなじようにアルバイトをしていた。そして、明のところへ頼みにゆくことなんてできやしない、という結論ははっきりしていた。そんなことはできなかった。

理窟としては、容子が作らなければならない金ではなかった。それなのに容子は、困惑しながら、二日めの夜には、自分自身に義務をなげかけ、そしてその義務を果たすことに甘哀しい昂奮《こうふん》をおぼえていたのだ。「あのひとのためじゃあないわ」と、彼女はかんがえるのだった。「お世話になった山瀬さんへの義理だわ」

けれど、どうして明日までに一万五千円のお金を作ろうかしら？　灯を消した蒲団《ふとん》の中で、彼女はうつ伏せになって、こめかみをおさえながらかんがえつづけた。ふっと、杉麻子のことが頭に浮かんだ。が、麻子とは去年の秋に新宿御苑で逢《あ》ったきりだった。彼女はそれっきり、アパートを引っ越したことさえ麻子に知らせてはいなかった。……あのひとのいったことは正しいのだ、そう思う一方で、彼女は麻子に対し、依然として——いや、いっそう隔絶した感情を失ってはいなかった。

階段をのぼってきた靴音が、部屋のまえでひくくなり、そして通りすぎていった。小田切がかえってきた跫音《あしおと》だった。あのひとにたのんだら？　ふっとそう思ったが、すぐに、いけない、いけない、とくびをふった。お金をためて大学にゆくために、やせこけて、必死にはたらいている少年に、こんなばかげたお金を借りるなんて、とてもできやしない。

夜おそくなって、ジャズの鼻唄《はなうた》が廊下を通っていった。光代にきまっている。今夜はひとりだったが、やっぱり酔った足どりだった。ああ、そうだ！　と、容子は眼を大きく見ひらいた。あのひと貸してくれないかしら？

関光代がお金持らしい、と判断したからではなかった。彼女のざっくばらんな性質と、放縦といっていい暮しぶりが、お金を借りるのに何となく気がおけない感じがしたからだった。

翌《あく》る朝、容子は学校へゆくのをすこしおくらせて、光代の起きるのを待った。光代の部屋から、何かこわれものでもおとしたような音がしたのをきくと、廊下に出ていってドアをノックした。

「カムイン」

光代はまだベッドの中にいた。彼女はねむそうにいった。

「お水のもうと思ったら、コップおとしちゃった。お水のましてくれない？」

ベッドは部屋の半分を占めていた。それに洋服簞笥《ようふくだんす》に、電気冷蔵庫にステレオにガスストーブを詰めこむと、あるく余地もないどころか、ほんとうにちょいと手をうごかすと、何かひっくりかえらずにはいられないほどだった。

「ありがと」

容子が流しからもってきた水をのむと、光代はいった。

「さむいわね、何か御用？」

「あの、お金を貸していただけないかしら」

「いくら」

「ちょっと多いんですけど、一万五千円ほど」

「貸すわ」

光代はベッドの蒲団の下から、財布を出した。千円札を、銀行員みたいな手つきで勘定して、「はい、これで一万五千円」とさし出した。拍子ぬけするような貸しっぷりだった。

「すみません」

「二、三日くらい？」

容子は狼狽《ろうばい》した。はっきりしためどはないのだった。彼女は顔をあかくしていった。

「あの……一ト月くらいお借りしちゃいけないかしら」

「いけないよ。わからないから、きいただけ」

光代は笑って、タバコをくわえた。容子はためらいながらいった。

「証文かきましょうか」

「そんなものかいてもらったって、それを盾にあんたを責めることなんてできやしない。あんたを信用するわ」

「でも。……」

「いいよ、いいよ。あたし、あんたが好きなんだから。……ちょいと、ゆくとき、そこのストーヴに火をつけていってくれない？」


その晩、山瀬がやってきた。金をわたすと、彼の眼は大きくなった。ほっとしたようでもあるし、びっくりしたようでもあった。

「いいんですか？」と金をもらいにきたくせに、かえって不安そうにいった。「わるいなあ。かんがえてみると、土岐さんからこうしてもらうのはおかしいな」

容子が微笑していると、彼はまた気弱らしくたずねた。

「これ、あんたのバイトしてかせいだ金じゃない？」

「いいえ、借りたんです。アパートの方に」

「小田切君？」

「ちがいます。おとなりの方ですわ」

「だろうね。小田切がそんな金持のわけはないからな。——あいつ、まだかえってきちゃいませんか。久しぶりに顔を見たいんだが……」

「まだのようですわ」

「金はだめだが、土岐さん、何か女の手じゃこまることがあったら、あいつをつかってやって下さい。年は若いが、いまの若い連中とちがって、わりに利己的じゃないたちの、いい子ですよ」

そして、反射的に或《あ》る若者の影を、ふっとあたまに思いうかべたらしい。

「そのことを、明君に話しておきましょうか」

「なんのこと」

「明君に貸した金を、あなたから返してもらったってこと」

「そんなこと、よして下さい」容子はきっとしてさけんだ。「このことと、明さんとは何の関係もないことだわ」

「関係ないといったって」と山瀬は、彼女のけんまくに面くらった様子で、へどもどしていった。

「関係がなけりゃ、あんたにこんなことしてもらう筋がたたないよ」

「これは、あたし対山瀬さんのことです」彼女ははげしい声でいった。「あたし、あのひとにあたしのことなんか話していただきたくないし、あのひとのこともききたくありません。……」

しかし、尾をまいた犬みたいな姿で山瀬がかえっていったあと、容子は泣いた。なぜ泣くのか、じぶんでもわからなかった。ただ、その涙には甘さがあった。

一ト月たって、容子は三千円ほどの余分の金をつくり出した。ほんとうなら生活費に入れられる家庭教師のバイトの謝礼金だった。いっそ、もう一ト月分前借りをしようかしら、とかんがえたが、どちらにせよ、足りないことはおなじだと思うと、光代にあやまって、月賦で返してゆくようにたのんでみようとかんがえた。

夜明け方、隣室で大声がした。だれかを罵《ののし》る光代の声だった。しばらくすると、ドアをあらあらしくあけて出てゆく跫音《あしおと》がきこえた。靴音は階段をおりていった。昨夜、泊った男にちがいなかった。「ばかやろう」と一声いっただけで、隣はまたしんとなった。

朝になって、遠慮がちに容子は隣室のドアをノックした。光代がまだ眠っているらしいことはわかっていたが、学校がおくれるのでしかたがなかった。

「カムイン」

果して光代は、まだベッドの中にいた。彼女はふきげんそうにいった。

「何御用?」

「あの、いつかお借りしたお金お返しにきたんです」

「ああ、あれ。——そこにおいといて」

と、けだるそうにあごをしゃくった。容子のそばのステレオの上には、男の腕時計がひとつのっていた。光代はまた眼をつむった。

「いえ、あの……ちょっとおねがいがあるんですけど」

「なあに」

「お借りしたお金ぜんぶじゃないんです。三千円だけ持ってきたんですけれど。……」

光代はまだ眼をつむったままだった。ルージュが剝《は》げ、瞼《まぶた》にも眼の下にも褐色の隈《くま》ができて、ふだんそうは見えぬ三十ちかい年を、まざまざと浮きあがらせた顔だった。

「あたし、どんなにがんばっても、一ト月にそれくらいしかお返しできないことがわかったんです。あと、たいへん申しわけないんですけど、月賦でお返ししたらいけないかしら。……」

「は？」

「そんなこと、はじめからわかってたんだろ？」

声がきこえないのではなかった。ふだんの様子とはあまりちがっているので、びっくりしたのだ。光代は完全にひらいた眼を、容子の顔にすえていた。

「ひとが甘い顔をしてるからって、なめちゃあいけないよ」

「そんな……」

「見な、そこに腕時計があるだろ、そいつはけさ帰った野郎が、金の代りに置いてった奴さ。金がないというから、かたに置いてゆかせたのよ。ふつうの世の中のしきたりは、そんなものなんだよ。からだを張ってかせいだお金だ。あんたの借りてったのは、生きるの死ぬのというお金じゃないんだろ？　それを、あんたを信用してるから、証文も抵当もなく、だまって貸したんだ。それを、いまきけば、金はちょっぴりしか返せない。あとはゲップにしてくれなんて、そんなこと、借りてったときから計算してたね。お金より、そのふざけた根性がにくいじゃないか。だめよ、お金は返しとくれ。いま、すぐ返しとくれよ」

恐怖のために、容子は蒼白《そうはく》になって立ちすくんでいた。いわれている言葉の内容よりも、相手の変貌《へんぼう》ぶりに恐怖したのだった。彼女は、この相手をまったく思いちがいしていたことに気がついた。

容子はわれにかえり、おじぎした。

「すみません、それじゃあ」

「どこへゆくの？」

「お金を作ってこようと思うんです」

「あんの？」

「学校へいってお友達にたのむか、それで足りなきゃ、何かを売ってでもお返しします」

「待ってよ」光代は笑い声で呼びかけた。「お友達のほうに、たしかな見込みがあるわけでもないんでしょ。何かを売って——といったって、物を売るときゃ二足三文よ。それに、そんなことをさせてまで借金をとりたてたら、きもちがわるくてお隣りに住めやしないわ」

「だって」

「お話があるから待ってよ。あたし、ちょっといいすぎたようだわ。いやな野郎を泊めたもんだから、気分わるくして、そのとばッちりがあんたにいったらしいよ。ごめんね」

ドアに手をかけている容子に、光代は笑いかけた。いつものとおりの、あどけない、陽気な顔にもどっていた。しかし容子のからだのふるえはまだとまらなかった。

「お話というのはね、そのまえに、あんた、お水ちょうだいよ、あたし、まだあんたにお金貸してんだから、いばる権利あんのよ」

けれどそれは、親愛感をしめすための技巧的な悪態だった。容子はふらふらと流しにいって、水道が凍っていることに気がついた。それは朝から知っているはずなのに、彼女は忘れていた。

「水道は凍ってますわ」

「あら、そうなの。いつまでも寒いわねえ。じゃいいわ、こっちを飲むから」

光代はサイドテーブルにのっていた安ウィスキーをコップに三分の一ほど入れて、ストレートのまま、舌を鳴らして飲んだ。

容子は惨めな思いで、そこに立ってながめていた。彼女を縛りつけたのは、光代の罵りを恐怖したのではなくて、いまその言葉を肯定したからだった。光代は八ツ当りだといったが、かならずしもそうとは思えない。このひとがどんなにお金を大切にかんがえているか、じぶんは思い出すべきだった。なんとじぶんは迂闊《うかつ》なことだったろう。あたしだってお金にこまっているけれど、このひとにとってお金の大切さは、くらべものにはならないはずだ。このひとがあたしに腹をたてるのは当然だ。……容子は雪原に立ち、向うから寒風が雪つむじをまいて吹いてくるのを待っているような気持だった。

光代は、もうひとくちウィスキーをのんだ。思案をしている表情だった。容子はたえかねた。

「お話って、何でしょうか」

「あのね、お話というのはね」

光代は容子の顔をみた。頰に血の色がさし、眼にもちまえの精気がかがやき出していた。

「あなた、お金にこまってるんでしょ？」

にっと笑った。突然、容子は、彼女のいおうとしていることがわかった。いや、それはいま待っていたときからわかっていたような感じだった。

「そのお金をかんたんにもうける法があるんだけどねえ。……」

容子の胸にあらしが吹きはじめていた。恥辱と、怒りと——眼がくらむような思いがし、耳を覆いたかった。しかし、なぜか彼女は、その苦行にたえる義務をおぼえた。見つめられて、光代は光代らしくもなく、あきらかにアルコールのせいでなく、顔をあからめた。

光代はどもりながらいった。

「あんた、あたしの商売知ってるわね？」

「……知っています」

「あんた、あたしのいおうとしてること、知ってるわね？」

「……知っています」

光代はたじろいだ表情になった。が、眼をすえて、顔の色が沈んで、蠟人形《ろうにんぎょう》のような容子をみると、はねかえすようにいたけだかになった。

「それじゃ、もう話すことはないわ。あんた、やる気ない？　女が、すぐにお金を手に入れる法ったら、それしかないよ。あたし、きょうじゅうにもお金が要るんだからね。あんたを信用して、あのお金をあてにしてたんだからね。……」有無をいわせない、のしかかるような口調だった。「けがらわしいったってさ、あんたが借りてったお金も、あたしがそんなことしてかせいだお金なんだよ」

「わかっています。……」

「ねえ、あんた」光代はふいに顔も声もやわらかくした。「何も商売にしろっていうんじゃないわよ。たったいちどだけでいいんだよ。だれも知りゃしない。あたしもだれにもいわないわよ。いちどだけで、あんたなら、そうね。三万円にはなるわね。いいマスクとかもだしてんだもの。心配のない、いいひと紹介してあげるから。……いちどだけでいいったって、あんたの方でやめられなくなるかもしれないわね。コリコリするような男の腕で、ぎゅっと腰を抱きしめてもらってさ。……」

「関さん！　おやめになって！」

と、容子はさけんだ。しかし、吐気をおぼえながら、彼女はそこにじっとしていた。

容子の頭は、からだじゅうは、めくるめくような嵐に吹きくるまれていた。しかし、光代のおどしや誘惑にうごかされたせいでは決してなかった。借りた金はどうしても返さなくてはならない。けれどそれは、一万五千円くらいは、友達や家庭教師にいっているおうちから借り、じぶんの持物を売り払えばできないことはないだろう。容子をとらえたのは、金の問題ではなくて、実に堕落の意志だった。

自暴自棄といえばいえる。たしかに容子の感情は異常になっていた。しかし彼女は、からっぽだったからだに、熱い何かが吹きこんできて、生々しくふくれあがったような気がした。

容子は待っていた。このアパートに移ってきてから、ずっと何かを待っていた。何を待っているのか、じぶんでもわからなかった。いま、その待っていたことがやってきた、と容子は感じた。むろん、それが堕落であるはずはない。コールガールという行為であるはずはない。それにもかかわらず、容子は空虚な体内に何かが満ちてきたのを感じた。彼女はここにきてから、ずっと空虚だった。何のために生きているのかわからなかった。いま、何かが満ちてくる感覚とともに、それまでの生活が空虚であったことが、まざまざと思い知らされた。満ちてきたものが何であるかわからなかったけれど、その感覚は一種の快感ですらあった。これは破滅の快感だ、と彼女はかんがえた。

なぜ破滅に快感をおぼえるのか。もともと容子は自己破壊に歓喜を感じるようなアブノーマルな人間ではなかった。アブノーマルでない人間が破滅によろこびをおぼえるのは、殉教乃至《ないし》犠牲の場合だろう。けれど、殉教者や犠牲者は、じぶんの献身の対象を知っている。知っているから、よろこびをおぼえるのだ。しかし、容子は知らなかった。もしだれかが、容子の堕落が鏑木明の悪徳につながることを、もとは彼の無軌道に発していることを、そして彼女の満足はそれに原因することを指摘したら、彼女は色をかえて否定したであろう。だいいち、容子の堕落で明が救われるという見込みはちっともない。

しかし、それにもかかわらず、容子の頭の奥には、このときやはり破滅した明の顔が明滅していたのはたしかだった。

容子は顔をあげ、微笑していった。

「関さん、あたし、コールガールをやってもいいわ」

かえって、光代の方が、ベッドに半身を起したまま、恐怖したように身うごきもしなかった。

惨《むご》いほど白い冬の朝だった。

容子はうつむいてあるいていた。うつむいてあるいているので、まわりの風景はみえなかったが、曇天なのに、容子にはいたいほど白く感じられた。路にちらばった紙くずも白く、ゴミ箱に首をつっこんでいる野良犬も白かった。彼女はじぶんだけが黒い炭みたいに感じた。

からだがふたつにわかれたような感覚があった。内側と外側と——内側はしんに熱をもっているようで、外側はささくれ立つほど冷たく、その接合がゆるんで、いまにもばらばらに路上にくずれおちそうな気がした。ときどきゆきちがう人影が、みんなじぶんをふりかえっているように思い、また、だれかがじっと見張っているような心のおびえもあった。

何という町かも知らなかったが、新宿ちかくの裏町だとはわかっている。いま出てきた安ホテルには、まだ男がねむっているはずだった。

きのうの夜、容子は新宿の或《あ》る喫茶店でその男に逢《あ》った。十時にその店で、或る週刊誌をもって待っているように、と光代にいわれたとおりにしたのだ。「ほんとうはクラブを通さなくちゃいけないのだけれど、あんたは特別よ。あたしがうまくやったげるから」と光代はいった。容子はコールガールというものが、どんなしくみになっているのか知らなかった。どうやらそのクラブとやらに電話がかかってきて、その交渉の結果、男が指定された喫茶店にやってくるものらしかった。

あらわれたのは、まだ二十四、五の男だった。やはりおなじ週刊誌をもっていた。色が白く、うすい唇が女のように赤く、ふちなしの眼鏡をかけていた。立派なオーバーをきているのに、彼がつれていったのは、ペンキを塗った安ホテルだった。職業はわからなかったが、どうやら父親が社長をやっていて、じぶんでもおなじ会社の相当の地位にいる男らしかった。

そして彼は、死人のような容子をもてあそんだ。顔は若いのに、その男の肌は乾いて、老人のような感覚があった。——思い出すと、吐気がしてきて、彼女は冷たい路上にうずくまりたい衝動につきあげられた。

その男は、容子にいろいろときいた。名前や住所や仕事や故郷や——容子はみんなうそをついた。

「みんな、うそだね」と男は老人のような眼と赤い唇で笑った。

ただひとつ、容子はほんとうのことをいった。それは、「きみはバージンかい」ときかれるのに、「いいえ」とこたえたことだった。それはうそをついてもすぐにわかるからではなく、「こんな男にバージンをやるものか」という気持からだった。

「なんだ、バージンじゃないのか。光子のやつ、うそつきやがったな」

と、男は舌うちした。光代は、商売上の名を光子といっているらしかった。

「バージンだというから、三万円で承知したんだ。話がちがうぞ」

しかし彼は、容子がひどく気に入ったようだった。「バージンじゃないが、こんな商売がはじめてだということは認めたよ」といい、「二、三日中にまた逢ってくれ」といい、そして彼女に三万円をくれた。

その三万円は、容子のポケットにある。彼女はそのことも忘れていた。彼女は放心状態であるいていて、どうして駅までたどりついたか、道順も記憶にないほどだった。

アパートにかえって、もういちど顔を洗い、口をゆすぐと、彼女は病人みたいに蒲団《ふとん》をしいて倒れこんだ。急にからだの外側まで熱が出たようで、そのくせガタガタとふるえがやまなかった。

かんがえてみると、きのうの朝、光代と話をしたときから、熱に浮かされたようだった。――その話を交したとき、それまでの生活が空を漂っているように虚《むな》しいものだと思った。それで、じぶんは狂熱的な波のひしめく海へダイヴィングしたつもりだった。が、一晩でそれは逆転した。この一夜こそ、熱に浮かされて悪い夢をみていたのだと思う。――が、あれが夢だろうか。おお、夢ならば醒《さ》めてくれるといい！

ドアをノックする音がきこえた。それが夢でない証拠に、関光代が入ってきた。彼女は奇妙な笑いをたたえていた。

「どうだった？」

蒲団から半分白ちゃけた顔をのぞかせて、うごかない眼を見ひらいている容子をのぞきこむと、光代は何かいおうとして、とっさに言葉が出ない様子で、咳《せき》ばらいして坐《すわ》った。

「はじめてだからね」

と、しばらくして彼女は煙草をとり出しながら溜息《ためいき》をついた。病気になった妹をみとる姉のようにやさしい調子だった。

「何でもないことだよ。波の上を船が通ったようなものさ。でも、悪くない船だったでしょ？　あたしがえらんであげたひとだもの。爺《じじ》いは、体力がないくせに、しつこくて、いやらしいからね。よかったでしょ？　はじめてじゃそうはゆかないかもしれないけれど、こっちでつとめて愉《たの》しもうとすれば、結構愉しめるものよ。愉しまなきゃ損よ、人生はね。……」

そのおしゃべりが、鼓膜をかきむしるようだった。容子の顔に苦痛の色がうかんだ。光代はそれをみて、やれやれといった表情になった。

「お金もらった？」

「そこにあります」

容子はかすれた声でいって、眼で壁にかかったオーバーをさした。光代は煙草をくわえたままそこに立っていって、札をとり出した。向うをむいたままでいった。

「この中から、こないだの一万五千円もらうわね。それから、ねえ、クラブに入れてもらわなくちゃいけないのよ。入会金は千円でいいんだけど、あとデート料の半分、つまり、ええと、のこり一万四千円の半分だから七千円ね。……」

「みんなもっていって下さい！」容子はうめいた。「あたし、要らないんです！」

彼女は蒲団で顔を覆った。

「そうはゆかないわよ。せっかくあんたがかせいだお金だもの」

笑いをおびた声で壁際からひきかえしてきた。光代は煙草を一本のみ終るまで、枕もとに坐っていた。それから、立ちあがった。

「あとで、また来るわ。それじゃ、ここに七千円置いとくわね」

光代が出ていってから、容子は枕もとに千円札と、それを押えている幾枚かの写真がのこしてあるのに気がついた。ひと目みて、容子は顔をそむけた。それは見知らぬ女と男が、一糸まとわない姿でからみあった恥ずかしい写真だった。

容子は、じぶんが、骨の髄まで売春婦になったような気がした。

その夜、容子は、灯もつけず、ガスを燃やした。コンロの上には、幾葉かの写真と七枚の千円札をのせた。闇の中に蒼白《あおじろ》い炎が燃え、写真の人物像が生きているように淫猥《いんわい》にうねり、彼女を流しの下にうずくまらせてしまった。

死刑執行・一カ月前——一日前

頭の中にも、外界にも、白い泥がながれているような数日が過ぎた。

容子はそれまでとおなじようにアパートに起き伏しし、学校へいった。彼女は、じぶんが白い泥におしながされているうすよごれた一匹の魚みたいな気がした。教室の友人の顔も膜をへだてて見るようで、町の物音も遠い海鳴りのように感じた。変ったのは外の世界ではない、あたしだ、ときどき彼女はそうつぶやいた。そして、そのくせいままでとおなじ顔をしてアパートを出てゆき、学校にいっているじぶん自身に、自分ではない、奇怪な動物をみるようなおぞましさをおぼえるのだった。

いくどか、彼女は不動産屋の貸間のビラを貼ったガラス戸の外に立った。それは彼女の「逃亡」の意志をあらわす反応にちがいなかった。しかし、その反応は、弱々しかった。いまのアパートから新しい貸間に逃げ出す金は、容子になかった。あの金は燃やしてしまった。あの金は、燃やさなければならなかったし、つかうのに耐えられなかったし、金輪際惜しいとは思わなかった。ほかにだれかにまた金を借りる気力は、容子から蒸発していた。金の問題よりも、彼女は逃げ出す気力を失っていた。いったい、じぶんはどこへ逃げてゆこうというのか？　どこへ逃げていっても、じぶんがこのじぶんであるかぎり、おなじことではないのか？

放心したように、貸間案内の店先から去ってゆく容子の足に、鋪道《ほどう》の埃《ほこり》がかるく立ちまよった。虚無的なほど白い日のひかりは、しかしどこか早春のぬるみをふくみはじめていた。

夢遊病者に似た容子のまわりに、光代という存在は浮かんだり消えたりした。はじめ光代は容子の顔をみるたびに、にやにやとした。なれなれしい、からかうような笑顔のこともあったし、みんなはじめはそうなのさ、なあに、そのうちに何とかなるさ、といった風な、たかをくくったうすら笑いのこともあった。つぎには、容子をおどしにかかる真似をした。或《あ》る午後、真っ白なユキヤナギとピンクのスイートピーの花を紙でつつんで、階段を上ってきた光代に容子は逢《あ》った。だれかにもらったのか、花屋から買ってきたのかわからなかったが、容子をみると、光代は、「あんた、このお花、半分あげよう」といった。
「いいえ、結構です」と容子はいって、買物袋をさげたまま、階段を下りてゆこうとした。
「よう、あんまり澄まさないでよ」と、光代はふいに金切声をあげた。「おまえなんかとはちがう人間だ、って顔をしようったって、そうはさせないわよ。なんだい、お上品にかまえやがって――あんたのやったこと、アパートじゅうにふれあるいてやろうか」

容子は返事をせず、ふりかえりもせず、階段を下りていった。ふしぎなことに、彼女は恐怖も怒りも感じなかった。心はただ麻痺《まひ》したようだった。しかし、彼女の意識の底で、かなしみと惨めさは、その全身にあらわれた。早春の外光にうなだれた黒い背を見送って、光代の方も、何かうちのめされたような表情をした。

……また数日が経過した。カレンダーは三月に変っていた。一日ごとに春のひかりは強くなった。それなのに容子の心には、つぶっていた眼をふっとあけたときのような薄暗さが、次第に濃くなった。彼女は、なんのためにじぶんが眼をさまし、大学にゆき、町をあるいているのかわからなかった。アパートから逃げ出れないのは、完全に貧しさのためではなく、逃げ出してゆく目的がわからないからだった。前のアパートから引っ越してきたときとはちがった。あのときは、少くとも、明に対する意地があった。いまは、光代に対する意地すらなかった。何もなかった。あるのは、茫漠《ぼうばく》としたうす暗い滅失感だけだった。じぶん自身に対しての。

その後光代にゆきあうとき、容子はただ哀しげに微笑んだ。するとこんどは光代の方で、顔をどぎまぎとそむけるのだった。眼に恐怖の色があった。

光代の方で、どんな心境の変化があったか、容子は知らない。故意に知らない顔をしようと努めているかにみえた光代が、ふいに容子の部屋に入ってきたのは、それからまた数日後の或る夜だった。

「あんた、ごめんね、あたしあやまりにきたのよ。はじめから、あんなつもりじゃなかった。はじめは、ほんとにあんたが好きだからお金貸したげたのよ。それはわかってほしいの。でも、あんたがお金をすぐにはかえせないといったとき、ふと気がかわったのよ。あたしね、ながいことあんな商売やってたけど、もうトシだからね。ここらでなんとかしなくっちゃあとまえから思ってたの。けどさ、ほかにやることって、あたし何にも知らないからね、あたしがかんがえたのは、あたしがコールガールのクラブを経営することさ。そのためには、いまのうちからスタッフをあつめなくっちゃあならない。そんなこと思ってたところに、あんたとのいきさつがあんなことになったもんだから、これはいいひとができたってよろこんじゃったのよ。いまでも、あたし、そんな商売をやるってきもちに変りはないわ。けど、あんたを仲間にしようとしたことはまちがいだった。あんた、このごろ何だか、めくらがあるいてるようにみえるわ。はじめはあたし、笑ってみてたけどさ、だんだん気がとがめて、このごろたまんなくなっちゃった。あんたはやっぱり、あんな商売やってくひとじゃないわ。ほっておくと、気がちがうか、死んじまいそうで、あたしつくづく後悔したの。あんた、あたしをみると、にくらしくてたまんないでしょ。どっかへゆきたいでしょ。もし引っ越ししたかったらね、お金貸したげるよ。いえ、もうこのまえみたいな条件は出さないわよ。ただであげる。けど、あんた、信用しないでしょうね。いやでしょうね。そんならしかたがないけれど、あたし、とにかくこれだけのことをいっとかなくちゃ気がすまないの。あんた、その気があったら、遠慮なくそういってよ。あとでもいいからさ。むろん、このこととの秘密は、あたし一生口がさけてもほかの人間にしゃべりはしない。あたしのいいにきたのはそれだけ。あんた、ほんとうにわるいことをしたわね」

彼女はいっきにそれだけしゃべって、部屋を出ていった。

……また数日がたった。容子の胸にはほのかなひかりがともりはじめていた。光代の謝罪をきいたせいではなかった。容子は光代の謝罪をきくまえから、彼女を責める気はなかった。わるかったのは、じぶんだと思っていた。心の暗さが明るみはじめたのは、やはり時の経過のせいかもしれなかった。

容子はやっとこのアパートを出てゆく目的を見つけ出したのだ。それは明のもとへ帰るということだった。明さんはどうしているだろう。その生活があいかわらずというより、いよいよひどいらしいのは、山瀬さんの話からも想像できる。しかし、あたしはもうあのひとに絶望はしない、こんどこそは、あのひとを離しはしない。ライバルがだれだろうと、きっとあたしの力でとりもどすのだ。

あのひとを救うのは、あたしのほかにはない。容子は夢想した。そしてあたしを救ってくれるのも、あのひと以外にはない、容子は幻想した。

それは実際、彼女の夢想であり、幻想かもしれなかった。容子は明がみせた数しれぬむごい仕打ちや冷酷な表情を忘れていた。いま眼に灼《や》きつくように浮かんでくるのは、あの別れの日、階段の下でじぶんをじっと見つめていた明のまなざしだった。胸のひかりがその眼と重なり、次第に星のかがやきをおびてきた。春の休暇になったらゆこう。

人間って、勝手なものだわ、と容子は微笑した。その自覚はあったが、しかし微笑するだけのゆとりもあった。これは夢想ではない、幻想でもない、理性的にかんがえても、あたしは明さんのところへ帰るのが、ふたりのためにいちばんいいことだ、と容子は結論した。

山瀬がやってきたのは、そんな三月の半ばすぎの夜だった。明日からは休暇だった。

部屋に入ってきたときから、彼の眼は奇妙なかがやきをおびていた。

「土岐さん」

彼は声を殺していった。その様子があまりものものしいので、容子は不安になるとともに、あっけにとられた。彼はいきなりしゃべり出した。

「きょうの夕方だねえ、僕はまた明君のところへいったんだ。いえさ、こないだあんたに立替えてもらった金のことが気になってね、いつかこのことは明君にいっとかなくっちゃと思ってたもんだから、ぶらりとのぞきにいったんだね。すると、階段を下りてくるすごいほどきれいな娘さんに出会ったんだよ。そういえば、アパートのまえに車が一台とまってたがね。……」

「山瀬さん」容子ははげしい声でいった。彼女は、このお節介な中年男をにくしみの眼で見つめた。

「あたし、そんなお話をききたくはないわ」

「あんた……知ってるの？」

「何を」

「僕のいいに来たことを」

「いいえ、知らないわ、でも」

話がとんちんかんになったが、ふたりは笑わなかった。はじめて容子は、山瀬のただならぬ顔色に恐怖をおぼえた。

「いったい、どうしたんですの、山瀬さん」

「とんでもないことなんだ。おどろいちゃいけないよ、土岐さん、それからさ、僕は明君の部屋の前にいった。明君はまだ学校から帰っていないらしく、ドアには鍵《かぎ》がかかっていた。そのとき僕は、ドアのすきまに角封筒がさしこんであるのに気がついた。しかも、その表も裏も真っ白なんだね。……これだよ」

　彼は内ポケットから白いきれいな封筒を出した。封は切られていた。

「見ちゃあいけなかったんだ。しかし、宛名も何もない封筒というのはへんだと思った。そのとき思い出したのは、いま階段でみたお嬢さんだ。ラヴレターかなとかんがえたんだ。しかし、僕はあんたのことをかんがえた。あんたの鏑木君に対する気持をね。あんたは鏑木君と別れた。いや、別れることを僕はすすめた。けれど、あんたはやっぱり明君に他人じゃない気持をもってるね。だから、だまって明君のために借金を払ってくれている。それなのに明君は、知らぬが仏で、つぎからつぎへときれいなお嬢さんと恋愛遊戯をやっている。実にけしからんと僕は憤慨してね。いったい、この封筒に何がかいてあるのか見てやろうと、ふと思いついたのは、いたずらッ気半分もあったが、あとの半分は、彼をとっちめてやろうという気持だった。見ちゃあいけなかったんだ。いや、見なけりゃよかったんだ」

山瀬のまわりくどい言い方は、じぶんの行為を弁解するというより、次にいうべきことを恐怖して、おどおどとしているように感じられた。

「しかし、やっぱり見てよかったと思う。あんたのために」

「あたしのために?」

山瀬は顔をそむけ、生唾《なまつば》をのみこんだ。

「土岐さん、まあ、見てごらん」

容子はその封筒をとりあげ、中のものをひき出して、そのとたんに息をひいた。ひいた息は、数十秒のあいだ出なくなった。

それはたしかに数枚の写真だった。ベッドの上で、はだかの女を、うしろからはだかの男が抱きしめている写真だった。そして、その女の顔は、恥しらずに笑っている容子の顔だった!

とっさに容子は、その写真を伏せて下に置いた。彼女は山瀬に血の気のひいた顔をむけてはいたが、何も見てはいなかった。彼女の頭に一瞬青白く燃えあがったのは、あの夜じぶんがガスコンロで焼却した数葉の写真の炎だった。衝撃は二重の意味で容子の脳髄を襲った。

「おどろいたろう?」山瀬はほそい声でいった。「僕も実際おどろいた」

容子はやっと山瀬の存在に気がついた。このひとに、感づかれてはならない、ショックが二重の意味をもっていることを気どられてはならない、という智恵が、容子の頭を必死にもがきぬいた。

「ひどいわ。……ひどいわ。……」

彼女はかすれた声でいった。

「そうだ。ひどい奴だよ。相手もあろうに、あんたをたねにこんなとんでもないいたずらをするなんて……いたずらにきまってる。あくどいエロ写真にあんたの首をくっつけたものなんだ。合成した写真にきまってるよ」

「合成した写真？」

山瀬はまた写真に手をかけた。容子は手でおさえた。山瀬はいった。

「土岐さん、燃やしちまおうよ、ね？」

「……」

「とにかく、そんなばかげたもの、燃やそう」

「燃やして下さい」と容子はかすれた声でいった。

山瀬はやっと封筒をとって、そのまま流しのところへ立ってゆき、ガスコンロの上にのせて火をつけた。青白い炎を、容子は恐怖の眼で見つめていた。いちど消えた幽霊がまたあらわれたような感じだった。

彼女は凝固したあたまでかんがえた。いまの写真は何だったろう。さっき一瞬ひらめいたのは、あの晩あの怪しげなホテルで、じぶんの知らないあいだに撮影されていたのではないかという恐怖だった。そして、その写真を明のところへ持っていったのは光代ではないかという疑惑だった。しかし、いま山瀬は合成写真だといった。そういわれてみれば、いま稲妻のように見て伏せただけの印象だが、男の顔もちがい、部屋の背景もちがっていたようだ。まるで悪夢のように混沌《こんとん》とした記憶だけれど、あたしはあの夜あんなばかげた笑顔をみせたおぼえはない。それに、明のところへ持っていったのが光代だということもおかしい。光代は明のことなど知ってるはずはない。また、いまの山瀬の話でも、何だか光代のようではない。——いったい、そのお嬢さんって、だれだろう?

容子の胸には、敵意に眼のきらきらひかる或《あ》る華麗な顔が浮かんできた。

「少くとも、この写真はこれでなくなった」と、山瀬は流しからかえってきた。「あんたの見たやつなどはまだおだやかな方だ。あとのやつは、そりゃ正視にたえないしろものだった。見ない方がいい。……しかし、土岐さん、僕はここへ来る途中もかんがえたんだが、この写真は燃やせば万事片づくという問題じゃない。だれがあの写真を明君のドアにはさんだかということなんだ」

「そのお嬢さんを、山瀬さん、御存じないんですか」

「さあ、それが問題なんだ」

と、山瀬はいかにもたいへんな事件らしい、ものものしい口調でいった。実際それはたいへんな問題にちがいなかった。しかし容子は、ふいにこの男と、このことについて話をするのがたえられなくなった。ただ彼は、あれが合成写真のいたずらだと信じてくれているらしいが、それでも、じぶんの顔をくっつけたあんな写真を見られたかと思うと、全身にあぶら汗がにじみ出してくるようだった。

それにしても、あたしのあんな笑顔の写真を、あたし自身が見たおぼえがないのに、いつだれが撮ったものだろう。容子はいままでのじぶんの行動のすべてを、だれかにずっと監視されていたような恐ろしさをおぼえた。

容子は顔をそむけ、壁に眼をすえ、或る幻を凝視していった。

「あたしには、わかってるわ。……」

「土岐さん、あの多賀さんのお嬢さんのことじゃあるまいね？　ちがうよ、あのひとなら僕は知ってるからな」

平手で頰をうたれたように容子はふりむいていた。

「あのひとじゃないんですって？」

「あのひとじゃない」

「それじゃあ、だれなんです」

「僕の知らんひとだ」しかし、山瀬の声には妙なあいまいさがあった。「それにね、土岐さん、僕はさっき、その美しいお嬢さんがいたずらをしたようなことをいったかもしれん。実際、僕もはじめはそう思ったんだ。しかし、あんな清潔な感じの娘さんが、そんなばかなことをするだろうか、とかんがえ出すとね、それが断定できなくなった。事実その娘さんが封筒をドアにさしこむのを、僕が見たわけじゃないんだ。その封筒はまえからさしこんであったのかもしれんし、そのひとは明君以外の人間を訪問したのかもしれん」

容子の頭には混沌とした雲が渦巻いているようだった。

「ただ、あの封筒を明君に見せようとした人間は、明君とあんたを知っている人間で、しかもあんたに非常に悪意をもってる奴、或《ある》いは非常にお節介な奴、これだけはまちがいないんだが……土岐さん、思いあたる人間はないかね？」

「ないわ。あなたの見たお嬢さんが、多賀恵美子さんじゃないとすると——」

「その仲間にはいないかね？」

ぼんやりと山瀬の顔に眼をむけていた容子は、その表情の惑いを見て、ふいにさけんだ。

「山瀬さん、そのお嬢さんに心あたりがあるんでしょ？」

「待ってくれ、僕はそのお嬢さんかどうかわからないといっている。だから、めったなことはいえない」彼は仔細《しさい》らしくいった。「実をいうと、あとでふっと思いついたんだ。しかし、そのひとなら、それ以前にはたったいちど見ただけだし、しかもかんがえてみると、もうかれこれ一年ちかくになるからね。あれほどきれいなお嬢さんでなかったら、むろん記憶のかけらも残ってるはずはないが、しかしそれにしても断定はできない。その点については、土岐さん、僕は何とかしてもういちどたしかめてから報告にくるよ」

頭の中の混沌たる雲が、突如としてひとつの顔をかたちづくりはじめたのに容子は息をのみ、恐怖した。

「いいえ」とさけんだのは、その恐怖のためだった。「もうたくさん！」

「しかし、土岐さん、放っておくと、そのひとはまたやるかもしれないよ。明君の手にあの写真が入っていないことを知ると——合成写真なんかいくらでもできるからな」

容子は硬直した。

「もっとも、いまいったように、あのお嬢さんがいたずらをした本人かどうかということは別問題だが」

「山瀬さん」容子は眼をすえ、ささやくようにいった。「そのひとの車があったといってましたわね」

「うん、車はそのひとのものにちがいない。そのひとがアパートを出てゆくと、すぐに車が走り出す音がきこえたから」

「ナンバーを御覧にならなかった？」

「まさか、見ないな。ただし、車はたしかグリーンのブルーバードだったよ」

三日のちの雨のふる夕方、容子は机の上で白い錠剤を砕いていた。やつれはてた顔はこわばり、眼のひかりにうごきがなく、蠟細工《ろうざいく》の面を思わせた。

三日間の苦しみは、まるで心臓をしぼられるようだった。……いや、「それはあのひとだ」最初にそう思ってから、心臓はぎゅっとちぢんだままだった。

多賀恵美子ではない。「すごいほどきれいな娘さん」しかも多賀恵美子の仲間の「清潔な感じの娘さん」それから山瀬が、「一年ほどまえにたったいちど見ただけのお嬢さん」——山瀬の話の断片を綜合《そうごう》すると、指は或るひとの面影を指す。山瀬が一年前いちど見たというのは、あの春のパーティーの日をいうのにちがいない。あの日に多賀恵美子といっしょだったから、山瀬は仲間だと思ったのだ。さらに、そのひとがいつも乗っている車、グリーンのブルーバード。

信じられないことだ、と首をふる力は弱かった。あのひとが、あんなことやるなんて、異常にはちがいない。しかし、ほかのだれがやったことだって異常なことなのだ。信じられないほどグロテスクな手段なのだ。……しかも、それは実際に起ったことだった。あの恐ろしい写真が容子の脳髄をただれさせ、メチャメチャにしていた。このあたしが、じぶんにさえ信じられない汚らわしい行為をしたのだ。彼女はじぶんを信じないと同様に、人を信じる力を失っていた。彼女自身が、底なしの人間不信におちいっていた。

異常になった神経を、すりきれそうなほど酷使して、しかし容子は、それでも信じられないデータをかんがえぬこうとした。あのひとが、あんな写真をどうして合成したのか。それともどこかから手に入れたのか。あのひとは、あたしの犯した罪を知っているのか。そして何のつもりで明にそれを見せようとしたのか。

あのひとは、あたしの罪を知っているのか。知らなければ、あんな写真を作ったり見せつけようとしたりするわけはない。この世でじぶんの罪を直接知っているのは、関光代と、当夜の男だけだ。光代とあのひとが直接知り合いだということは信じられない。あの男もあたしの本名や素姓は知らないはずだけれど、光代からきき出したということはかんがえられる。どこかの会社の社長の息子だとかいったあの男は、あのひとと知り合いだったのか。それにしても、あのひとはなんの目的で、あたしの罪を明さんに、最も残酷な手段で教えようとしたのだろう。

容子は歯をくいしばり、うなだれた。あのひとは、あたしに裏切られたと思い、あたしに腹をたてたのだ、とかんがえた。そうかんがえるよりほかはなかった。あたしはいくどか恋人の背信をあのひとに訴え、その同情を求めた。あのひとは手をとって、まじめにきいてくれた。そのあたしが、こともあろうに売春婦をしたことを知ったなら？

容子は眼をつむった。眼をつむっても、水晶のように透明な顔は、蒼白《あおじろ》い眼華となって消えなかった。罪の自覚のふかさだけ、そのひとの怒りのはげしさが思われた。あたしはどんなに罰せられても当然かもしれない。――

けれど、そううなだれたかと思うと、容子は灼《や》けた鉄板にのせられたようにもがき出すのだった。いくら正義の女神の復讐《ふくしゅう》にしても、あれは異常すぎる。グロテスクすぎる。――そして彼女は、ふっと妙なことを思い出したのだ。

いつかあのひとは、多賀恵美子が恋人以外のだれかとキスしているところを写真にとったとかいっていた。それはあのひとのカメラでほかの人間が撮影したのだとか、そのフィルムは盗まれたとかいっていた。あのときは、ほかのことで頭がいっぱいだったからはっきり記憶していないけれど、それがこんどの写真と何か関係はないだろうか？

……しかし、いくらかんがえても、容子にはそれ以上の判断はつかなかった。彼女は疲労困憊《こんぱい》した頭で、恵美子の「不倫」を撮影したのは、あのひと自身だったかもしれない、とかんがえた。あのひとは、友人の恋愛上の不倫をゆるすことのできない性質なのだろうか。それを撮影して証拠物件とするなどという検事のような趣味があるのではなかろうか。どこか、突拍子もない、その結果として、あいまいさと滑稽《こっけい》の分子をふくんだ猜疑《さいぎ》だった。それは容子も自覚した。しかし現実の問題として、じぶんが見せられた写真はあまりにもショッキングなものであり、そしてそのカメラ云々の記憶は、そのひとをこんどの事件といよいよ強力にむすびつける接着剤としての作用を発揮しただけだった。

たしかめなければならない。――その意図はたちまちくだかれた。

あのひとに、何をきくのだ？　万ガ一、あのひとが無関係だとしても、それならいっそうたしかめるすべのない――人間としての最低の恥辱を覚悟しなければ口に出せない事柄だった。容子は光代にきくことさえたえかねた。山瀬がもういちど報告をもってくることすら恐怖した。

密閉された思考の壁の中に容子は立ちすくんだ。

そのあいだにも、明がこのことを知るかもしれないということをかんがえると、彼女はうめき声をたてたいほどだった。山瀬がいったように、あのひとはあの行為をまたくりかえすかもしれない。いや、あれが最初の行為だという保証はないのだから、明はもうあれを見たのかもしれない。……

見られたら、何もかもが終りだ。恐ろしいことは、その写真がまったく架空の悪戯《いたずら》だと彼女にいいきれないことだった。あの合成写真は、事実を写したと同様の力をもっていた。

いちどともりかけた灯が消えたあとの暗さは、こんどは果てなしだった。容子はじぶんの明への愛が、どんなに強いものだったかを自覚した。あの写真を見られたら、絶望だ。そして、いま、たとえ明への恋を完全に失おうとも、あの写真だけは見られたくなかった。しかも、容子はそれをふせぐことが出来ないのだ。……いや、彼女には、それをふせごうという気力さえもうなかった。

外は生あたたかい夜の雨だった。

容子は机の上で白い錠剤をくだきつづけていた。一瓶の催眠剤だった。それをのんで横たわり、そばにガス管をひいてきて、栓をそっとあけておくつもりだった。

「土岐さん」

容子は顔をあげた。ドアをたたいているのは、小田切らしかった。――容子ははじめて、その声がさっきからしていたことに気がついた。

彼女は無意識的に催眠剤の粉の上にノートをのせ、起《た》ちあがっていって、ドアをあけた。廊下に立っていた小田切は、何かいいかけて容子の顔をみて、ふいに息をのんだようだった。ややあって、上ずった声でいった。

「どうしたんです」

「どうしたって……」

小田切のよくひかる眼は、容子の胸に焦点をあてたレンズのようだった。容子はそういったきり、あとの言葉がつづかなくなった。

「どうしたんです」彼はもういちどいった。

「さっきから、たしかに起きてると思われるのに、いくら呼んでも返事しないから、どうしたのかと思っちゃった。……からだでもわるいんですか？」

容子はだまってくびをふった。とりつくろい、かくそうとする気力はたちまちくじけた。彼女は幽霊みたいにそこに立ったきりだった。

「しかし、顔色がわるいな」小田切はその顔をのぞきこんだ。「このごろ、土岐さん、どうしたんですか。だいぶまえから、なんだかへんだよ。きのうなど、階段のところで逢《あ》ってもぼくにも気がつかないし――ぼく、ずうっと土岐さんを見ていたんです」

容子は、そんな少年の眼にまったく記憶がなかった。

「ぼく、がまんしてたんだけど、たまらなくなって、のぞきにきたんです。土岐さん、何か心配ごとができたんじゃないですか」

「……」

「ぼくがきいても、どうしようもないことですか。もし、ぼくにできることだったら、何でもやるけど」

祈るような少年の眼だった。ふいに容子の頰に涙がつたわりはじめた。

「あたし、もうだめだわ。……」

「だめ？　何がだめ？」

容子の涙を見て、小田切がびっくりして手を出したとき、容子は軽い脳貧血を起したようになって、ゆらりとその胸にたおれかかった。

「あたし、死のうと思ってたの。……」

高校生ではあったが、小田切の方が容子より背が高かった。容子は、むろん相手が小田切だということは知っていた。衰弱しきった魂は、じぶんを愛してくれているものを本能的にかぎあてて、わけもなくそれにすがりつこうとしていた。

「あたし、いま催眠剤をのもうとしてたの。何十錠かくだいて、いっぺんにのもうとしてたの。……」

「死ぬって……あなたが死ぬって……」

小田切は容子を抱いたままつぶやいた。恐ろしい言葉だったのに、彼は一瞬、夢みるような眼をしていた。

同時にふたりはわれにかえって、容子はからだをかたくし、小田切は眼をはなした。容子の顔色は蠟《ろう》色になって、唇をひしとむすび、小田切は眼をいっぱいに見ひらいて、それをながめていた。

「死ぬって、どうして？」と彼はくりかえした。容子はだまっていた。「いって下さい。死ななくてもいいように、ぼく、何でもやる」

年下の少年とは思われない、厳然とした眼であり、断乎《だんこ》とした語々だった。——それから唇を、急に子供みたいにふるわせていった。

「あなたが死ぬなら、ぼくも死ぬよ」

容子は、打たれた。この言葉を、彼女は決して唐突とは感じなかった。彼女は小田切に対して、じぶんの罪を隠蔽《いんぺい》し、黙秘することを恥じた。——しかし、ほとんど無意識的に心の奥底で、この少年が奇蹟《きせき》的な方法でじぶんの絶体絶命の窮境を救ってくれるのではないかという期待がたしかにあった。

「——きいてくれる？」

彼女はかすれた声でいい、くずれるように坐《すわ》った。小田切も坐った。

「あたしには、恋人があるの」

と、容子はしゃべりはじめた。小田切の頬を、何かが一吹き、吹きすぎたようだった。

「まえのおなじアパートに住んでたひとよ。故郷も、村はちがうけれど、おなじなの。F大の大学生なの。或《あ》ることでケンカしてあたしとび出してきたんだけれど、やっぱり愛してるのよ」

ひくい、抑揚のない、かなしげな声だった。小田切はだまっていた。

容子はじぶんの言葉が少年をどれほど衝撃したか、はっきりと自覚しなかった。この少年がじぶんを愛してくれていることはわかっていたが、それは明との愛とはちがう性質のものだとかんがえていた。それは姉と弟との愛情にちかいものだと思っていた。いや、いま小田切の愛を分析する余裕は容子にはなかった。彼の心をかえりみるいとまがないというのが、彼女の意識しないエゴイズムだった。

容子は嘔吐《おうと》をのみこむようにいった。

「そのひとに見られちゃこまるものがあるの」

「……」

「それを、そのひとにみられたら、何もかも終りになるの。いいえ、たとえ愛情や、あたしのいのちが終りになっても、どんなことがあってもそのひとに見られたくないものがあるの」

小田切は何かいいかけたが、かわいた、憑《つ》かれたような容子の眼をみて、唇をうごかせたままうなずいた。

「それをね。……そのひとに見せようとする人間があるのよ」

「……」

「山瀬さんが——山瀬さんを知ってるでしょう、山瀬さんが、それを知って教えてくれたの。三日ほどまえ、山瀬さんがあたしのまえのアパートにいったら、或るひとが、その大学生の部屋のドアに、それをさしこんで逃げる姿を見たというのよ。山瀬さんが、それをとってきてくれたからわかったの」

「よくわからない。いったい……それって……何ですか」

小田切は、とうとういった。容子はしばらくだまっていたが、かすかにいった。

「写真なの」

「写真？」

「あたしが、コールガールやってたときの写真なの」

小田切は、のどのおくで奇妙な声をもらした。容子は顔を覆い、まえにつっ伏した。羞《しゅう》恥《ち》と苦悶《くもん》のために腰がくねるのを、少年は義眼みたいな眼で見下ろしていた。

「あなたが、コールガールを……」

「汚ならしい女と思うでしょ。たったいちどだけお金にこまってそんなことをしたことがあるの。でも、いくらお金にこまっても、どうしてそんなことをしたのか、あたしにもわからない。……あたし、気がへんになっていたんだわ。……」

少年は沈黙していた。ながいあいだ、沈黙していた。ただ雨の音だけがきこえた。

容子は小田切の視線が背中に焦点をむすんでいるのを感じた。黙って、つっ伏しているのはたえがたかった。しかし、顔をあげて小田切を見るのは、なお恐ろしかった。……

「いつ、そんなことをしたんです」

と、少年はやがて嗄《しわが》れた声でいった。

「一ト月ばかりまえ」

「どうして、そんな写真をとられたんです。どんな写真なんです」

「ほんとうをいうと、それはあたしの写真じゃないの。ほかの女の、ひどい写真にあたしの顔をくっつけたものなの」

「えっ、それなら――」

「でも、あたしもコールガールをした以上、おなじことなんだわ」

少年は、またたまりこんだ。容子はそのいきさつについて、山瀬のことや光代のことなど、これ以上詳しくいうのはたまらなかった。問題は、いきさつではなかった。その行為自体とその結果だった。……身もだえして、うめいた。

「だから、その写真を、その大学生に見られちゃこまるの。その写真は燃やしちまったけれど、山瀬さんはその人間がまた相手にみせようとするにちがいないっていうの」

「それを、そのひとに見せようとする人間ってだれですか」

「杉麻子というひと。あたしのお友達なの」

「お友達が――なぜ、そんなことをするんですか」

「なぜだか、あたしにもわからないわ。ききになんかゆけないことだわ。そのひとは……まるで修道女みたいに正しい、潔癖な方なの。だから、あたしのしたことにがまんがならなかったのだろうと思うわ」

「がまんがならない。……」

小田切はつぶやいた。異様な声だったので、容子は顔をあげた。少年は、彼もまた修道僧みたいに潔癖な――むしろ憎悪にみちた眼で、容子をにらんでいた。彼女はふるえた。

「そのひとのしたことは、当然かもしれないわ。だから、あたし死ぬよりほかはないの。……」

「死んじゃいけない。死ぬことはない」少年の目は動揺した。「ぼくが話してあげます」

「話す――どう？」容子は両腕をねじりあわせた。「どう話すの？　それに、その写真は、そのとき山瀬さんがとってきてくれたけど、それ以前にも、もう見せていたかもしれないのよ」

「そのこともききます。もし見せていなかったら……要するに、そんなことをしないように処理したらいいんでしょう」

「あんたに、そんなことできて？」

「山瀬さんとも相談して、いい方法をかんがえます」

「どんな方法？　……あたし……」

「こんな話、もうやめましょう」

小田切は切断するようにいった。いらいらとして、怒っているようだった。

「待ってて下さい。そんなことで死ぬなんて、ばかげてる！」

それはあの写真を見ないからだ、と容子は思った。いや、この少年は、じぶんが犯したあの行為の恥ずかしさ、恐ろしさが、よくわかっていないのではなかろうか。

しかし、小田切の顔は蒼《あお》ざめていた。そして、容子をにらみつけたまま、またいった。

「そのひと、何ていうひとでしたっけ」

「杉麻子さん、K大へいってるひと」

「家は？」

「成城の――」彼女はその所番地と、仁科靖彦という家を教えた。「でも、そのおうちにはゆかないで――」

「そのひと、どこかへ出かけることがありますか」

「K大へ——そのひと、K大へいってるひとなの」といって、彼女はふっと或ることに気がついた。

「杉さんは、この三月に卒業なさったかもしれないわ！」

それから容子は、もうひとつのことを思い出した。

「そうだわ、いつか御苑で逢《あ》ったとき——あれは二十五日だった。そのとき杉さんは、毎月二十五日、雑司ガ谷の御親戚《しんせき》のおうちへゆくといってたわ」

「二十五日というと、あさって、いや、しあさって、ですね。そのときにつかまえればいいんですね」

「けれど、何時ごろおうちを出かけるのか知らないし、車だし、それにあなた、杉さんを知らないでしょ？」

「見張ってれば、わかるでしょう。車は何ですか」

「グリーンのブルーバードだけど……小田切さん、つかまえて、いったいどんなお話をするつもりなの？」

小田切は唇を真一文字にむすんで、眼をすえていた。かんがえているのかもしれなかったが、ふいに容子は恐ろしい予感にとらえられた。彼女はいざりより、小田切の肩に両腕をなげかけて、ゆさぶった。

「やめて、やっぱりやめて！　あなた、杉さんにそんなお話するのをやめて！　あたしが悪いの。あたしが悪かったんだから！」

小田切はからだをぐらぐらさせながら、ちかぢかと寄った容子の顔を凝視していた。「だいじょうぶ」彼はおちついた声でいった。「あなたに頼まれたとはいわないから、だいじょうぶさ」

容子は小田切にすがりついた。彼女は幼い妹が兄に対するような、盲目的な信頼を少年に抱こうとしていた。

「いやいや、その話をするのはいや」彼女はだだッ子みたいに泣きじゃくった。「杉さんにお話するのもいや」

むちゃくちゃだった。杉麻子に話をしないで、麻子の行動をとめる方法が世にあり得るか。――じぶんは小田切に何を要求しようとしているのか。その究極の或《あ》るものを、ギリギリにかんがえつめる心は、麻痺《まひ》していた。少年にすがりついた姿も、自己防衛のために全能力をあげる「女」の、無意識的な媚態《びたい》かもしれなかった。

しかし、泣きじゃくる容子を抱いて、少年は宙を見つめ、夢みるようにくりかえした。

「うまくやるから、だいじょうぶですよ。……」

空の下は急速に春の色をふかめていた。とくにそれは、市街を走っているときより、砂利をとりにゆく多摩川の水のひかりで知られた。

空の下――しかしその空は、雨があがったというのにすっきりせず、どんよりと黄色かった。東京の春先きに多い黄塵《こうじん》に覆われているのだった。黄色い雲にふたをされて、街も川も人間も、すべてが微熱を病んでいるような感じだった。……それは、彼自身が熱病にかかっているからかもしれなかった。

二日間、彼は仕事に関するかぎり、平常通りうごいた。和泉多摩川《いずみたまがわ》にちかい砂利採掘場から、このごろの運搬先の世田谷の上町《かみまち》のビル建築場へ、ダンプカーを走らせた。その採掘場で、ベルトが砂利を積み終ったのに気がつかないで、いちど「何ボヤボヤしてやがるんだ！」と、どなりつけられただけだった。彼は、あたまにもからだにも、かっかっと燃える熱を感じていた。

現場では、だれも彼の異常に感づかないで、あとになって、「はてな」と人が首をかしげて思い起した行為といえば、その二日間彼が夜間高校を休み、アパートにもかえらないで、親方の家に泊りこんだことだった。「どうした」ときかれたとき、「何だか帰るのがおっくうになっちゃったんだ」と彼はこたえた。もともと、彼の働いている建材店には、傭《やと》いの運転手たちが五、六人泊りこみをしていて、小田切も以前はそうしていたのだし、学校の都合だといってひとり店を出てアパートを借りたのだったから、だれもがそのときはべつにふしぎにも思わなかった。

——あの約束を果すまでは逢いたくない、と小田切はかんがえた。

しかし少年は、容子と逢うのがこわいのだった。容子に請合った約束よりも、容子の顔を見るのが恐ろしいのだった。

——あのひとが、コールガールをした！　あのときの容子の声は、鐘のように彼の鼓膜に鳴りつづけていた。少年はコールガールというものがどんな職業か知っていた。現実に隣室の光代という存在で思い知らされていたのだった。夜毎にきこえる異様な物音のために、どんなに彼は関光代をにくんでいたろう。……それなのに、あのひとが、おなじことをやった！

小田切は、容子を愛していた。彼女がアパートに入ってきて、最初にひと目見た刹那《せつな》から、彼女を愛していたのだった。それはあらあらしい灼熱《しゃくねつ》の世界にふと発見した冷たい水か、暗い沼地に見出《みいだ》した清らかな花のような印象を少年の胸に打った。容子のような女性が、突然じぶんのすぐそばにあらわれたということが、奇蹟《きせき》的にすら思われた。……それなのに、あのひとが、コールガールをやった！

ショックは強烈で、それはいまもつづいていた。――それにもかかわらず、彼はもう容子をゆるしているのだった。正確にいえば、すすり泣く容子を抱いた瞬間からゆるしていたのだ。あの涙にひかる眼はいまも少年のまつげにゆれ、痙攣《けいれん》した肉の感覚は、いたいほど少年の腕にまだのこっていた。

いま、あのひとがコールガールをしたときの写真を、だれかに撮られて苦しんでいる。それは合成したいたずらの写真だとはいうけれど、あのひとは実際にコールガールをやったので、恋人に見られたら身の破滅だといった。……恋人とはなんだ？　あのひとに恋人があったのか？　身の破滅になるなら、なるがいい！

それは、身もだえしてあげる悲鳴のように弱々しい声だった。

そのいたずらの写真は見なかったけれど、小田切はいままでに、そんな種類の写真を見た経験はあった。河原やトラックや工事現場や親方の家で、運転手たちから見せられたのだ。……それらのなまなましい女の姿態が、容子の姿と重なった。彼自身が、脳膜のフィルムで容子の写真を合成し、全身はしびれ、そして熱病のような熱をおびてくるのだった。容子を軽蔑《けいべつ》するより、彼はじぶんを恥ずかしがった。容子を軽蔑するより――奇妙なことに、いつのまにか少年は、じぶんの空想したその合成写真の容子に、次第に夢幻感をおぼえ、はては飛翔《ひしょう》する天使のように昇華してかんがえるのだった。

二日間の熱病のような感じは、むしろ幻影への酔いと、たたかいから来たもので、あの約束のことは、ときどき夢からさめたように思い出すくらいだった。

あの約束をはたす。かんたんなことだ。……それは、最初容子の願いをひき受けた瞬間にあたまにひらめいて過ぎたことだった。

しかし、それはあまりにも恐ろしい、飛躍したかんがえだったから、彼にもブレーキがはたらいた。それ以外に何とかうまい方法がないだろうか。

ふしぎなことに、小田切は、これほど衝撃的な事件について、その詳細を知らなかった。いつ、どんな風に容子はコールガールをやったのか、彼女の恋人だという大学生は、どんな顔をしているのか、写真を持ち廻っているという女はどういう人間なのか。……一応はきいたが、容子はしゃべるのがつらそうだったし、彼もきくのがつらかった。むしろ、耳を覆って逃げ出したかったのだ。

……それでも、その約束を果たすとなると、もうすこしの知識が要る、と一応彼はかんがえた。

一日めの午後、上町の建築現場ちかくの赤電話で、山瀬の会社に連絡してみたのもそのためだった。ほかの人間が出て、山瀬はいま席をはずしているといった。夕方、もういちど電話をしてみると、山瀬はどこかへ出張したといった。……小田切は、ほっとした。山瀬が容子のところにあの写真をもってきたというから、そのいきさつについて詳しくきき、また善後策について相談をしてみようとは思ったのだが、ほんとうをいうと、容子の秘密について、たとえ山瀬がどれほどか知っていようと、それならいっそう、話などしたくなかったのだ。それから彼は、これからのじぶんの行動について漠然とした予感から、だれとも話したくなかったのだ。

二日めの朝、容子からきいた番地をたよりに、成城の杉麻子の家をそっとのぞきにいったのも、じぶんでは約束を果たすための準備のつもりだった。偶然だが、その家は砂利をとりにゆく和泉多摩川への途中にあったのだ。正確にいえば、すこしそれるが、文字通りほんの一足の廻《まわ》り路《みち》だった。彼はちかくの喜多見《きたみ》町の空地にダンプカーをとめて、成城町に入っていった。そして彼は、これも偶然だが、犬をつれた美しい娘が、「仁科靖彦」という標札の出た大谷石《おおやいし》の門の中へ入ってゆくのを見たのだった。彼女はどうやら犬の散歩にでも出て帰ってきたところらしかった。

「……あれだ」

と、小田切は直感した。もうすっかり春の朝のひかりにつつまれた閑静な路地を、小さなコッカー・スパニールを銀色の鎖でひいて歩いてゆくお嬢さんの姿は、天使のように美しかった。

「……あんなに幸福そうな顔をして、ひとを苦しめてるのか」

小田切の血は逆流した。安っぽいアパートにうなだれて入ってゆく容子の姿をあたまにえがきながら、彼はその娘が入っていったしゃれた近代的な家を見あげた。……むろん彼には、金持に対する漠然とした反感があった。

しかし、彼はその娘に声をかけなかった。容子から受けた禁制を思い出したのだ。杉麻子にあの写真のことを言わないで。——しかし、それを言わないで、どうして彼女にそのことを詰問し、且《かつ》とめることができるのか。

混乱し、矛盾し、そして不可能な依頼だった。容子はただ、麻子の行為を制止してくれと必死に願っているばかりなのだ。

路地を小走りにひきかえし、またダンプカーにもどりながら、小田切はしかしそれほど懊悩《おうのう》した顔つきではなかった。ただ、ぼっと熱のあるような眼つきをしていた。かんたんなことだ、かんたんなことだ。何もこれ以上詳しく知る必要もなければ、だれに相談することもありはしない。

最初ひらめいたアイデアは、彼の胸から消えてはいなかった。それは熱っぽい体内をひとすじの水脈のようにつづいてきて、いま滔々《とうとう》たる壮絶なしぶきをあげはじめていた。杉麻子の家をのぞきにきたのも、はじめから彼の思いついた「作戦」のための偵察行動かもしれなかった。

容子に依頼された不可能事を可能にする、たった一つの方法がある。

それはあの娘をこの世から消し、そしてじぶんもこの地上から消えることだった。

フロントグラスの向うの世界が黄色くけぶってきた。また風が出はじめたのだ。

あの娘を殺す。しかし、なぜ殺したのか、だれにもわからない。じぶんとあの娘はまったく無関係だ。そして、じぶんも死んじまう。だれもあのひとの依頼を知らない。

――しかし、あのひとだけは知っている。あのひとは、むろんぼくに人殺しを依頼したわけではない。ただ、杉麻子の行動の制止を願っているばかりだ。けれど、あとできいたら、ぼくは何のために、だれのために死んだか、きっと知ってくれるはずだ。

いったい、じぶんはこれからのながいあいだ――恐ろしいほど長い時間――老人になるまで生きていて、それほど大したことがやれるだろうか。何かをやるつもりではいたけれど、じぶんにそれが可能だろうか。外見とはべつに、少年の胸には、むろん彼なりの不安と、そして絶望の波がいつも薄暗くゆれていた。工事場その他でみる、あらあらしい、寒むざむとした大人の世界への恐怖もあった。――しかし、もうそんなことをこわがる必要はない。

じぶんは死ぬのだ。そして、あのひとの心の中で生きてゆこう。そんな花火のように、美しい死は、それ以外にぼくの未来には決してない。ぼくは、それをやるためにこの地上に生まれてきたのだ。――そうかんがえただけで、彼は容子の白い柔かい胸に抱きしめられたような甘美な陶酔感につつまれるのだった。

彼は口笛を吹き、アクセルをふんだ。車は黄色くけぶる多摩川のほとりを走っていた。小《お》田急《だきゅう》の鉄橋わきの踏切の鐘の音が、カーンカーンと鳴っていた。それはこの世のものでない凄味《すごみ》をおびた美しいひびきに思われた。

三日めだった。

それでも小田切は、和泉多摩川の砂利採掘場にいった。とんぼ返りして、上町の建築現場にいった。また多摩川にもどった。……

その中間で、彼はわざわざ成城町に廻って、仁科家の路地から出る大通りを通りすぎた。そこを通るとき、最初の往復は、彼は異様に眼をひからせていたが、三度めは、まぶたが垂れてきた。なんだか疲れて、ヘトヘトになったような気がしていた。そのくせ、神経は、全身がいたくなるほど緊張しつづけていた。

こんなことしちゃいられないんだ、と彼は思った。きょう杉麻子が車にのって、雑司ガ谷に出かけるという。それが何時ごろなのか、じぶんは知らない。こうして成城付近をいくどか往復しているうちに、その車を見つけるなどということは、ほとんど期待できない偶然だ。だいいち、車がグリーンのブルーバードだとは容子にきいたけれど、そんな車はほかにたくさん走っているし、杉麻子の車の番号さえもたしかめてはいないのだ。もし、ぼくがほんとうにやるつもりなら、仁科家の路地のちかくにずっと待って、見張っていなければならない。……

そう思いながら、彼は三度その町を通りすぎた。朝はしずかだったのに、また風が出てきて、空を例の黄塵《こうじん》が覆いはじめ、そして加速度的にふえた車は、みんな黄色くけぶってみえてきた。おとといとおなじことだ。きのうとおなじことだ。いや、何も知らなかったそれ以前とおなじことだ。……きょうもおなじ一日じゃないか。このまま、おなじように日がくれて、おなじような明日がくるのじゃないか？

ふっと、小田切は眼を大きく見ひらいた。あの路地からグリーンのブルーバードが出てきたのを、すぐ眼の前に見たのだ。多摩川から、四度めに成城の町を通っているときだった。彼のダンプカーは七トンの砂利をつんでいた。

午後一時二十七分だった。

黄色い砂塵と後部のガラス窓をとおして運転している娘の姿がみえた。うしろ姿だったが、まぎれもなくあの杉麻子だった。追って、たしかめたわけではない。彼のダンプは偶然そのすぐうしろにくっついたのだ。

彼は偶然を感じた。天意を感じた。全身を打ったのはよろこびではなく、たたきのめされたような倦怠《けんたい》感と絶望だった。その倦怠と絶望の衝撃がからだじゅうを廻《めぐ》るとともに、彼は酩酊《めいてい》したような気持になった。

杉麻子の車はすぐに喜多見町の方へ下りていった。右は五島《ごとう》育英会運動場の草原で、右に曲り、左に曲ると、左手は東宝《とうほう》撮影所裏のながいブロック塀だった。

無意識的にブレーキを踏み、彼の車と麻子の車のあいだには五十メートル以上の間隔があいていたが、屈曲する下り坂で、しかも坂を下りきったところを、狛江《こまえ》から砧《きぬた》へぬける大通りが横切っていて、どうせそこで一度は停車しなければならないので、ダンプカーの前にわりこんでくる車はなかった。

杉麻子の車がしだいに徐行し、坂の下の「一時停止」とかいた赤い標識の傍で停車するのがみえた。小田切の眼は血ばしっていた。彼は別の人間のような——いや、魔物のような生き物に変っていた。アクセルを力いっぱい踏んだ。スピードメーターの針が、四十キロから六十キロをかすめて八十キロに走った。

雪崩のようにおしかぶってくる巨大なダンプカーに、本能的にふりかえった麻子の白い顔がみえた。

小田切は眼をつぶらなかった。鉄が鉄をひき裂くひびきがあがり、フロントガラスがくだけちって、顔につき刺さった。それでも彼は眼をつぶらなかった。のけぞりかえる麻子の姿を、見ひらいた眼にガラスの破片とともに入れながら、ダンプカーは正確にブルーバードを蹂躙《じゅうりん》した。

兎を前肢にくわえこんだ熊のようなダンプカーは、そのまま大通りへ直進していって、向い側のコンクリートの電柱に激突した。

小田切はつんのめり、胸と顔をうち、数秒失神した。

轟音《ごうおん》が止んだあとの真空状態を死の世界だと思ったのは、すでに意識がよみがえる途中の錯覚だった。彼ははね起きた。まわりから波のようにおし寄せてくる人声をきくと、彼は運転台から外にころがりおちた。

ダンプカーの下に鉄片と鉄塊と化したブルーバードがみえた。

小田切は右の——狛江《こまえ》町へゆく通りへかけ出した。顔が熱く、何やらヌルヌルとくびへながれおちた。胸と右足がねじれるように痛かった。足のどこかと、肋骨《ろっこつ》が折れているらしかった。

背後から、無数の跫音《あしおと》が追ってきた。彼は走りつづけた。どこから出る血かわからない血をまきちらしながら駈《か》けた。しかし、彼は逃げるつもりはなかった。ゆくてから、大型トラックが走ってきた。

「……さようなら！」

だれにさけんだのか。——少年は血まみれの笑顔を空にあげると、横に——往来の中央によろめき出して、トラックの前に身を投げた。

黄塵の中だった。

死刑執行当日

「一機命中」

と、男はさけんだ。ひくい声だったが、異様なひびきを伴っていたので、いろりのように大きな火鉢に炭をくべていた番頭がふりむいた。

川治《かわじ》温泉の山家荘という旅館のホールだった。三月も末にちかかったが、朝早いと、ここらあたりはまだ炭がいるほど寒いのだった。

その男はホールに出てくると、火鉢には見向きもしないで、いま来たばかりの新聞をとりあげて、ひらくなり、そんな妙な声をあげたのである。男はくいいるように新聞をのぞきこみ、つかんだ両手から紙が音をたてるほどふるえていた。

「……何かございましたか」

番頭はちかづいた。男はわれにかえったようにこちらをむいて、にやりと照れたような笑いをみせた。

「いや、何」

と、いった。しかし、その笑顔は蒼《あお》ざめていた。

番頭がそばに寄ってのぞきこむと、「ダンプ、自家用車をはね、少年運転手自殺」という大きな見出しがみえた。

「また事故ですか」と、番頭は溜息《ためいき》をもらして、客のただならぬ顔色に気がついて、

「お客さん、御存じの方が、この事故に関係がございますんで？」

「いや、これじゃない」

男はかすかに狼狽《ろうばい》して、眼をほかの場所にそらし、ふとまた視線が一ヵ所でうごかなくなった。彼はいった。

「こいつを知ってるんでね」

番頭は、もうひとつの小さな見出しを読んだ。「幼女殺しの木曾、死刑執行」という見出しだった。

「東京都杉並区天沼《あまぬま》の幼女誘拐殺人の犯人木曾浩一（三九）は、昨年十一月二十三日、死刑の判決が確定、さる一月から身柄を宮城刑務所に移されていたが、二十五日朝、同刑務所で死刑を執行された」

番頭は客の顔をみた。

「へえ、この犯人とお知り合いなんですか」

「知り合いというほどじゃないが、むかし、ちょっとね」

そのとき、階段の方から、騒々しい跫音《あしおと》と陽気な口笛の音がして、ふたりの人間が下りてきた。ひとりは黒いサングラスをかけ、皮ジャンパーに紺のジーパンをつけた少年で、もうひとりは、真っ赤なモヘアのジャンパーにデニムのジーパンをはいたあどけない美少女だった。どちらもまだ十七、八だろう。

「おじさん、飯まえにちょっと走ってくるよ」

と、少年は快活な声でいった。

もつれ合うようにしてふたりが玄関を出てゆくと、すぐにそこでオートバイのエンジンの音がきこえ、きゃっきゃっという少女の笑い声をのこし、みるみる遠ざかっていった。

「カミナリ族だね……。あれでも客かい」

と男はきいた。

「そうなんでございます」

「兄妹？――ともみえなかったようだが」

「いえ、学生さんだそうで、男のかたは宇都宮《うつのみや》からきたといってオートバイでおいでになりましたし、お嬢さんの方は東京からいらしたんで、御兄妹じゃありませんよ。ここで落ち合う御約束らしいんで、それどころか。……」

番頭は妙な笑いをうかべた。

「おふとんもおひとつで、それは大っぴらに猛烈だそうで」

「へえ、あの年でねえ」

「なんでも、こんど男のかたが東大の試験に合格なすって、そのお祝いに旅行においでになったんだそうでございます」

「あれで東大に通ったのか。それにしても、合格祝いにアベック旅行とは、いやはやたいへんな御時勢になったものだな」

と、男はあきれたような嘆声をもらした。が、すぐに彼はわれにかえって、
「そうだ。おれも飯前にそこらを散歩してこよう。……ちょっと、この新聞借りてってい
いかね？」
といった。
売店の前を通るとき、彼はふと足をとめ、番頭を呼んで、ポケットウィスキーをひとつ
買って、どてらのふところにいれて玄関を出ていった。彼は、かすかに足を引きずってい
た。番頭はさっきその客が、たしか「一機命中」とつぶやいたのを思い出し、くびをひね
りながらそのうしろ姿を見送った。
山瀬だった。
朝のひかりは白かったが、風はまだ冷たかった。路《みち》の左側は山、右側はふかい谷になっ
ていて、樹々はまだ茶褐色の葉をざわめかしていた。しかし、鶯《うぐいす》の声はひっきりなしにき
こえた。
山瀬はふらふらと鬼怒川《きぬがわ》温泉の方角にむかってあるいていた。今市《いまいち》から鋪装《ほそう》してあるの
は鬼怒川温泉付近までで、そこからさらにバスで三十分もかかる奥のこのあたりは、道は
わるく、ところどころ、「路肩弱し」という立札さえ立っていた。
彼は寒さを感じなかった。ウィスキーはふところに入れたままなのに、全身が酔ってい
るような感じだった。彼はときどき新聞をひらいて、あるきながらその記事を読んだ。

きのうの午後一時半ごろ、世田谷区喜多見町一一二番地の三叉路《さんさろ》で、停車していた自家用車にうしろから激突、乗っていた杉麻子もろともその車をおしつぶしたダンプカーの少年運転手小田切一也が、事故現場から逃走をはかって群衆に追われ、追いつめられて、疾走してきた大型トラックのまえにみずから身をなげて自殺したという記事だった。「なお被害者の杉麻子さんはM大教授仁科靖彦氏の義妹で、米国の富豪の子息ジョン・バラーク氏と結婚のため、ちかく渡米する予定であった」という説明もあった。

もとより、これが故意の殺人だとは、一行も出ていない。

「――しかし、あいつはやったのだ」と、山瀬はつぶやいた。「それを知っているのは、あいつと、おそらくは土岐容子をのぞいては、このおれだけだ」

唇がふるえていた。

「そして、おれが知っているということは、だれも知らない。……」

――やるだろうとは思っていた。小田切が、オリンピック建設社に電話をかけてきたときから、その用件は杉麻子の件だろうと看破し、だからおれはこの川治へ逃げてきたのだ。べつに逃げる必要もないのだが、少年の相談を受けては面倒になるし、彼が何かをやるとするなら、念のため、じぶんが東京から避難していた方が安全だと思った。何かをやるだろうとは信じていたが、それがまさかこんなかたちをとろうとは想像のかぎりではなかった。

しかし、現実は、おれの計算以上に凄《すさま》じいラストに突入し、そして、黄塵《こうじん》の中にジ・エンドのマークで結んだ。計算以上――いや、寸分の狂いもなく、おれの作戦の通りではないか？

杉麻子を小田切の肉弾で粉砕することこそ、最初からの目的ではなかったのか？

山瀬はふところからポケットウィスキーをとり出し、栓をまわしてひとくちのんだ。風の冷たさをしのごうとしたのではなく、内部からのふるえを酔わすためだった。

小田切をしてそう行動させるためには、どうすればいいのか。それは少年を、「愛する女のために」という炎であぶることだった。天性か、年齢か、「思いこんだらいのちがけ」という性質は、以前からよく見とどけていた。その性質の少年が、愛する女の苦悶《くもん》の訴えをきいたのだ。女とともに、どうしたらいいのか、途方にくれるジレンマに陥ったのだ。あの小田切なら、それを一挙に解決するために、あれくらいの行動にはきっと出る。――おれのその見込みは、みごとに的中した。

そのためには、まず彼に愛する女をあたえることだった。だからおれは、まず彼にあのアパートを世話をしてやり、つぎにあの娘を投げこんでやった。あのアパートの経営者はおれの軍隊時代の戦友で、すこしくらいのむりならきいてくれたし、またふたりの経済力で足りない分は、おれが毎月、その友人に支払っておいた。「貧乏な学生を援助してやるのが、おれの唯一の道楽なんだ」といったら、あいつらは「身分不相応な道楽だな」といいながらも、感心した眼でおれを見たっけ。

おれの見るところによると、もともとあの容子という娘は、小田切のあこがれそうないわゆる清純タイプというやつだった。そのうえ、ふたりのあいだに、あの関光代という肉欲のかたまりのような女がいるのだ。あの光代というコールガールも、おれが世話して、あのアパートに配置しておいたのだった。むろん光代は、じぶんがそんな媒体にされていることは知らない。「買春」の客だったおれの物好きだと思っている。ただし、或《あ》る時期から、おれはふっつりと光代のまえから姿を消した。三人を結んでいるのがおれだという印象を、できるだけ薄れさせるためだった。しかし、あの女だ。かならず両隣りのふたりを悩ますだろう。ふたりをひっきりなしの性の饑餓《きが》状態におとすだろう。おれの見解によると、男と女の愛情という奴は、たとえどんなにプラトニックな形態をとろうと、しょせんは性的欲望だ。内部にその炎がもえている以上、小田切は容子を愛さずにはいられないし、それは原始的に強烈なものたらざるを得ない。

さて、つぎに直接の撃鉄となった例の合成写真だが、むろんあれはおれの製造したものだ。新宿の例の家にいって、光代が隣室の娘をコールガールにしたとか、しそこねたとかしゃべっていたという話をきくと、たちまちおれは待つや久しとあの写真を作りあげたのだった。たとえすぐに合成したものだとわかったとしても、それが容子にどんな意味をもつものか、はっきりと見とおしてのことだった。

写真を容子にみせて、おれは杉麻子を暗示した。むこうが感づくまでにはもうすこし手間がかかるだろうと予想していたが、意外なほど早く、容子は杉麻子という対象に思いあたったようだった。しかしおれは、一語として杉麻子という名を唇にもらしたおぼえはない。あとで容子がおれをどうかんがえようと、おれはどこまでもとぼけることができる。証拠の写真もきれいに燃やしてしまった。

じぶんの淫《みだ》らな写真を、杉麻子が鏑木明に見せようとしている。――そうと知っても、容子はどうすることもできない。じぶんに恥ずかしい、恐ろしい秘密があるからだ。しかし、それだけに苦しみは内向し、麻子への怨恨《えんこん》は殺意をふくみ、――あの事柄は、容子に充分殺意をひき起し得るものだ、とおれは考える。――そしてその殺意を小田切にみせずにはおかないだろう。小田切は全面的にそれを受けとめるだろう。――この想定がどれほど正確なものだったかは、現実の結果が証明している。

しかし、その合成写真に威力をあたえるためには、容子に秘密をもたせなくてはならぬ。彼女を、少なくともいちどコールガールにしなければならぬ。

それには、あの関光代という女が、必要欠くべからざる存在となる。おれはあの女が、じぶんでコールガールのクラブを作りたくて、ひそかに新人選手を求めていることを知っていた。すきさえあれば餌食《えじき》にとびかかる女豹《めひょう》のようなものだ。もし容子が、彼女に金を借りたとすれば、彼女はそれを絶好のチャンスにせずにはおかないだろう。大丈夫、やってのける女だ。容子は絶体絶命の窮地に追いこまれる。――少くとも容子はそう思いこむだろうが、それまでに例の欲望の饑餓状態に置かれているのだから、本人が意識すると意識しないとにかかわらず、みずから堕落の罠《わな》にとびこむということも充分計算に入れていい。

　関光代に金を借りさせるために、おれは容子に金を求めた。終始、なるべく表面に姿をあらわしたくないおれが、一世一代の演技だった。あの年ごろの娘なら、どうしても金を工面してくれずにはいられないおれの力演だった。そのためにおれは、以前から鏑木明にばかみたいに金をまきあげられるという実績をつくって、容子に歎《なげ》いてみせておいたのだ。

　ところで、容子を関光代のそばに配置するためには、彼女を鏑木明からひき離さなければならぬ。おれの苦心したのは、それ以後のことより、それにいたるまでの経過だった。しかも、完全に明のことを忘れさせてはいけないのだ。充分みれんのあるやつを、むりに別れさせるといった心理状態でなければならないのだ。そうでなければ、かんじんの合成写真が死んでしまうのだ。

　男と別れさせるには、男の心をほかの女に移させることが必要だった。しかも、女にみれんを残させるには、男に処女をあたえさせることが必要だった。

　問題は、鏑木明だった。あいつがいかにも当世の若僧らしく計算高いのがおれのつけめだったが、なまじ小利口なだけに、おれの想定する線まで追いつめるのには、ほとほと骨が折れた。あいつさえ落せば、あとはほとんど自動的に進行するのだが、あいつだけはおれの力で直接に始動させなければならないのだ。一年間の作戦計画で、あいつだけに半年以上かかった。

　鏑木明の心を、ほかの女に移す。その女に、おれは多賀恵美子をえらんだ。仁科邸のパーティーで、浮気者らしい恵美子が、男前の明に気をうごかしたらしいのを、おれはぬかりなく見とどけておいた。そのためにおれは多賀のうちへセールスにいって、恵美子に明を売りこんでやったのだった。しかし、さすがに明はしばらくためらっていた。あのはねっかえりの娘に突撃する勇気が出ないようだった。だからおれは、明を督戦するために、「多賀財閥乗っ取り」の大野心をふきこんだ。そういうと、あいつはおれを笑った。そのとおりだ。おれの方が可笑《おか》しい。バイト暮しの大学生が、多賀財閥を乗っ取ることが出来るかどうか、糞《くそ》でもくらえ、そんなことはおれの知ったことか。

しかし、笑っているうちに、しだいにあいつはおれの罠におちてきたではないか。くりかえし、くりかえして耳もとで奏でられているうちに、霧が地にしみこむように、あいつは変質してきたではないか。社会の上層部にいて甘い汁を吸っている階級の話を、機会あるごとにきかせてやったのもそのためだ。さらに、逆にからめ手から、一生うだつのあがらない男の哀れさというものを、いやというほど見せつけてやる必要があった。おれは見せてやった。おれの人生を。

それにしても、おれはあのむし暑い夏の夜、おれの汚ない家にならんで坐《すわ》っていた大学生と高校生の姿を思い出す。あの晩小田切がやってきたのはまあ偶然だったが、おれは運命を感じた。――いや、「運命」はおれ自身だ。将棋たおしの、鏑木は最初にたおれる駒であり、小田切は最後の駒をたおす駒だった。ふたりは、それを知らない。それを知っていたのはおればかりなのだ。……

山瀬はウィスキーをまたのんだ。

——山々にこだまする遠雷のような音がきこえてきた。向うの崖《がけ》の曲り角にオートバイがあらわれたかと思うと、白い砂けむりをあげて山瀬のそばを走りすぎた。

「あたし、しびれちゃう！」

サングラスの少年にしがみついた少女の、つん裂くような高笑いがあとにのこった。さっき出かけたふたりが、宿にかえっていったらしい。

山瀬は渓流にかかった小さな橋によりかかっていた。砂塵《さじん》がしずまるまで顔をそむけて、ふかい谷にくだけちる水のしぶきをながめた。突然、二十年ばかり前の自分の或る日の姿がながれすぎた。


——あれは、たしか目黒《めぐろ》の権之助《ごんのすけ》坂の途中にかかった橋だった。おれはその橋によりかかって、目黒川を見下ろしていた。いまとおなじ早春のひかりを反射する水に、黒い田舟がひとつゆらりと浮かんでいたっけ。

駅からそこまで走ってきて、息がきれてそこでひと休みしたのだが、おれの耳のおくにはまだ潮騒のような音が鳴っていた。いま見てきた駒場《こまば》の一高での合格者の発表のどよめきだった。

「……やったぜ、兄さん」

おれはこみあげる笑いとともにつぶやいた。

田舎で百姓をやっている両親は、おれが東京に出て一高に入るなどいうことは反対だった。兄貴さえも中学を出ただけで百姓をしているのにということもひとつの理由になった。だからおれも一年間、役場につとめた。そして、たまりかねて東京へとび出して、勝手に品川の電機会社に入った。勝手に、といっても、実は兄貴だけは了解してくれた。とにかく、家を出ろ、若《も》しそれでうまく一高に入れたら、おやじにもとりなしてやるし、学費も工面してやろう、といってくれたのだ。

一年間の工場づとめはつらかった。もう戦争ははじまっていた。労働のはげしさもさることながら、軍需工場の殺伐さがつらかった。まれな電休日などに、ふととびこんだ上野や九段の図書館の棚に、重々しい金色の背文字をならべる書物を、この世のものならぬ天上の果実のように、なんどおれは渇《かつ》えたような眼でながめて酔ったろう。

そして、とうとう一高に合格したのだ。おれはまるで満月の野に全滅した敵軍の中に立った参謀みたいな気持だった。……

そのとき、目黒駅の方から、戦闘帽をかぶったふたりの少年がおりてきた。おれといっしょに働いている少年工で、やはりこちらにある工場の寮にかえるところだった。

「どう？」

「試験は？」

走ってきて、とびかかりそうにきくふたりに、おれはみじかい濆水《ふんすい》のような喜悦の声をあげた。

「通ったよ。……」

ふたりはだまった。ふっと何か虚《うつ》ろなもの哀しさがかすめたが、すぐにふたりは眼をかがやかしておれの手をにぎった。

「万才！　よかったなあ」

「山瀬君はえらいなあ。ぼくたちとは出来がちがうんだから」

「えらくなっても、ぼくたちを忘れてくれちゃこまるぜ。ねえ、約束だよ」

あれは、ほんとうに純粋な讃嘆《さんたん》の眼だった。……なんという可憐《かれん》な少年たちだったろう。その夏に、あの少年のひとりは機械にまきこまれた。血と油と煤煙《ばいえん》によごれた少年が死ぬまでさけんでいたのは、「機械は……機械は……工場長、ゆるして下さい！」という言葉だった。一年ののちに、もうひとりの少年も死んだ。栄養失調による結核だった。

むろん、そのときおれはそんな未来は知らなかった。――おれはほんとうに、ほんのすぐさきの未来も知らなかったのだ。――おれはただ無邪気に胸を張っていった。

「忘れるもんか。ぼくがどんなになったって。……」
二、三日たって、おれは工場の高い三階の窓から、口笛を吹きながら品川の海をながめていた。海は朝から乳色の霧に覆われていたが、日がしだいに昇るにつれて、空はうす蒼《あお》く透いてきた。しかし、それでも海は、群立する煙突の黒煙と、反響する鉄の騒音のためにおぼろにかすみ、何かを人に告げるような船の銅鑼《どら》が凄壮《せいそう》な余韻をひいていた。
おれの手には「退社願い」があった。おれの背後には「部長室」とかかれた灰色のドアがあった。そのドアの横にかけられた「御来客中」という木札のとりのけられるのを、おれは待っていたのだ。

　そのドアがあいた。

「給仕」と、ふとった部長の顔がのぞいた。「給仕は、いないかね？」

「いないようです。何ですか、御用なら、ぼくが……」

「じゃ君、すまんがちょっと勤労課にいってな、課長をお呼びしてきてくれ」

　部長はドアをしめかけたが、すぐにおれの手の紙片に眼をとめた。

「君、何か用かね」

「はい。……こんど一高に合格しましたので、退社させていただきたいんです」

「一高？」

　部長はまたドアから出てきて、異様なかがやきを持つ眼でおれを見下ろした。おれは笑っていた。

「君、いつ入社した？」部長の表情がかたくなった。「はじめから、そのつもりだったのかね？」

「去年の四月です。働きながら勉強したんです」

　部長のとがめるような口調にむっとして、おれは昂然《こうぜん》と首をたてていった。すると部長は声をひくくおとした。

「君はいま国家が君たちに何を要求してるか、知ってるかね？」

　そして彼は、そのときのおれに青天霹靂《へきれき》の言葉をなげつけたのだ。

「ちかく発表するつもりだったが、本工場は去る三月上旬から、海軍管理の徴用会社に入っている。そのため、全従業員に対してすでに国民徴用令が下りているんだ。徴用令は、産業戦士に対する召集令状ともいうべきものなんだ。いまソロモン海域で凄《すご》い消耗戦がつづけられていることは、君も知ってるだろう。事態は容易じゃない。国家はいま君たちに学問をさせている余裕がない。小さな一個人の自由や利害は一切無視してもらわなければならんのだ」

おれはじぶんの耳をうたがって、茫然《ぼうぜん》として宙を見つめていた。この二年間の空白が、一生の挫折《ざせつ》となったことを直感したのだ。

「勤労課長は僕が呼んでこよう。君はともかく帰って、よくかんがえてくれ。退社願いは受けつけられない」

部長はあるいていった。

おれはいつまでもコンクリートの廊下に立ちつくしていた。そして、ドアの中にひとりの海軍将校が立って、じぶんを見ているのにしばらく気がつかなかった。薄暗がりのなかに、襟章の一つ星と腰の佩剣《はいけん》がひかっているほかは、ただ銅像みたいな影にみえた。

「可哀そうに」

と、その影はやがていった。

そうつぶやいたきり、また黙っておれを見まもっていた。

「君の犠牲はよくわかる。しかし——君、犠牲は君だけじゃない。君と変らない若い人たちが、いまのこの瞬間も、何百人何千人と南で死んでゆきつつあるんだよ」

顔はわからなかった。いや、いまでは忘れてしまった。ただそのとき、その将校の頰にはらはらとこぼれおちた涙だけはふしぎにおぼえている。

「君、わかってくれるかね？」

と、彼はいった。

「わかりました」

おれははじめて微笑した。おれはそのひとの涙に感動した。そして、おれも泣いた。しかしそれは、じぶんが一高に入学することをあきらめた哀しみの涙ではなく、そのひとの言葉を、純粋に、全面的に肯定して受け入れた、むしろよろこびをともなった涙だった。

……

おれはいまでも思い出す。あのとき、おぼろにかすむ海の向うで鳴っていた銅鑼の音を。あのとき潮煙の果てに出ていった船は、二度とおなじ港へかえってはこなかったろう。……

…

耳鳴りがしたと思い、山瀬は苦笑いして橋から身をはなした。耳鳴りだと思ったのは、またあのオートバイがかえってきたのだった。

早朝の谷沿いの山道に人通りがないのをいいことにして、猛スピードを愉《たの》しんでいるらしい。すぐに、例のアベックが砂塵と笑い声をのこして、山瀬のそばを走りすぎていった。

あの年で東大に合格したというと、いまの教養学部、つまりむかしの一高だろう。山瀬はいまのじぶんの回想の原因をはじめて知った。

「いまの若い奴は」とつぶやいた。

からだのなかに、ウィスキーの酔いが、熱いものが、かっともえはじめた。

さて、おれの知っている若い奴、鏑木明は堕落した。あいつの心を多賀恵美子に移させることはうまくいった。——山瀬はあるきながら、また記憶を遡行《そこう》させはじめた。それを愉しむために宿をとび出してきたようなものだった。

あいつには、ただそれだけでなく、もうひとつの役目があった。その結果として容子と別れるということが狙いだが、別れる前に、あいつに容子の処女を奪わせなければならなかった。なぜなら、別れたあとで容子にみれんを抱かせなければならないからだ。はじめて処女をあたえた男に、女はいつまでも思いをのこすという。それがほんとうのことかどうかはよく知らないが、充分かんがえられることであり、そしてたしかに容子はそうだった。

そして容子の処女を奪わせるために、おれは明にコールガールを抱かせて昂奮《こうふん》させたのだ。「いっぺん女を知れァ、女なんてものは何でもなくなる。最初の女はスプリングだ。こんどは自由がきくから、多賀の令嬢をものにすることなんか朝飯前になる」とおれはあいつをそそのかした。しかしおれの目標は、多賀の娘ではなく、土岐容子だったのだ。

ところで、鏑木明を最初にたおれる将棋の駒だといったが、正確にいえばそうではない。

多賀恵美子であり、そのいいなずけである宇治という学生だ。ふたりがいいなずけであることは、多賀の邸《やしき》にプールのセールスにいったときに知った。恵美子と明をむすびつけるためには、恵美子と宇治のあいだに水をさす必要がある。そのために、おれは恵美子がほかの青年とキスしている写真を、宇治の家のポストになげこんでおいたのだ。

その写真はおれが撮ったものじゃない。偶然手に入ったものだ。おれはそのネガをカメラごとに成城の仁科教授の邸のちかくでひろったのだ。

かんがえてみれば、こんどのおれのプランは、一年前、あの邸に鉄棒をとりつけにいって、オート三輪がだれかにぶつかった瞬間から開始されたといっていいかもしれない。だれかに——あれは、子供殺しの戦犯木曾だった。仁科邸からカメラを泥棒して逃げ出してきた木曾浩一だった。

カメラを泥棒されたときいておれは追いかけた。そのときおれは、あの路地の電柱のかげにほうり出されているカメラを見つけ出したのだ。カメラのレンズはこわれていた。あとで御用聞きの小僧の自転車をパンクさせたのは、そのレンズのかけらだ。木曾はオート三輪に接触したはずみに、せっかく泥棒してきたカメラのレンズをこわされて、そこにほうり出して逃げていったらしい。そいつをおれは拾った。拾ったカメラを上衣にくるんで、仁科邸の門の前に待っていたオート三輪の荷台に、石森老人にも気づかれないように投げておいたのは、或《あ》る理由があるが、あとになってかんがえてみれば、ほとんど本能的な虫の知らせというやつだった。

あとでおれはカメラを調べた。撮影ずみのフィルムが入ったままだった。恵美子の写真はその中に入っていた。それを現像し焼きつけて宇治に送ったのは、宇治と恵美子の仲に水をさす目的であったが、もうひとつ、そんなお節介をする人間があのグループの中にいるという噂をたてさせて、うまくゆけば恵美子から明へ、明から容子へ、その噂をなんとなく伝わらせておくという伏線のためだった。そのスナップをとったのは、少くとも仁科邸にあったカメラだから、お節介者はだれかというと、どうしても杉麻子に疑いがゆくだろうという計算だったのだ。

しかし、この偶然手に入ったフィルムを、あまり過剰に利用することはおれは避けた。物質は、あとに残る証拠となる。ただ、もういちど使ったのは、あの容子の合成写真を作ったときだ。裸の女のからだにくっつけた容子の顔は、あの仁科邸のパーティーで笑っていた容子の写真からとった。三十六枚どりのフィルムのはじめの方とおわりの方に、恵美子と容子が、それぞれ撮影されていたのだ。

偶然手に入ったフィルムは、こんどのおれのプランに最初と最後の重大なボタンの作用を発揮したが、しかしそれがなかったとしたら、おれのプランが成り立たなかったとはおれは思わない。あれがなければないで、おれはべつの方法をかんがえ、ほかの何かを利用したろう。……しかし、あの一冊の本がなかったら、あの作戦を立てることなど思いもよらなかったとは断言できる。

エリッヒ・ブランデンブルグ著「ビスマルクより世界大戦まで」

実はおれはその本が明のアパートに置いてあるのをみて、ぎょっとしたことがある。どういうつもりでそれを手に入れたのか、きくことはおれの作戦に触れることだから、おれはのどもとまで出かかったものを押えてきかなかった。おそらくあいつは訳者の仁科靖彦という名にひかれて買ってきたものだろう。おれもそうなのだ。おれの「兵法書」は公然と町に売ってあった。はじめて仁科邸にいってからまもなく、偶然本屋でそれを見つけて、何となくおれも買ってきたのだ。しかし、復員してから——いや、一高をあきらめてから、ぷっつりとそんな難しい本を読む気をなくしていたおれが、その本を買ってきたというのは、やはりこれも虫の知らせというものだろう。

その本を読んで、おれはドイツの外交に舌をまいた。——そして、それを人間関係にそっくり移してみたらどうなるだろうと思った。ふとしたこの興味は、やがて凄《すさま》じいばかりにおれを熱情の虜《とりこ》にしてしまった。おれにこんな熱情があったのかと、じぶんでもふしぎなほどに。

ドイツはフランスを憎んだ。それゆえにフランスと結ぶロシアを恐れた。そこでロシアを日本で敗北させようとした。そのために日本とイギリスの同盟を望んだ。かくてイギリスとアメリカの疎隔をはかった。——

これに適合するような人間関係が、おれの周囲にあるだろうか、という疑問は、やがて、そういう人間関係を作ってみせる、という熱意に変化した。おれはじぶんがビスマルクになったような感じがした。ああ、曾《かつ》てこれほど壮大精妙な殺人を計画した者があるだろうか。

　ロシアは杉麻子だ。それをたおす日本は小田切一也だ。それと同盟をむすぶイギリスは土岐容子だ。それとひきはなされるアメリカは鏑木明だ。――おれの計画では、さらにだぶって、疎隔されるイギリスとアメリカに似た多賀恵美子と宇治という関係がもう一組出来上った。むろん、現実はビスマルクの図式の通りにゆかなくて結構だ。或《ある》いは複雑なだけに、これはビスマルク以上といえるかもしれない。

　これは、「遠隔操作《マニピュレーター》」の殺人だった。しかも、最初にひとつの歯ぐるまをうごかすと、あとの歯ぐるまはほとんど自動的にまわってゆくような犯罪だった。

　けれど、「そんなにうまくゆくだろうか」――実際の問題として、そんなに人間がこちらの思い通りにうごいてくれるだろうか。日露戦争だって、ただドイツの意志だけにあやつられて、日本とロシアが盲目的に格闘したわけではあるまい。それぞれ、ぬきさしならぬ利害がからみ、もえあがる国民感情に煽《あお》られたのにちがいない。それはおれにだってわかる。しかもおれは、たったひとりの女房さえもてあましている情けない男なのだ。……はじめおれは、図上演習だけで、思わず膝《ひざ》を屈しようとした。

　それにもかかわらず、あえておれに「やる気」を起させたのは、この遠隔操作のアイデアの卓抜さと、そこから炎をたてる熱情だった。日露戦争はドイツの意志だけで起ったものではあるまいが、それが働いていたことはたしかなのだ。そもそも外交というものが、すべて遠隔操作なのではないか。いや、かんがえてみれば、この世の人間関係すべてが、じぶんの意志通りに他人をうごかそうとする闇黙《あんもく》の闘争図なのではないか。

おれは乗り出した。

事がうまく進捗《しんちょく》しないで、いらいらすることもあったが、また子供相手にトランプのババヌキをやっているようなあっけなさをおぼえることもあった。ババだけを一枚ながくとび出させておくと、子供はぬく。次にはわざとババをかくすようにしておくと、子供はぬく。——鏑木明を堕落させるために、いくどか資金を貸してやったが、その貸し方がそれだった。あいつは、おれからまんまと巻きあげたつもりでいる。その実は、返さなくてもいいような金の貸し方を、おれがしてやったのだ。

もちろん、鏑木にしても容子にしても小田切にしても、それぞれ当人はみずからの意志で泣いたり笑ったりしたつもりだろう。知らずして乗せられた運命のくるまの進行をとめようとしたり、とび下りようとしたりして、さまざまなレジスタンスを試みたろう。おそらく、おれのまったく知らない心理的な迂回《うかい》があったことは、充分想像できる。それは、この一年の経過で、あいつらの顔色を——苦しげな顔色をちらちらと見ていて、よくわかった。それはおれに、痛みを伴い、それだからいっそうたえがたい快感をあたえる眺めだった。

明はうまく堕落し、容子を捨ててくれるだろうか。容子は明を愛しながら、しかも註文《ちゅうもん》通りコールガールになってくれるだろうか。そして小田切はこちらの期待しているように、容子のためなら命をなげ出して人殺しをやってくれるだろうか？　等々。その間には、横にそれる無数の軌道の可能性があった。しかもおれは、要するにこちらの予定通り車が進行しつつあることを、彼らの悶《もだ》えという計器で読んで、思わず会心の笑みをもらさずにはいられなかった。

もうひとつ、こんどの計画におれを踏み切らせた重大な原因は、おれに時間があり、危険性がまったくないということだった。操られている当人さえも気がつかない遠隔操作だ。他のだれがこれを知ることが出来るだろう。たとえ小田切の殺人が容子のコールガール事件に端を発し、容子のコールガール事件がおれに金を融通するためだったとわかっても、さらに或いは、例の合成写真の製造者がおれだとわかっても、だれがこの事件の全貌《ぜんぼう》をうかがうことができるだろう。どれほど鋭利な刑事でも、絶対に追究しぬくことは不可能だ。なぜなら、事件の目的が、想像の外にあるからだ。

おれは安全だった。ときどき機械のうごきに不審をおぼえるとのこのこと出ていって、歯ぐるまのかみ合わせを点検し、油をそそいでやっただけだった。そのあいだに、機械が軌道をはずれれば修繕することができる。迂回しようとかまわない。停止したら、とっくりその原因を検討してみよう。何なら部品をとりかえたっていい。——操作しているおれは安全地帯にいるのだから、ちっとも焦る必要はない。人間は自分に危険の及ぶおそれがなかったら、どんな犯罪でもやる気になるものだ。

要するに、おれの見込みでは、一年以内に、車が一定の場所に突入してくれれば目的は達せられるのだ。——そして、車はみごとに突入したではないか。

どこへ？　天使のように美しい杉麻子という娘へ。たったいちど逢《あ》っただけのその標的を誰が知ろう。

悪魔にさえ知らせてはならないことだが、もし人がこれを知ったなら、おれの目的のあまりに意外なことに驚倒するよりも、射程の長さに比してあまりにも標的の小さいのにあっけにとられるだろう。しかし、ブランデンブルグもいっているではないか。

「その目的は単純であったが、しかしこれに到達する方法として、しばしばきわめて複雑な形式を採用した」

そしてまたいう。

「ビスマルクの外交政策は、たしかにその目的に於《おい》て単純であり、その方法に於て複雑であったが、しかし実際は彼一流の深い沈思と熟考によって練りあげられたきわめて系統のある政策であった」

おれはこの「兵学書」通りにやってのけただけだ。況《いわ》んや、おれの標的は、それほど小さいものではない。いや、標的は小さかったが、おれの狙ったのは、その標的のうしろに立つ人間だった。

おれはドイツだ。杉麻子はロシアだ。おれのフランスが誰であったかは、まだいっていない。……

——山瀬はあるいていた。もう鬼怒川の奇勝として知られている竜王峡《りゅうおう》にちかく、右側の黄色い樹々をとおして、数十メートルの下に、それらしい奇岩と碧潭《へきたん》がちらちらと見えてきた。しかし、彼はそんな風光などはまったく眼に入らないかのように、白い日のひかりに眼をすえ、またウィスキーをのんだ。ポケット瓶の中の液体は、もう三分の一ほどになっていた。

白日のなかに、また二十年ちかいむかしの、おなじ季節の或《あ》る記憶が幻影のように浮かんできた。

——あのときから二年たっていた。すべては一変していた。日本全土は焼けただれ、沖縄では死闘がくりひろげられていた。おれは九州の知覧《ちらん》基地にいた。地上整備兵だった。知覧は薩摩《さつま》半島のまんなかの山の中の町だったが、そのころ九州にあった無数の特攻基地のひとつになっていた。主として陸軍だったが、海軍の特攻機が飛び立つこともあり、機種も、陸攻、隼《はやぶさ》、飛燕《ひえん》、五式、はては偵察機、練習機と、めちゃめちゃなかきあつめだった。

敵の艦載機は間断なく襲ってきた。カミカゼに手をやいたニミッツが、「特攻基地にグラマンの傘をかぶせろ」と命令した通り、それはおびただしい数だった。その間隙をぬって、穴だらけになった滑走路をなおし、かくしてあった飛行機をひきずり出し、あとからあとからと、二度と還《かえ》らない機影が南の蒼《あお》い空へ消えていった。

——あれはいったい何だったのか？　のちになって、おれはしばしばじぶんにこうきいた。あれが夢ではなかったとはっきりわかっていても、おれは繰返し繰返しつぶやかずにはいられなかった。あれはこの世に、現実にあったことなのか？

いまでは、おれは断言できる。あれは神話だった。少くとも、おれにとっては、たった一つの神話だったと。

そして、あの知覧基地をめぐる一切の光景も、いまでは天国の風景のように思われるのだ。それは恐ろしい天国だった。火炎と閃光《せんこう》、硝煙と血、爆音と轟音《ごうおん》。……それらも、いまでは蒼空という巨大な珠《たま》にとじこめられた花々のように思われる。

そして、そのなかにうごいていた人々は神々だった。

それを神々とたとえる言葉は、そのころからあった。いわゆる「護国の軍神」という奴だ。当時それをきいて、おれたちは腹をたてた。それを戦後は、血迷った暴勇の徒と呼ばれ、或いはひかれる羊のむれと評価された。そしておれは、あれから二十年ちかくたったいま、やはりあれは神々だったといいたい。超人ではなく、若い人間の肉と魂をもった神々だったと。

のちになって、おれは死んでいった彼らの手記を読んだ。はっきりとおぼえてはいないが、それでも、こんな意味の言葉がきれぎれに思い出される。――

「戦争に何の倫理があるのだ。大義のための戦、大義なんて何だ。痴者のねごとではないか」

「おれはいま宣言する。おれは帝国陸軍や帝国海軍のために死ぬのではない。おれが死ぬのは祖国のためであり、それよりもおれ自身の誇りのためだ」

「僕は一切が納得がゆかず、肯定ができないのです。いやしくも一個の〝人間〟が、他の一個の人間の脳細胞の気まぐれな働きの函数《かんすう》となって死んでゆくなどいうことがあっていいでしょうか。僕は将棋の駒にはなりたくないのです」

「おれは全人類を嫌悪する。しかし、おれは生きたい。この嫌悪すべき人類の結末を見てやりたいために」

「少年時代が恋しい。ああ、涙がいっぱいになるほどなつかしい！」

「あきらめられない秒時計の針が廻ってゆく」

「おれを置いて、時よ過ぎゆけ！」

――これらの言葉を思い出し、そして八百キロの爆弾を抱いて、空の果てへ消えていった翼を思い出すと、おれはいまでも胸がはりさけるような気がする。

こんな言葉は、この手記を読んで、はじめて知ったことではない。特別攻撃隊というものを考案し、命令し、指揮していた連中が知っていたかどうかはしらないが、彼らといっしょにいたおれは、よく知っている。だれがむやみやたらに死にたいものか。あるとすれば、異常だ。彼らは狂人ではなかった。彼らがこんなに苦悶《くもん》したのは当然だ。

おれはいまでも、彼らの苦悶の表情を、ありありと眼によみがえらせることができる。夜――知覧基地は闇黒だった。連日の猛烈な銃爆撃のために、電線は破壊されていたし、破壊されていなくても灯をつけることはできなかった。われわれはパイ罐《かん》に油を入れて、それを燃やした。めらめらと燃える赤い炎をかこんで、彼らが激烈な声で語り合っていたときの顔を思い出すのだ。

言葉は、しかし、むろん死の恐怖ではなかった。いかにして、その死を効果あらしめるか、ということだった。どうして敵の戦闘機群をくぐりぬけるか、敵の空母、敵の戦艦のどこが弱点か、上空から真っ逆おとしに突入した方がうまくゆくのか、海面すれすれに襲撃した方が成功率が高いのか。……たしかニミッツも、「われわれがカミカゼ対策を改善しつつあるに反し、カミカゼ特攻隊の方では、最後の突入から帰還してその体験を報告するパイロットは絶無であったから、改善の基礎となるデータを発展させる手がかりがなかった」というようなことをいっていた。高高度接敵法か、超低空接敵法か、これは攻撃する方でも、当然熱論すべき問題だった。

そういう問題を、まるでオーバー・ハンド・スローがいいか、イン・カーヴがいいかという風に議論しながら、彼らは、むろん同時に飛散するじぶんの生命というものをかんがえつめていた。彼らの表情が、口にしないそのことを、あきらかに物語っていた。――だからおれは、彼らを神々といいたいのだ。

彼らが口にしていたことは、たんなる擬勢であったか。死の恐怖が本心であったのか。おれはそうは思わない。彼らの心を占めていたのは、じぶんよりも、生死の関頭に立った祖国だった。そのことにまちがいはない。またたとえそのことのみを語ったのを虚栄だとしても、それは讃嘆《さんたん》すべき虚栄ではないか。

もうひとつ、おれが彼らを神々といいたいのは、彼らがすべて廿歳をわずか超えたばかりの年齢であったからだ。無心なあかん坊を神様とたとえるのと同様の意味で、おれは彼らをそう思いたい。彼らはそれまでに、どれほどの害を世の中に与えたか。彼らはそれまでに、どれほどの悪を心中に抱いたか。塵《ちり》ほどもない、といってよかろう。人間は生きれば生きるほど、世に害毒を流し、悪どくなるばかりだということを痛切にかんがえているおれは——あのときから生きのびた二十年のあいだに、じぶん自身の体験で思い知ったおれは、腹の底からこう思う。彼らは清純潔白、神にひとしい若者たちであったと。これは断じておれのセンチメンタリズムではない。

地上整備兵のおれでさえも、日本という国を、歯をくいしばり、あぶら汗をながして、両腕で力いっぱい支えているような感じのする日々だった。ほかにかんがえるべき邪念は一切なかった。あの短い期間に、おれはおれの一生分の精根をつかいはたしたような気がするほどだ。このおれみたいな人間に、あんなときがあったのかと思うと、いまでもおれは心臓がしめつけられるようになる。

その知覧の特攻隊の中で、おれはひとりの士官を知った。友安という少尉だった。

おれの左足が不自由になってしまったのは、友安少尉のおかげだ。

三月のはじめだった。出撃する六機の隼の中で、一機離陸しないやつがあった。あとの五機が飛び立ってから、その一機から下りてきた搭乗員が、まろぶように指揮所の方に走ってきた。

「飛行長っ、発動機不調ですっ。予備機を用意して下さい！」

すでに上空に眼をあげていた飛行長は、くびを横にふっていった。

「残念だ。しかし、もう編隊を組むことはできん。きょうおまえの飛行機が不良で進発できなかったのは、きっと次のチャンスにいい目標を与えてやろうという天の心だと思え。気持はわかるが、きょうは進発をとりやめ、向うへいって休め！」

搭乗員は敬礼して、背をかえし、もう空の果てに消えてゆく五機を見送ったが、やがてあるき出した。足どりはよろめいて、ついにおれたちの前で、軍刀を抱いたまま、崩折れるように草に坐《すわ》り、顔を覆ってしまった。

最初、地上の爆音をきいていたときから、これはいかん、と蒼くなっていたおれは、たまりかねてかけ寄った。

「申しわけありません！　整備したのは私であります！」

「きさま！」猛然と立ちあがった士官の若い顔は涙だらけだった。「おれは有賀少尉といっしょに死ぬつもりでいたんだぞ！」

そして彼は、軍刀の鞘《さや》のままおれをなぐりつけた。おれは反射的にとびすさろうとして、あおむけにたおれ、投げ出された足の脛骨《けいこつ》を軍刀で打たれた。鈍い音がして、骨が折れたようだった。

おれの足が不自由になったのは、これが原因だが、むろん病院にでも入って適切な処置を受ければそんなことにはならなくてすんだと思う。しかし、おれは基地でうなっていて、十日もたつかたたないうちに、修理用具を入れた木箱をかついで走りまわっていた。整備員すべてが、わずかの隙を盗んで翼の下でまどろむという昼夜がつづき、とうてい寝ていられる状態ではなかったし、寝ている気持にもなれなかったのだ。

しかし、おれがうなっているあいだ、友安少尉は見舞いにきた。

「のぼせあがって、相すまんことをした。ゆるしてくれ」

と、彼はわびた。

あとできくと、あのとき飛び立っていった有賀少尉というのは、大学時代からの親友だったそうだ。ふたりとも、学徒兵だった。それは知らなくても、エンジンの整備に手ぬかりがあったのはあくまでもおれの責任で、友安少尉の悲憤は当然だと思っていたから、おれは恐縮した。

しかし、じぶんの死を遅らせた人間を怒り、相手の死を遅らせた人間が恐縮するとは、なんという異常な関係だろう。あのころは、それがなんの歪曲《わいきょく》感のない、ひたむきで正当な関係だった。

それから、一ト月ばかりのあいだに、友安少尉とおれとの仲に、特別の友愛感が成立した。攻撃隊の編成上、彼の出撃がそれだけのびたのだ。わずか一ト月ばかりのつきあいだったが、おれにとっては、それから二十年間にひとりも見つけることのできなかった友人であり、兄であり、師ですらある人となったのが友安少尉だ。たしか、信州の人だった。

わずか一ト月――それも、圧縮すれば、十数時間にすぎなかったろう。そのすべての瞬間を、おれは思い出すことができる。そのすべての瞬間に於《お》いて、友安少尉は、比類のない、みごとな青春の像だった。

基地の夜、めずらしく静寂な銀河をあおいで、彼はおれに星座について教えてくれた。基地の外、いちめんのれんげの花畑をあるきながら、彼はおれに花の神秘について感動を求めた。そんなときの友安少尉は、これが死に遅れたといって狂乱した青年とおなじ人間かと思われるほどデリケートで、ナイーヴで、むしろ子供っぽい人柄を見せた。結局死ぬまでに約一ト月の余裕があったわけだが、それはあらかじめ決定していたことではなく、明日にも、きょうにも出撃しなければならないかも知れぬ日々であったのに、あれほどもの静かな態度をみせていた彼を、のちになるほどおれは神秘的にすら思うようになった。曾《かつ》て、あのような運命におかれた人間がこの世にあるだろうか。おなじ戦争でも、ほかの場合なら、いかなる悪戦を予想される方面にむけられても、じぶんだけは死から免れることができるだろうと信じるのが、ふしぎな人の心だ。これは一種の死刑にひとしかったが、しかし真の死刑囚なら、その数時間前に美しい自然の中にいるなどということはあり得ないし、瀕死《ひんし》の病人なら、もはや生を愉《たの》しむ体力と気力を喪失している。それなのに彼らは、若い、ピチピチした肉体と魂をもって、美しい日本の山河を心ゆくまでながめ、そして出撃後数時間のうちに、確実に死者となることを知っているのだった。

友安少尉とはいろいろなことをしゃべったが、彼の直面する死の問題について語り合ったことはないように思う。むろん、おれからいうのは避けたのだが、彼が口にしなかったのも、べつに恐怖や擬勢のためとはみえなかった。彼の脳髄はただ日本の運命だけがひしめいているようにみえた。

ただいちど、特攻隊について、こんなことをいったのを記憶している。彼は笑いながら、「出撃しても、どうせ途中で落されるのだがね」といった。おれは眼をむいて、「そんなことはありません」とさけんだ。

すると友安少尉はまじめな顔でいった。

「おまえは白虎隊《びゃっこたい》というものを知ってるだろう」

「知っています」

「それじゃ、会津《あいづ》の戦争について知っているか」

「……」

「そして白虎隊が、会津の戦争でどんな戦果をあげたか知っているか」

おれはだまりこまざるを得なかった。友安少尉はいった。

「飛行機そのものを爆弾にかえて軍艦にぶつけるという戦法もなあ、もうすこし早いうちに、ふいに、大量にやればもっと効果があがったろうと思うが、やはりここまで追いつめられなければ決心がつかなかったんだな。だいいち、飛行機に何百キロの爆弾を抱かせて軍艦にぶつけたところで、軍艦はそう簡単に沈むものじゃないよ。ほんとうは雷撃するのがいちばんいいんだ。しかし、雷撃するのには高度な技術が要る。その熟練者がみな死んじまって、訓練するにはもう間にあわないという状態なんだ。ただ飛行機ごとぶつけるのなら、勇気さえあれば未熟練者にだってできるだろうという、やぶれかぶれ、苦しまぎれの戦法なんだ。しかも、それを小出しにしたおかげで、敵さんはどうやら特攻への防戦態勢を作りあげたらしい。未熟練な搭乗員が旧式機に何百キロの爆弾をくっつけてヨタヨタと飛んでいっても、そううまく敵の機動部隊にたどりつけるわけがない。いままで出撃した大半は、ほとんど途中でうち落されたろう。そして、おれもおそらくその通りになるよ」

しかし、友安少尉の笑いは清朗なものだった。

「それでいいんだ」

「なぜですか」

「日本軍がこの戦法をとったということは、将来いつまでも外国に日本と事をかまえれば何をやり出すかわからんという畏怖《いふ》の念をうえつけることになり、また日本人のひそかな誇りになるだろう。そういう意味で、いまとなっては会津の戦争も知らず、白虎隊の働きも知らないのに、その名だけはだれもが知っているように、ひょっとしたらこの戦争も、特別攻撃隊の戦果もだれも知らないのに、神風の記憶だけが残って、日本の背骨になるということになるかもしれん」

「しかし、しかし——」

「だからおれは、敵艦にぶつからなくても決して犬死じゃないと思っている。必ずこの行為が未来の日本を護《まも》るものになると信じている。だいぶかんがえて、おれはこの結論に達した。むろん、全力をあげて敵さんの軍艦を道づれにしてゆくつもりではいるよ。また、なるべくたくさんの特攻機が出撃することを望む。それは、その方が、いまいった意味で、未来の日本を重からしめる原因となるからだ。翼の下の爆弾の分量だけ。――」

「未来の日本。……しかし、少尉殿、この戦争にまければ、未来の日本はないのではありませんか」

おれの絶叫に、友安少尉は答えなかった。しばらくして、蒼空をあおいで、つぶやいた。

「ほんとうに、滅ぼしたくないなあ」

それが、どういう意味か、おれにはわかりかねた。すると少尉は、内ポケットから大事そうに一枚の写真をとり出した。

「おれの恋人だ」

聖霊のように美しい娘の微笑んだ顔があった。少尉はくいいるようにその顔に見入って、

「このひとのためにも、滅ぼしたくない」

といった。そしておれをみて白い歯をみせた。

「大きなことをいったが、実はおれがよろこんで死んでゆけるのは、このひとの存在のためかもしれんぞ」

三日後、友安少尉の搭乗した隼は、ほか四機とともに、桜の花と爆弾を翼に抱いて、まっかな夕焼雲の彼方《かなた》へ飛び去った。

「――あれはいったい何だったのか？」

山瀬はうわごとのようにつぶやいた。回想を愉しむために出てきたはずなのに、彼の頬

は涙だらけになっていた。彼はアルコールと追憶に酔っぱらって、山道をあるきつづけていた。ウィスキーのキャップはいつのまにかどこかへ飛んで、瓶の上から鷲《わし》づかみにしていたが、それでもこぼれないほどの量しか残ってはいなかった。

あの戦争は、そもそも何だったのか。あの桜の花々のような青年たちを殺し、そしておれもおれなりに死力をつくした戦争は、いったい何だったのか。

日本は負けた。おれは復員した。おれを愛してくれた兄は、印度のインパールで戦死していた。おれは嫂《あによめ》だった女と結婚した。それからあと——それからあとは、何もない。

要するに、あの戦争はあやまれる侵略戦争であり、それに参加した日本人の「忠誠」はこれまたあやまれる動物的盲従であったというのが、戦後に下されたほぼ確定的な評価だろう。おれはそれを認めることにする。

そして、最も動物的に盲従した世代の残骸《ざんがい》が受けた罰がどんなものであったかは、いつか——あの春の日、仁科教授が吐き出すようにのべた「戦中派無能論」がすべてを道破して余蘊《ようん》がない。おれは全面的にそれも認める。

おれが承服しがたかったのは、それよりも、あの青春が——おれだけではない、死を賭《か》けた百何十万かの青春が——すべて、「無」ではなかったか、というおれ自身の腹の底からの疑いだった。なぜなら、日本はあの戦争に負けて、なんとかえって幸福になったからだ。

おれは承服しがたい。おれは幸福じゃない。おれは、いまの日本の幸福は、奴隷の幸福だといいたい。——いいたいが、そういいきれぬもののあることを、おれは認めざるを得ない。「あの戦争に勝っていたら、たいへんでしたな」と誰しもが吐露するこの述懐は、百人の日本人中九十九人までの実感であると認めざるを得ない。その百人の日本人中九十九人までは、死物狂いにあの戦争をしたのだ。こんなおかしな、こんなばかげた大戦争が、この地上にいままであったろうか。

戦争に負けて、日本が不幸のどん底に沈んでいたら、あの犠牲は悲壮な光芒《こうぼう》をはなつところだった。ところが、正直なところ、日本人は曽ていちども経験したことのないほどの幸福時代に浮かれ、とくに若い連中は、やりたい放題といっていい享楽を満喫しているではないか。その幸福や享楽が、あの犠牲によって可能になったのだとかんがえることができたら、まだおれたちも微笑の眼でそれをながめることができたろう。ところが、どうしても、そうとは思えない。何かがくいちがっている。

「神風特攻隊の記憶だけが残って日本の背骨となり、未来の日本を護るものになると信じる」——あの友安少尉の最後の言葉さえも、なんだか見当はずれの、虚《むな》しい詩にすぎなかったように思われるのだ。

「いったい、あの大犠牲に何の意味があったのか？」

あれから、いくどかおれはこう繰返してきていた。すべてがまちがいだったといわれても、おれたちの二度と訂正できない人生は、あの惨澹《さんたん》たる「無」の時代を基盤にしているのだ。だれにきいても、苦笑するか、あいまいに、ニヤニヤと笑うだけだった。だれにきいたってムダだ、おれはとうとうそう結論した。

「あれは何だったのか?」

おれは、ときどき、じぶんの胸だけにきくようになった。そのたびに脳裡《のうり》に浮かんだ赤い雲と機影はしだいにうすれ、おれの恨みがましい問いも、やがて眠ってしまった。

一年前、おれは仁科教授の邸《やしき》の玄関のドアをあけたとき、そこに立っているひとりの娘を見て、衝撃をうけた。

おれはそこに、友安少尉の恋人を見出《みいだ》したのだ。二十年前、友安少尉から見せられたあの聖霊のように美しい写真の娘がそこにいた。

二十年前にただいちど見た写真を記憶していたというのは、ほかの場合なら、おれでもふしぎだ。しかし、その娘の顔にかぎって、現実にみて衝撃をうけたほどはっきりと記憶していたのがほんとうなのだからしかたがない。いくたびか、あの知覧基地の日々をふりかえり、あの友安という少尉のことを思い出すたびに、おれはあの写真の顔を眼によみがえらせていた。あの若者が、「このひとのために日本を滅ぼしたくない」といい、「おれがよろこんで死んでゆけるのは、このひとの存在のためだ」といった娘の顔を。

それはいつのまにか、おれの硝煙にまみれた荒涼たる青春の回想に浮かぶたったひとつの灯となって心にしみつき、はてはおれ自身の恋人だったような錯覚さえ抱かせていた。

――そのことを、おれはそのときのじぶんの衝撃で、かえって知ったのだ。

杉麻子という名さえ、はじめてそのときに知った。彼女がおれの恋人だったというのは、むろん二重の錯覚だ。二十年前うら若い娘だった女が、二十年後まだうら若い娘であるわけがない。

すぐに、おれはその顔の相似から、友安少尉の恋人は、その傍に立っていた仁科夫人だったことを知った。

その直後の例の盗難事件のカメラをおれがかくした行為を、本能的な虫の知らせ、という漠然たる言葉で説明してもいいが、その原動力はこのときの衝撃だった。その衝撃からどうしてあんな行為がとっさに発生したか、それはおれにもわからない。眠りから目覚めつつ、無意識的に何かを準備したとしかいいようがない。

眠っていたおれの怪物は、突如として明確なかたちをとった。

「誰カガ罰セラレネバナラヌ」

戦犯兼幼女誘拐暴行殺人犯兼泥棒の木曾が書きのこしていった文字がそれだった。二十年間、おれが問い、だれも答えてくれなかったものが、はじめて解答をみせてくれたのだ。二十年間、おれが望んでいたのは、この言葉であり、その実現だった。

その「誰」かにおれは杉麻子をえらんだのだ。

おれのフランスは誰か。強いて人間をいえというなら、それは仁科夫人だろう。第一印象もよくなかったが、そのあとパーティーでそれとなく見ていて、おれはますます気にくわない女だと思った。軽薄で、冷たくて、高慢ちきで、へんに色っぽい女――のような気がした。友安少尉が、この存在のためによろこんで死ぬといったのは、この女だったのか。

――おれは、このことにも二度めの衝撃をうけた。

これは、ひとちがいではないか。その疑いはすぐに解消した。仁科夫人は友安少尉とおなじ信州の人だったし、年齢も符合する。彼女こそ、あの聖霊のように美しかった娘の「なれの果て」だったのだ。二十年ちかい歳月が、どんな女性にも与えずにはおかない変貌《へんぼう》だった。そしておれは、仁科夫人がその外見のみならず、心まで変貌してしまったであろうことを推定する。彼女は友安少尉のことなど忘れてしまったろう。少くとも、遠い小さい、うすれかかった記憶の影としてとどめているだけだろう。

それをおれは責めはしない。そんな理由で、彼女を裏切り者などと呼びはしない。そこまでおれは狂ってはいない。彼女がちがう男のところへお嫁にゆき、それなりの人生を愉《たの》しみ、そして昔の恋人のことを忘れようと、それは当然のことだ。――そう思うのに、おれの心からは、何か残滓《ざんし》のようなものがとれなかった。「誰カガ罰セラレネバナラヌ」というめき声が。――

「誰カガ罰セラレネバナラヌ」――おれのフランスは、正確にいえば、この観念だ。

そして、その具体的な標的として、おれは、小皺《こじわ》のよった卑小な仁科夫人ではなくて、その妹たる杉麻子をえらんだ。彼女こそ二十年前のあの写真の娘と同一人物だった。のみならず――彼女は一年後にアメリカ人と結婚するというではないか。二十年前、われわれが死をかけてたたかったアメリカ人の花嫁になるというではないか。これはおれにいよいよ象徴的な意味をおぼえさせずにはおかなかった。

おれは立ちあがった。これほどのエネルギーがのこっていたのかと、じぶんでもおどろくような熱意を以《もっ》て殺人のための遊戯にのり出した。

杉麻子は、おれの観念の哀れな犠牲者だ。しかし、哀れといえば、二十年前に死んだ連中も、やはり「観念」のために死んだというべきではないか。彼らの抱いていた「あとにつづくを信ず」という祖国への期待は、虚妄の幻想ではなかったのか。だから、おれの「観念」のための殺人には意義がある。これは悲壮な観念であり、厳粛な遊戯であると心得る。――

むろん、殺人でなくてもいい。ただ「罰スル」だけでいい。そのためには、殺人であればますます結構だ。そして、その通り殺人という結果になったのは、これ天意というべきではないか。――

山瀬は瓶を口にあてて、残りのウィスキーをいっきにのみほした。ウィスキーは口からあふれたが、そのまえから頬とあごは、涙と舌なめずりのよだれのために、いちめんにぬれていた。遠くから、またオートバイのエンジンの音がこだましてきた。

「――愉しんでやがる」

と、彼は下あごをつき出して、つぶやいた。

「いまの若い奴らは」

酔いが、急激にふかくなってきた。山瀬のあたまには、宇治や恵美子や鏑木や容子や小田切の姿が、こなごなの万華鏡の破片のようにきらめきつつ浮かんだ。

すくなくとも、鏑木や容子や小田切は、いま世人の眼を見張らせているような、傍若無人の享楽にうつつをぬかしている若者たちのグループには入らない。——山瀬の顔はゆがんだ。

「しかし」

と、彼はうめいた。

「それでも、あいつらは、おれたちよりも幸福だった」

いつか、鏑木明がいった。「ぼくたちはまったくみじめだ。これほど夢のない、無目的な青春をもった世代というのはないんじゃないですか」——恋愛しながら大学へいっていて、何をいってやがる。小田切は、天下泰平、家庭の幸福、それだけじゃつまらないといいやがった。ふざけるな、それがあるだけで、無上の幸福というものではないか？

「あいつらが、ほかの若い奴らにくらべて少しくらい不幸だったとしても、おれにいわせればぜいたく至極な不幸だ。……がまんのならないほど、ぜいたくな不幸だ」

山瀬は歯をむき出した。酔いが、脳膜の装飾をとりはらって、内部の憎悪を露出させた表情に変っていた。彼は息をみじかく切るように笑った。

「この一年、あいつらの笑い、涙、快楽、苦悶《くもん》、あれはみんなおれが作り出したものだ。つまり、この一年のあいつらは、無にひとしい」

けれど、それでも、おれたちの青春の無にくらべれば何十倍か。あいつらは、おれの将棋の駒だった。しかし、わずか二十年前、死の盤上にならべられた百何十万かの将棋の駒があったのだ。

崖《がけ》の向うから、また相乗りのオートバイがあらわれた。宿にかえっていったはずのあの少年と少女が、飽きもせずまた反転してきたのだった。

はでなマフラーがからみあって、風鳥のように尾をひいていた。

「よしやがれ」

まだ遠いのに、山瀬はさけんだ。もっともらしい中年男の仮面がおちて、兇暴《きょうぼう》で、野卑な——しかも子供じみたヤキモチの表情がむき出しになっていた。それこそ、彼の犯罪の真実の相貌かもしれなかった。

オートバイはちかづいてきた。マフラーと顔がもつれあっていた。崖路《がけみち》を飛ばしながら、少年は頭を横にむけ、少女はそれをかかえるようにして、うしろからキスしていた。

「いいかげんにしないか」

山瀬はわめいて、大手をひろげて立ちふさがったが、オートバイが眼のないように直進してきたので、あわててとびのいた。酔った不自由な足がよろめいた。

オートバイはジェット機のような音をたてて飛び過ぎた。

少年がいった。

「おどろいた。いかれてる奴だな。だいじょうぶか」

少女はちらりとふりかえり、すぐに頭をもどして少年にしがみついた。

「だいじょぶ。立ってるわ。もっと飛ばして！」

しかし、オートバイが崖を廻ったあと、しばらくじっと路肩に立ってかんがえこんでいるようにみえた男の姿も、消えていた。

数十メートル下の渓流へ、黄色い灌木《かんぼく》を早春の風が吹いていった。まるで岩の軍艦に急降下する特攻機のようなはやさだった。

編者解題

日下三蔵

本書『太陽黒点』は、一九六三年四月に桃源社から書下しの単行本として刊行された。「死刑執行・一年前」から徐々にカウントダウンが進行していく不気味な章タイトルとは裏腹に、若い男女を主人公にした恋愛小説としか思えないストーリー展開に驚かれることと思うが、ご安心あれ。これは山田風太郎の手になる、第一級のミステリ長篇なのだ。

ミステリ専門誌「宝石」六二年八月号の山田風太郎特集に掲載されたインタビュー「奇想とユーモアの異色作家」（聞き手・曾根忠穂）で、本書の内容が予告されている。

〈現在の予定〉

書き下ろしの全集で書かずにそのままになっているのが二つあるんです。講談社と桃源社のですが。そのうちの桃源社の方を今書いているんですが、二〇〇枚程出来たところです。題名は「太陽黒点」と云うので90％が普通の小説、ラブストーリーで最後にひっくり返すというやつです。あと百五十枚位書いて出します。

また、評論家の瀬戸川猛資が宅和宏名義で発表した「早く来すぎたミステリ作家——フータローニアンの推理作家・山田風太郎——」(「別冊新評　山田風太郎の世界」79年7月)は、海外作品の例を数多く引用して風太郎ミステリの先見性、独創性を明快に論じた好評論だが、本篇については以下のように書かれている。

風太郎ミステリの最高傑作を選べば、『太陽黒点』(昭和38)をあげる人が多いのではあるまいか。

いかにもこの作者らしい、いやこの作者でなければ絶対に書けない異色作中の異色作であって、こういうミステリをなんと呼べばいいのか。

冒頭から一組の男女の甘く劇的なラブ・ストーリィがえんえんと展開する。それが、最後の最後になって驚くべき大逆転を見せる。その結果、それまでごく普通の恋物語だと思われていたプロットに、最初の一行からすべてまったくちがう意味がこめられていたのだ、ということがわかって読者は呆然《ぼうぜん》とするのである。

ここに描かれているのは、外国のミステリにも類のない(いや、あるのかもしれないが、寡聞にして知らない)、とてつもなく独創的な殺人方法である。

一部の人は、この殺人方法を、不可能だとか馬鹿馬鹿しいとか非常識だとか言うかもしれない。たしかに、その論理は常識を超えている。だが、それでいながら、なお論理的なのである。なぜなら、この殺人は成功しなくてもかまわない、という大前提がちゃんと明示されているからだ。

犯行動機、犯行方法、作品全体の構成に至るまで、山田風太郎以外の作家には、とうてい考えつかないような奇抜な作品である。著者の長篇は連載の形で発表されることが多く、約五十篇におよぶ長篇作品の中でも、書下しで刊行されたのは『十三角関係』（講談社／56年1月）と本書の二作しかないのだが、本書に限っていえば、一気に読める書下し作品だからこそ成立する内容ともいえるだろう。

刊行された時期にも注目しておきたい。山田風太郎は一九四七（昭和二十二）年に探偵作家としてデビューして、昭和六〇年代に一連の忍法帖《ちょう》で一世を風靡《ふうび》、さらに明治ものや特異なノンフィクションにも健筆をふるった、というように経歴を紹介されることが多い。これはもちろん間違いではないのだが、忍法帖の執筆をスパッとやめて明治ものに移行した七〇年前後とは違い、現代ミステリを数多く手がけた時期と忍法帖を書き始めた時期は重なっているのだ。長篇および連作ミステリの刊行リストは、このようになる。

『悪霊の群』55年1月　東京文芸社　※高木彬光との合作
『十三角関係』56年1月　講談社／書下し長篇探偵小説全集10
『落日殺人事件』58年7月　桃源社／推理小説名作文庫

『誰にも出来る殺人』58年7月　講談社／ロマン・ブックス
『青春探偵団』59年1月　講談社／ロマン・ブックス
『棺の中の悦楽』62年3月　桃源社
『夜よりほかに聴くものもなし』62年12月　東都書房／東都ミステリー
『太陽黒点』63年4月　桃源社

忍法帖シリーズの第一作『甲賀忍法帖』の刊行が五九年十一月。講談社から新書判の〈山田風太郎忍法全集〉が刊行されるのが六三年十月からで、たちまち忍法ブームが巻き起こり、以後、現代もののミステリはほとんど書かれなくなるのだから、『太陽黒点』は風太郎ミステリの総決算ともいうべき位置付けの作品だったことが分る。

ベストコレクション既刊『虚像淫楽』所収の「眼中の悪魔」をはじめ、風太郎作品にはしばしば「無為沈黙、拱手傍観《きょうしゅぼうかん》をもって犯罪を構成する」という悪人が登場するが、本篇の犯人は、この理論を極限まで発展させたものといえるだろう。

また、『戦中派不戦日記』（番町書房／71年2月）、『滅失への青春　戦中派虫けら日記』（大和書房／73年8月）などの日記、異色のノンフィクション『同日同刻』（立風書房／79年8月）、未刊行エッセイ集『昭和前期の青春』（筑摩書房／07年10月）所収の評論・随筆などで、常に太平洋戦争の意義を問いつづけてきた山田風太郎が、大戦で命を落とした同世代の人たちへの鎮魂歌として書いた、というその内容は、戦争の悲劇を知らずに（あるいは知っているにもかかわらずすっかり忘れたように）、ただ繁栄を享受する日本人への痛烈なメッセージになっている。

講談社版『山田風太郎全集』の月報に連載されたエッセイ「風眼帖」には、本書について以下のような述懐がある。

後年私が『太陽黒点』という推理小説を書いたのは、彼ら（引用者注：二十歳前後で戦死した小学校時代、中学時代の友人たち）への鎮魂歌のつもりであった。あまりにもいつかなかったこの世代が、のちの「太陽の季節」族へのやり切れない怨念を抱くという――むろん推理小説にかぎり、その動機としては許されると私が判断した観念的なもので、その怨念の不当であることを示すために、ちゃんと犯人は小説の中のみならず読者からも憎しみを以て罰せられる人物として描いた。これに対して、その戦後世代に属する批評家から、「戦争責任者はこの犯人の世代ではないか」と、小説から離れた感情でかみつかれたのは、その私の配慮にひっかかったのである。しかし、十五歳で日中戦争、十九歳で太平洋戦争に叩き込まれた世代に、「戦争責任者」と刻印を打つのはあまりにも無知であり無神経ではあるまいか。

「死刑執行一日前」に死んだ人物は誰で、「死刑執行当日」に死んだ人物は誰であったかを考えてみれば、山田風太郎がこの作品に込めた苦い思い――「やり切れない怨念」――が見えてくるはずである。

なお、本書を含む山田風太郎の戦争ものを「敗戦小説」ととらえた谷口基氏の評論「滅失の神話〈風太郎敗戦小説〉考」（「文藝別冊　山田風太郎」01年10月）および「山田風太郎『太陽黒点』論――最後の〈敗戦小説〉――」（「昭和文学研究　第48集」04年3月）は、近年、出色の論考であった。

このうち後者は、第十回本格ミステリ大賞評論・研究部門を受賞した評論集『戦前戦後異端文学論――奇想と反骨――』（新典社）に収録されているので、本書を読まれた方は、ぜひ目を通していただきたい。

本書の刊行履歴は、以下のとおり。

63年4月　桃源社
65年6月　東京文芸社（山田風太郎推理全集3）
67年2月　東京文芸社（トーキョーブックス）
72年9月　講談社（山田風太郎全集15）※『十三角関係』他8篇を併録
98年7月　廣済堂出版（廣済堂文庫／山田風太郎傑作大全24）
01年9月　光文社（光文社文庫／山田風太郎ミステリー傑作選5『戦艦陸奥』）

10年9月　角川書店（角川文庫／山田風太郎ベストコレクション）※表題作など10篇を併録　※本書

他の長篇ミステリに比べて、極端に刊行された回数が少ないのは、著者自身がこの作品を不出来だと考えていたかららしい。筆者が編集者として初めて山田風太郎氏のお宅を訪ねたのは、九二年のことだが、その際に、『『太陽黒点』は失敗作だね」と聞いて仰天し、そんなことはありません、と力説した覚えがある。幸い、同じ意見の人が何人かいたようで、「よくあれは良かったといわれるんで読み返してみたら、そんなに悪くなかった」とのことで、九八年にはようやく初の文庫化もされた。ただし、この廣済堂文庫版は、もっとも重要なトリックを内容紹介でバラしてしまっており、初読の読者にとっては罪の重い本であった。

なお、冒頭で紹介した著者のインタビューにもあるように、もともと本書は、桃源社の叢書《そうしょ》〈書下し推理小説全集〉全15巻（59年11月〜60年8月）のために構想された作品である。これは、江戸川乱歩『ぺてん師と空気男』、大下宇陀児《うだる》『悪人志願』、高木彬光『断層』、鮎川哲也『白の恐怖』、仁木悦子『殺人配線図』などを含むシリーズだったが、風太郎作品および、横溝正史『黒い紋章』、角田喜久雄『怖ろしき一夜』、水谷準『悪魔の応接室』の四冊は未刊に終わった。

同シリーズの巻末広告によると、本書は当初、『射殺権』というタイトルで予告されていた。「射殺権」は「誰カガ罰セラレネバナラヌ」という犯行動機をあらわしたものだろう。つづいて『脳人』(頭で考えただけで犯罪を行う、という意味か)、最後の巻では『将棋倒し』となっていた。これは連鎖反応を表したものだが、やや直接的すぎるためか、三年後に単発のハードカバーとして刊行された際には、『太陽黒点』と題されている。

また、東京文芸社の〈山田風太郎推理全集〉でも、一巻、二巻の予告を見ると、『遠隔操作』と改題される予定だったようだが、さすがにこれは沙汰止《さたや》みとなったようだ。

(本稿は光文社文庫版『戦艦陸奥』の解説を基に加筆いたしました)

本書は、「山田風太郎ミステリー傑作選」（光文社）より、『戦艦陸奥』（平成十三年九月）を底本としました。
本文中に、白痴、気がちがう、どもり、めくらなど、今日の人権擁護の見地に照らして不当・不適切と思われる語句や表現がありますが、作品発表当時の時代的背景を考え合わせ、また著者が故人であるという事情に鑑み、底本のままとしました。

編集部

太《たい》陽《よう》黒《こく》点《てん》

山《やま》田《だ》風《ふう》太《た》郎《ろう》ベストコレクション

山《やま》田《だ》風《ふう》太《た》郎《ろう》

平成22年 9月25日　初版発行
令和7年 1月10日　10版発行

発行者●山下直久

発行●株式会社KADOKAWA
〒102-8177　東京都千代田区富士見2-13-3
電話　0570-002-301（ナビダイヤル）

角川文庫 16457

印刷所●株式会社KADOKAWA
製本所●株式会社KADOKAWA

表紙画●和田三造

ISBN978-4-04-135660-9　C0193

角川文庫発刊に際して

角川源義

第二次世界大戦の敗北は、軍事力の敗北であった以上に、私たちの若い文化力の敗退であった。私たちの文化が戦争に対して如何に無力であり、単なるあだ花に過ぎなかったかを、私たちは身を以て体験し痛感した。西洋近代文化の摂取にとって、明治以後八十年の歳月は決して短かすぎたとは言えない。にもかかわらず、近代文化の伝統を確立し、自由な批判と柔軟な良識に富む文化層として自らを形成することに私たちは失敗して来た。そしてこれは、各層への文化の普及滲透を任務とする出版人の責任でもあった。

一九四五年以来、私たちは再び振出しに戻り、第一歩から踏み出すことを余儀なくされた。これは大きな不幸ではあるが、反面、これまでの混沌・未熟・歪曲の中にあった我が国の文化に秩序と確たる基礎を齎らすためには絶好の機会でもある。角川書店は、このような祖国の文化的危機にあたり、微力をも顧みず再建の礎石たるべき抱負と決意とをもって出発したが、ここに創立以来の念願を果すべく角川文庫を発刊する。これまで刊行されたあらゆる全集叢書文庫類の長所と短所とを検討し、古今東西の不朽の典籍を、良心的編集のもとに、廉価に、そして書架にふさわしい美本として、多くのひとびとに提供しようとする。しかし私たちは徒らに百科全書的な知識のジレッタントを作ることを目的とせず、あくまで祖国の文化に秩序と再建への道を示し、この文庫を角川書店の栄ある事業として、今後永久に継続発展せしめ、学芸と教養との殿堂として大成せんことを期したい。多くの読書子の愛情ある忠言と支持とによって、この希望と抱負とを完遂せしめられんことを願う。

一九四九年五月三日

角川文庫ベストセラー

山田風太郎ベストコレクション
戦中派不戦日記
山田風太郎

激動の昭和20年を、当時満23歳だった医学生・山田誠也（風太郎）がありのままに記録した日記文学の最高峰。いかにして「戦中派」の思想は生まれたのか？作品に通底する人間観の形成がうかがえる貴重な一作。

山田風太郎ベストコレクション
幻燈辻馬車 (上)(下)
山田風太郎

華やかな明治期の東京。元藩士・干潟干兵衛は息子の忘れ形見・雛を横に乗せ、日々辻馬車を走らせる。2人が危機に陥った時、雛が「父（とと）！」と叫ぶと現われるのは……風太郎明治伝奇小説。

山田風太郎ベストコレクション
風眼抄
山田風太郎

思わずクスッと笑ってしまう身辺雑記に、自著の周辺のこと、江戸川乱歩を始めとする作家たちとの思い出まで。たぐいまれなる傑作を生み出してきた鬼才・山田風太郎の頭の中を凝縮した風太郎エッセイの代表作。

山田風太郎ベストコレクション
忍法八犬伝
山田風太郎

八犬士の活躍150年後の世界。里見家に代々伝わる八顆の珠がすり替えられた！　珠を追う八犬士の子孫たちに立ちはだかるは服部半蔵指揮下の伊賀女忍者。果たして彼らは珠を取り戻し、村雨姫を守れるのか⁉

山田風太郎ベストコレクション
忍びの卍
山田風太郎

三代家光の時代。大老の密命を受けた近習・椎ノ葉刀馬は伊賀、甲賀、根来の3派を査察し、御公儀忍び組を選抜する。全ては滞りなく決まったかに見えたが……それは深謀遠大なる隠密合戦の幕開けだった！

角川文庫ベストセラー

山田風太郎ベストコレクション
おんな牢秘抄
山田風太郎

小伝馬町の女牢に入ってきた風変わりな新入り、竜君お竜。彼女は女囚たちから身の上話を聞き出し始め……心ならずも犯罪に巻き込まれ、入牢した女囚たちの冤罪を晴らすお竜の活躍が痛快な時代小説!

山田風太郎ベストコレクション
くノ一忍法帖
山田風太郎

大坂城落城により天下を握ったはずの家康。だが、信濃忍法を駆使した5人のくノ一が秀頼の子を身ごもっていると知り、伊賀忍者を使って千姫の侍女に紛れたくノ一を葬ろうとする。妖艶凄絶な忍法帖。

山田風太郎ベストコレクション
人間臨終図巻 (上)(中)(下)
山田風太郎

英雄、武将、政治家、犯罪者、芸術家、文豪、芸能人など下は15歳から上は121歳まで、歴史上のあらゆる著名人の臨終の様子を蒐集した空前絶後のノンフィクション! 天下の奇書、ここに極まる!

忍法双頭の鷲
山田風太郎

将軍家綱の死去と同時に劇的な政変が起きた。それに伴い、公儀隠密の要職にあった伊賀組は解任。替って根来衆が登用された。主命を受けた根来忍者、秦漣四郎と吹矢城助は隠密として初仕事に勇躍するが……。

山田風太郎全仕事
編/角川書店編集部

忍法帖、明治もの、時代物、推理、エッセイ、日記。多彩な作風を誇った奇才・山田風太郎。その膨大な作品と仕事を一冊にまとめたファン必携のガイドブック。